3
third volume
造成我心理陰影的女生們
今天也不時偷看我，
只可惜為時已晚
The girls who tr
keep glancing at
but alas, it's too lat
御堂ユラギ
繪者：緜

造成我心理陰影的女生們
今天也不時偷看我，只可惜為時已晚
The girls who traumatized me keep glancing
but alas, it's too late.
3
third volume
御堂ユラギ
繪者：緜

「害羞歸害羞，但也沒辦法。」
母親
九重櫻花
脫衣
第一屆 九重家麻將大賽！

阿姨
九重雪華
「放心吧雪雪，
我只有穿這一件而已。」
「怎麼了？快點胡牌啊。」

「謝、謝謝……」
青梅竹馬
硯川燈凪

「阿雪，那我呢？」
朋友
神代汐里

# 3

The girls who traumatized me keep glancing at me, but alas, it's too late.

# 殺人犯．九重悠璃

——我殺死了弟弟。

房間沒有門鎖，只要轉動門把，便會毫不抗拒地接受我。

猶如反映出弟弟那美麗且沒有一絲汙穢的心靈，讓我有些開心。

我小心翼翼地關上門，避免發出聲響。

深夜，伸手不見五指，只聞秒針滴答作響，刻下時間腳步。

弟弟躺在大床中央，看似舒適地沉睡。

平時死黏著弟弟一起睡覺的媽媽，連續跑來睡三天後，才多少懂得自重。

我都忍住想跟弟弟一起睡的心情，一週只跟他睡兩天，為什麼媽媽能一週三天，未免太任性了。不知不覺間，我們排定成一週五天的輪替制，但那孩子也是需要隱私。

他可是個男生啊，肯定有些得等獨處時才能做的事，媽媽也太不貼心了。

大家都把愛撒嬌的人叫成撒嬌鬼，而我們家的撒嬌鬼就是媽媽。沒個大人樣也該有點限度吧，這哪是為人母親該做的事？簡直丟人現眼。

前陣子失魂落魄的媽媽，現在變得精神抖擻。這全都是多虧雪兔。

當時我什麼都做不到，也不知道該做些什麼。我很感謝雪兔掃去媽媽心中的不安，不過還是希望媽媽別再死黏著弟弟了。

我很清楚，媽媽那副天真無邪的模樣，其實全都是算計好的。

真是不檢點。我非得從媽媽魔掌中保護弟弟才行。

籃球大賽近了，最近他連假日都經常出門，有時我會跟去看看，大致上沒什麼問題。

學校曾發生幾件意外狀況，如今整體都已導往好的方向。

現在已經和他小學、國中時不同，身邊不光是只有惡意。

要說我擔心過頭也沒辦法，但我希望他最起碼能享受高中生活。

為防吵醒弟弟，我悄悄地坐在床上，輕輕撫摸他的頭。

「……雪兔怕我嗎？」

我碎念心中疑問，卻沒勇氣聽答案。

即使關係稍微改善，我們依然有著芥蒂。

弟弟有事沒事就會送我禮物，這就是他害怕我的證據。他總是看我的臉色，避免惹我生氣，因為他深怕有一天又會被背叛。

前幾天，他送了個以我為藍本製成的木雕。我珍惜地擺飾在房間裡，卻不時被木雕的表情嚇得不寒而慄。那張凶惡的表情中夾藏著敵意，彷彿是仇視並狠瞪某人一般。

這麼說並非誇張。在那孩子眼中，我就是這副模樣。

事實上，我平時就是擺出這種表情。連朋友都說我很冷漠。

而我是從何時變成這樣的，想也知道。就是從雪兔再也不笑的時候開始。

從那時起，我再也笑不出來。這很正常，我哪有資格在弟弟面前，用這張醜陋、汙穢的臉露出笑容。

弟弟那毫無人味的房間，經過重新裝潢後改變不少。

我很清楚，雪兔並不期望這麼做，這麼做只是我和媽媽的任性，因為我們真的看不下去了。儘管如此，他仍接受了，連一句怨言都沒有。

雪兔和氣量狹小的我不同，他太過溫柔。

我整個身子前傾，像是要覆蓋在雪兔身上。

接著緩緩伸出顫抖雙手，撫著弟弟的脖子。

要是我就這麼使力一掐，雪兔會再次排斥我嗎？他會將心中怒意傾出，說「我恨不得殺了妳」、「我這輩子都不會放過妳」嗎？

這個既醜陋又甘美的願望，絕對不可能會實現。

「對不起，有我這種姊姊……沒辦法給你任何東西，只會從你身上剝奪……」

要是他叫我露出裸體，我願意立刻脫光衣服。要是他叫我拔掉指甲，我願意把雙手雙腳的指甲拔掉。要是他想用烙鐵在我身上留下印記，我願意焚燒自己身體。

不論我怎麼求他責罰，弟弟一定都會像這沒有鎖的房間一樣，毫無抗拒地接受我。然而他的赦免，卻使我的身體一點一滴腐敗。

我搜了搜床底下，我明知道沒有任何東西。沒錯，沒有東西。該處沒有應有的東西。只有似是吞噬一切的空洞。

在弟弟這樣的年紀，對性產生興趣是再正常不過的事。然而不論是一兩本色情書刊，還是現在大家比較常看的影片，他都沒有。

只要我勾引弟弟，他就會害羞地別開視線。那孩子也是跟常人一樣有興趣，單純是欲求太低而已。

那孩子很有女人緣，倘若他能與某人結為連理，而對方能讓弟弟幸福，我也不會有意見。那怕對方是那個可憎的兒時玩伴，我也能忍。

可是，就連那個兒時玩伴也為此苦惱。任誰都無法與他有更進一步的發展。

雪兔將自己的心，埋藏在無人能觸及的深處，她們當然無能為力。

我只是希望他喜歡上某人，僅只如此而已。

這是多麼罪孽深重的願望。

一陣胸悶襲來，我調整急促呼吸，試圖冷靜。

因為那天，我殺死了弟弟，使那孩子的潛在意識害怕女性。也在他內心深處設下限制器。當時我弟弟從公園設施被推落，他正好、偶然受到上天眷顧，才活了下來。

那不過是結果論。我打算殺死弟弟，而他只是沒死成。

當時的我還沒有察覺自己犯下的罪行，傻傻地為弟弟還活著感到開心。

是我，害弟弟否定對他人的好感，無法喜歡上他人。

是我，扼殺了那孩子的愛。

——這是我，第二次殺死了他。

不論如何示好，雪兔都不會出手。他無法出手。任誰都在等待他這麼做，而雪兔也很清楚，但是那孩子的潛意識卻不斷迴避。

這不是因為他擅於忍耐，或是擁有最強的精神。而是出自於沉睡在雪兔內心的不信任以及恐懼。

只要有人對他示好，他就會先入為主認為，那好感總有一天會化作利刃，刺殺自己。他甚至認為這就是整個世界的準則、常識。

弟弟很聰明，而且極其優秀，與遲鈍可說是無緣。

但他卻絕對不會與任何人在一起。

與心愛之人結為連理，過上幸福人生，這樣的未來早已被剝奪。

就連喜歡他人、愛上他人的情感，也被我親手抹滅。

接著我，犯下了更加重大的罪過。

我說出「最討厭他」來否定弟弟，殘酷地殺死他的心。

——這是我，第三次殺了他。

他的肉體、愛，甚至心靈，都被我殺死。

三次。只要殺了三人，就難逃死刑。我已經與死刑犯無異。

日復一日，我都在等待弟弟行刑，我必須接受懲罰。

然而，我也知道刑罰永遠不會有到來的一天。自己想法如此膚淺，讓我感到噁心。

我緊握拳頭。即使弟弟原諒我，我也不可能原諒自己。

我將會不斷憎恨自己，直到永遠。

今天的我得以苟活，是仰賴弟弟的慈悲。

那麼我的人生、心靈、肉體，一切都應該要獻給他，我必須為了這個目的而活。

否則就稱不上是公平。

我知道弟弟並不期待得到哪些。就算收下我這罪人的一切，也是於事無補。就算握有我的生殺大權，也沒任何價值。那怕是如此——

「喜歡……最喜歡你……我愛你。」

雙唇輕輕交合。猶如騎士發誓效忠，又似是魔女施下詛咒。

為了顛覆一次「討厭」，必須得說上幾百、幾千、幾萬次的「喜歡」。

我的感情已經不重要。我的心意也無所謂。我不需要未來。

我這殺人犯能做的，必須得做的，就是為了這孩子而活，為了讓弟弟幸福而活，這是我必須償還的代價。

縱使觸犯禁忌，我也不會猶豫。因為我早已是犯下禁忌的殺人犯了。

「但是，我絕對不會做出背叛你的事……」

若我第四次殺人，那便是讓這孩子社會性死亡。

這孩子會帶給周遭幸福。他身邊總是有著許多人，充斥著笑容。

就連媽媽，也像是髒東西被驅散，整個人溫和不少，也變得常笑。

媽媽得知自己可能罹患乳癌，墮入絕望深淵，而拯救她的正是這孩子。

光是在他身旁，就感到溫暖、無比幸福。

他和散布厄運的我不同。我絕對不能夠干擾他。

重大矛盾不斷譴責我。我的覺悟將會殺死這孩子，不過代價只需我一人償還就好。

我會努力面對這孩子，使他不再畏懼，再次喜歡女性。

即使是單方面也無所謂，我將單方面愛著他，不求任何回饋。

我沒資格接受弟弟的愛情。殺人犯需要的只有懲罰。

我將臉靠近弟弟的胸膛，心臟強而有力地跳動著。

「太好了……你今天也活著。」

儘管我是無神論者，也只有在這時候，會向神明道謝。

像這樣確認弟弟還活著，已然成為習慣。

聽見他的心跳聲，是我唯一感到安寧的時刻。

睡意使眼皮漸漸下沉，我靠在弟弟胸膛上入眠。

至少現在，讓我感受這份溫暖——

# 序章

我口乾舌燥，將杯中的水一口氣飲盡，卻不足以滿足乾渴。桌上擺滿了佳餚。不對，說看似佳餚的料理才正確。

因為我現在被高度緊張所支配，沒有餘力去一飽口福。若是只有事關自身命運、野心，那也就罷了，如今就連家族的未來，也被放在天秤上。

縣議員東城秀臣的一切，都被拿來賭在這個當下。

「沒想到小子你會認識小姐……這世界可真小啊。」

「原來老闆說要結婚的人，就是冰見山小姐的哥哥啊。」

「是啊，我本來還擔心他單身那麼久，現在終於打算定下來了。是說小子，謝謝你救了小姐。這下我也能安心了。」

「什麼意思？明明是她幫了我啊。」

「這點小事稱不上是幫助啦。小姐在認識小子之前，總是鬱鬱寡歡。就連看著她長大的我，都覺得於心不忍了。」

吧檯那傳來的和樂對話，令秀臣冷汗直冒。

秀臣與一名女性，在和室相對而坐。儘管秀臣遠比對方年長，然而在權力面前，年齡沒有丁點用處。正因為秀臣明白個中道理，才覺得對方臉上掛的柔和微笑，顯得格外恐怖。

冰見山美咲，她本身並不擁有任何力量，但在秀臣眼裡，卻產生了她彷彿在雲端之上的錯覺。然而這麼想也不算完全算錯。

「竟然因為那種無聊事傷害我可愛的雪兔，我一定會讓你付出相對應的代價。雖然這點，你應該親身體會過了。」

「這一次給他添了天大的麻煩，真的是非常抱歉。」

秀臣不顧顏面磕頭認錯。若是無法乞求原諒，那一切都毀了。

他觸逆了絕不能招惹的對象。跟對方相比，秀臣不過是塊路旁石子。

秀臣犯下了就算被要求請辭下臺也無法有怨言的過失。照理來說，他根本不可能有翻身的機會，如今他只能抓住這一絲希望求饒。

「你向我道歉有什麼用。」

即使事實真是如此，秀臣仍不斷低頭，並反省自身輕率。

秀臣經常出入高級料亭或高級料理店，目的不光是為了聚餐，有時是為了避免會談內容外洩。

不過現在這個地方，卻與之前去的餐廳全然不同。

「居待月」。冰見山家御用的割烹。若沒收到邀請，甚至無法入店。

秀臣也是第一次聽說這裡，因為入口甚至不存在看板。要是沒有這次機會，他可能這輩子都不會知道有這種地方。若不是他在如此絕望的情境下收到邀請，秀臣肯定會感動到痛哭流涕。

「妳這樣壞壞喔。冰見山小姐，就原諒他吧，他都像隻剛撿回家的小狗一樣發抖了，可憐到我根本看不下去。」

「雪兔……可是他害你遭受如此殘酷的事……」

「有嗎？我怎麼覺得還挺享受的……先不管那些，我現在跟東城學姊成為朋友了，我不想害她難過。」

「真是的！雪兔就是這麼溫柔。你就算發火也沒關係啊？」

「妳哥哥不是要結婚了嗎？難得發生喜事，就恩赦他吧。」

「唉，這樣下去，弄得好像我才是壞女人一樣。」

「我怎麼覺得已經夠壞了。」

「哎呀，我這即將滿溢而出的母性，突然好想找個人發洩喔。」

「對不起對不起對不起。」

「怎麼辦呢，好想讓人撒嬌，不知道身邊哪裡有這樣的對象。」

「對不起對不起對不起。」

「事後我可能會供述：『我跟他翻雲覆雨了一番。』」

「老闆，有色狼要襲擊我！快救命啊！」

「嗚……嗚……太好了……小姐……」

「我完了。」

秀臣深切感受到雪兔備受寵愛。而自己竟打算不假思索將他排除，甚至沒有思考過這麼做會有什麼風險，實在太缺乏危機意識了。

這不僅僅是局限於這個少年。任誰得知自己珍惜的事物受人傷害，都會勃然大怒。秀臣也有寶貴的家人，對女兒更是萬般寵愛，要是自己女兒遭受相同對待，他也不會放過對方。

他腦中滿是自責念頭。自己究竟是何時變得如此傲慢，如此自視甚高。

「真拿你沒辦法。就看在雪兔的面子上，祖父那邊我會去說一聲。」

「真的嗎！」

「但是你得發誓，從今以後，不會再給雪兔添任何麻煩。而且就此一次，下不為例。若是又發生類似事件——我一定搞垮你。」

「我答應妳。」

秀臣終於看到一縷光明，不過內心並沒有因此雨過天晴。因為伸出援手將他從滅頂之災中救出的，竟是自己打算除去的少年。他心中百感交集，除了充滿難堪和感謝之意，也讓他忍不住想怒斥如此丟人的自己。

「我不想看到溫柔的冰見山小姐，說出搞垮人這種危險的話。」

「對、對不起喔！晚點我們一起玩碰碰球好不好？」

「又不是泡沫世代。」

剛才對秀臣發出強大壓迫感的女性，忽然間慌亂不已。

這讓他徹底明白，真正不能惹火的，是眼前這位少年。

「我欠你一個大人情。對不起，我知道講這種話無法輕易一筆勾銷。保護小孩應該是大人的責任，而我竟然——」

我為了避免身敗名裂而選擇自保。就處於身負重任的立場而言，我不覺得自己做錯。而女兒經過這次事件後，變得十分沉穩，開始懂得將心比心，彷彿變了個人似的。

這使得秀臣時隔幾十年流下熱淚。或許是因為女兒知道，這世上有著像這位少年一樣懂得寬恕他人，溫柔且氣度宏大的存在，所以想向他看齊也說不定。

「我不認為這麼做能報答你的恩情，不過未來，你若有什麼困難，我一定願意幫忙。你隨時都能找我談。」

秀臣回想起年輕時的起點。自己就是想要幫助並拯救有困難的人，並多少改善現狀，才會決定投身政壇。

「那我希望你把我從冰見山小姐手中救出來。」

「…………抱歉。我真的不希望才剛這麼講就拒絕你，但我真的有心無力。」

「大人都是騙子！」

秀臣從被人緊抱的少年身上別開視線。

做不到的事就是做不到。輕諾寡信乃是世間常理，亦是現實可悲之處。

「噯，雪兔，爺爺說想要見你，能空出時間嗎？」

「妳說什麼？」

# 第一章「怪人誕生」

校內第一搶手的男生登場！而那就是我——九重雪兔？

之所以用疑問句，是因為那些都是別人講的，哇阿災。過去我沒有這類經驗，雖然被討厭習慣了，但別人對我有好感倒是前所未聞。

光這點就夠我頭大了，偏偏現在的煩惱還不只如此。

停學處分結束，我一回到學校，周遭對我的眼光就轉了一百八十度。這都多虧有燈凪、汐里、姊姊、女神學姊跟會長她們鼎力相助，不然我都開始懷疑自己喝了反轉好感度的藥。我對她們只有無盡感謝，同時又覺得，妳們是不是做太過頭啦？

我這眾所皆知的未成年邊緣人，在成年之前都快成聖了。一切都怪吟遊詩人佐藤跟宮原的策略，在我不知情的狀況下，甚至開始連載起「九重雪兔聖人傳說」的校內新聞。

第一部是「反逆」篇，第二部是「再起」篇，而現在正連載到第三部「黎明」篇。

雖然我根本聽不懂他們在扯什麼，總之聽說是人氣專欄。雖然我根本聽（下略）。

總而言之，既然受到幫忙是事實，我就得好好回禮才說得過去。

我送了姊姊一個咬著鮭魚威嚇對方的木雕悠璃像（自製），但反應實在微妙。看來這是姊姊下聖旨，叫我多多磨練品味的意思。

另外自我成聖之後，就莫名有包含學長姊在內的一堆人來找我諮詢。最近甚至連老師們都跑來了。

前幾天，數學老師找我預測賽馬三連單，我總之先向校長打小報告，並嘗試預測看看，沒想到還真猜中了，八成是新手運吧。

「大家都到了吧。」

一早，小百合老師慵懶地環視教室內。

這個時期特有的熱氣，實在消磨幹勁，而我受到非講不可的使命感驅使，開口說道：

「還以為是美女偶像走進教室，原來是老師啊。老師早。」

「我現在有股衝動想把你的成績改成５。」

「好耶——！」

「別那麼刻意拍馬屁。」

燈凪指責說，我拍燈凪馬屁時妳都不指責我，不公平。

「像我這種無法指望操行成績的學生，只能趁這種時候多少賺一點啊。」

「雪兔的話，去找校長說一聲，操行成績就隨便改吧。」

「你這臉蛋亮晶晶的傢伙少瞎掰了。世上哪有這種學生。」

「偏偏就是有啊……」

四處傳來嘆氣聲。奇怪，是我錯了嗎……

「今天有事要宣導，大家仔細聽了。」

哎呀，小百合老師竟然有話要說。平時她總是不多廢話，還真難得。

「儘管我覺得這人生錯時代了，最近似乎頻繁發生踢館事件。」

「現在又不是昭和。」

「喂！你少瞧不起昭和。大家聽好了，絕對不准在三條寺老師面前，說『我只在教科書上見過昭和這個名詞』這一類失禮的臺詞知道嗎？」

昭和對我們而言，猶如是異世界奇幻般的存在。

「嗚嘻嘻嘻。踢館咧，噗噗……都令和年間了，哪來的劍豪啊。噗噗噗噗。」

這個過時的詞彙完全戳中笑點，害我不停拍桌忍笑。

那分明是遺失在過去的歷史遺物，怎麼現在還有人會做出這種蠢事，真是笑死了。

「大家也一起笑啊！什麼年代了還踢館！滾回自己出生的時代吧！」

「喂……雪兔，我怎麼有股不好的預感。」

「對啊，阿雪。而且你一本正經大笑看起來好像恐怖片！」

「真有這麼好笑嗎？九重雪兔。」

「竟然有這種奇葩，我可真想看看他雙親長什麼樣。」

「是哦，我所謂的踢館，是指那人假借武者修行的名義，將這一帶的籃球社都給打趴了。」

「嗯？」

我頓時冷靜下來。怪怪，怎麼一瞬間就笑不出來了？

「想看看那人雙親長什麼樣，這點我也深有同感。畢竟前陣子教學參觀日才剛見過。那人到底是誰啊——你應該知道吧，九重雪兔？」

「呃……不、不知道捏？」

我冷汗直冒。往鄰座看去，爽朗型男與我同個反應，汐里則望向窗外，裝作事不關己。啊，有麻雀！

「你說話吞吞吐吐的可真難得啊。怎麼了，嗯？繼續笑啊，九重雪兔。你是不是心裡有數啊？校方已經根據目擊者證詞，掌握肇事團體的特徵了。裡頭有莫名熱血的傢伙，運動神經超群的傢伙，長得高的女生，還有個戴著面具的詭異傢伙。如何，是不是好像有在哪見過？啊嗯？快說話啊！」

「他們究竟是何許人也……！」

怎麼看都是可疑人士，太詭異了。警察先生就是他們。

「是說九重雪兔，贏家要扒掉對方面具的比賽規則是怎麼回事？」

「老師妳可別瞧不起我，這點小事我當然知道。如果雙方都戴著面具，那就是所謂的面具對面具（Mascara Contra Mascara）。若有一方露出真面目，則是面具對頭髮（Mascara Contra Cabellera），輸家要剪掉頭髮。是雙方賭上尊嚴的傳統對決形式。」

這在墨西哥可是常識啊！

「你可真清楚啊，看來有好好學習過。」

「欸嘿嘿。」

討厭啦，別誇了，這樣講人家會害羞～

「聽說肇事團體自稱為『snow rabbit 隊』。」

「妳可以用小雪兔這個稱呼比較親暱。」

「果然是你！你到底在想什麼呀!?你才剛入學幾個月耶，又不是動漫之類的，就不能稍微自重點嗎？」

「有可能是輕小說喔。」

「你到底在扯什麼？真是夠了，別老是讓我操心。都怪你，害我在教師辦公室的地位，地位……呃，不斷提升，說實話是有點感謝。」

小百合老師苦笑說。聽說因為小百合老師鎮住全校第一的問題兒童班級，結果被認為是指導能力超高的名師。（學生會長如是說）

也能說是麻煩事全被推到她身上。老師對不起。

「巳芳、神代，你們也——」

「對了，還有伊藤。」

啊，存在感薄弱的伊藤有點失落。

「咳，那些到底是校外發生的事，而我也不打算插嘴管你們的私生活，總之拜託你們，別再把事情鬧更大了。聽懂沒？」

「…………」

教室裡陷入詭異的沉默。

「你們這樣讓我很不安耶！快回話呀！」

爽朗型男一臉困擾地開口：

「老師，我想大概不可能。」

我們只能眼睜睜地看著小百合老師眼中泛淚，搖搖晃晃地走出教室。

那麼，「九重雪兔回禮篇」即將開演！

◇

「欸欸，阿雪，我能摸摸看嗎？」

「可以啊。」

「太好了！毛茸茸的耶！」

汐里開始摸我的頭摸個沒完。

「沒想到真實身分會被小百合老師看穿……」

「你哪來的自信認為她看不穿？」

「蛤？我的偽裝根本完美好不好。」

「事到如今問你為何要做那些詭異行為是有點蠢，但是幹麼戴面具？」

爽朗型男，你怎麼現在才提出這個疑問。

「我很喜歡喔！而且戴著兔子面具的阿雪，摸起來毛茸茸的。」

之所以戴兔子面具，是從腓特烈二世那得來的靈感，目的當然不是為了時尚或是趕潮流，而是因為有必要才戴。我可是講求實用性的人。

「也不知為何，我這人似乎總會遇上麻煩事。」

「這倒是……沒說錯。完全沒有反駁的餘地。」

「我只想不引人注目默默過活，結果現在成為校園焦點，還給悠璃添了麻煩。於是我就開始思考，要怎麼做才不會太過顯眼。」

「哦，我就先不吐槽聽你說下去好了。」

「解決方法其實很簡單。俗話說丈八燈臺，照近不照遠。所以我只要戴上面具，那就誰也認不出來了。既然身分不明，就不會給人添麻煩，更不會引人注目。」

「你說的算是正確，但做法倒是錯得離譜。」

「阿雪是為了不引人注目才戴面具嗎!?戴上去整個超醒目的好不好！」

「咦？」

摸我摸個不停的汐里頓時僵住說。

雖說這靈感是從腓特烈二世那得來的，不過大家請放心，我並沒有扒了牠的皮。材料是安全安心的合成皮，還是我用縫紉機通宵趕出來的自信之作。

「也沒差吧。反正現在練習終於上了軌道。離大賽沒多少時間了，就算被學校發現，我們也不能放過寶貴的實戰機會！」

熱血學長依舊熱血到看了就嫌煩。然而他也沒說錯，今年畢業的三年級生已經沒時間了。如今就算想安排跟其他學校的練習比賽，也打不了多少場。既然如此，就只能靠社團以外的私人時間鑽研了。

「要是受傷就前功盡棄了，練習要適可而止啊，敏郎。」

今天熱血學長的心上人，高宮學姊也來了。從旁觀者角度看，都能看出兩人互相信賴，現在告白肯定也能成功，所以才讓外人看得心癢癢。

週末，我們聚集在戶外籃球場。基本上沒有強制，可自由參加，但沒事的籃球社成員每週都有乖乖參加，有幹勁倒是好事。

小百合老師說這叫踢館，不過我們才沒那麼野蠻。

我們都是正面進攻，先靠爽朗型男的關係找人，然後寫封信過去邀他們一起打街籃而已。

「光喜，等你們好久了。今天我一定要拆穿你的真面目！」

「你太囂張了兔。看我再次修理你兔！」

「學長明明就知道這傢伙的真面目吧。」

「凱之前還問為什麼沒去找他呢。」

「久我學長嗎？感覺有點開心呢，好像又回到當時了。」

爽朗型男親暱地跟眼前的高大男人攀談。這樣的巳芳光喜，平時在學校可從沒見過。眼前這自稱大鄉的高大男人，似乎是巳芳國中時期的學長，也曾在籃球社關照過他。而這個大鄉連續兩週陪我們練習，真是個好人。雖然爽朗型男朋友不少，但還是能明顯感覺到這人是他推心置腹的好友。

「上次連球都沒搶到，我等這個報仇的機會好久了！」

「想得美兔！兔——兔兔兔兔。」

附帶一提，主要對戰的是實戰經驗不足的熱血學長他們，我多半是在旁邊觀戰，另外不知為何，還附加了一個單挑贏我就能扒掉我面具的神祕規則。為什麼只有我……太不講理了兔……

我忽然想到，人擁有許多種面貌，而且會在與他人交際的過程中，建構出各式各樣的自己。換言之，能使自己產生變化的，就只有他人。人或許只有在與他人相處時，才能有所改變。不，或許該說想改變自己的動機，就存在於和他人的互動之中。

如果只想當個邊緣人，我就沒有必要改變自己。既然身邊沒有其他人，無時無刻都是孤獨的，就算不改變自己，也不會有人介意。可是，現在——

「阿雪真的好厲害喔，這種事除了阿雪，根本沒人做得到。」

汐里天真無邪地笑說。過去就是我害這個笑容蒙上陰霾。

「光是跟你道謝根本不夠。我現在每一天啊，都過得非常開心。巳芳同學、學長，還有大家一定也都是這麼想。所以阿雪身邊，總是被他人圍繞，那一定是因為——跟你在一起很開心。」

不知不覺間，我不再孤獨了。我不敢說，這樣不會令我產生壓力。今早也是，一早醒來發現媽媽睡在我旁邊，這個月已經是第七次了。

「我和硯川同學成為朋友，同時也是情敵。不過，每一天都過得這麼快樂，大家能不斷歡笑，使得我希望這樣的日子，能永遠持續下去。」

汐里變了，而燈凪也是，她們選擇向前邁進，改變自己。她們早已揮去陰霾，不再像以前那麼弱小，以為她們和過去一樣的，或許只有我而已。我已經跟不上她們成長的速度，被拋在後頭了，我也必須追上她們，不論速度多慢，都要腳踏實地前進。

「啊哈哈，好開心！」

真是的，她不只又長高，還成長了，不論身心都是。

「目標是長到一百八十公分兔。」

「我絕對不要！」

「話說回來，參加的人怎麼變多了？」

街籃球場除了我們邀請的大鄉學長他們，強隊帝旺高中籃球社的成員外，還聚集了好幾支隊伍，有些是我們邀過的籃球社，有些根本不認識。

人數從先前就逐漸增加，沒想到現在變這麼熱鬧。

「雪兔，好久不見。」

「誰啊兔？」

雪兔轉身面向聲音出處，原來是大學生百真學長。

「你好兔。百真學長也來練習兔？」

「呵呵……原來如此，怪不得聚集這麼多人。」

「那個，學長是指什麼呀？」

打街籃時認識百真學長的汐里問說。

「你們不知道嗎？雪兔你們正在搞有趣的事，這消息其實默默傳開了呢？」

就百真學長所述，大家都在傳有個籃球技術高超、頭戴兔子面具的神祕怪人・兔兔人不斷踢館的消息，甚至有些籃球社在等他上門挑戰。當前的情況，已經比小百合老師宣導時更加惡化了。

而只要打贏就能一睹兔兔人真面目，似乎成了大家前來挑戰的誘因。

為了看一眼兔兔人而聚集過來的觀戰者，想要挑戰的籃球社跟街籃隊伍都聚集在此，使得戶外籃球場盛況空前。

「對我們而言，能讓大家都跑來打街籃當然是再好不過，畢竟這樣就不缺對手。就算來打的是高中生，也不乏強校成員，但我可沒想到你會用這種方式來炒熱氣氛。」

回想起來，剛才周遭就傳來「是兔兔人耶！」、「嘿——原來是真的啊。」、「能不能跟他拍張照呀？」之類的對話聲。要拍照沒問題！

「我說雪兔，不管你戴不戴面具都……」

「別說，拜託別再講下去了。」

「阿雪，就說這樣超級顯眼吧！啊、耳朵垂下來了。」

「我真的沒想到會變這樣兔……」

「怪人兔兔人的邀請函」，不知不覺中成為籃球社的一種地位象徵。

而這個兔兔人迷因，也悄悄地擴散到全國。

這就是後人所傳頌的「第三次籃球熱潮」的開端。

◇

「回禮……？」

「因為妳也幫了我。」

這句話使得教室內躁動不已。當然，我也一樣。

阿雪停學處分一結束，就說想要答謝我。我確實為了撤回阿雪的停學處分費了不少苦心，不過這件事錯在東城學姊跟校方，阿雪沒做錯任何事，甚至應該因受到不當處分要求對方道歉。

更何況阿雪對包含我在內的許多人有著大恩，而且是還都還不清的大恩。阿雪根本沒有必要答謝我們。

話雖如此，他那句話對戀愛中的少女而言，可說是一劑猛毒。

因為、因為阿雪說想回禮啊！我怎麼能放過這種大好機會!?

自問自答結束，意識薄弱的我立刻撲向眼前餌食。

「要求什、什麼都可以嗎!?」

「這倒是沒辦法。說要求什麼都行，只會害自己下場慘不忍睹。先前我對媽媽說要求什麼都行，結果她竟然說出『改成每週一起睡覺五天』這種恐怖的話。」

「她會不會太愛小孩了!?」

「後來才慘呢。我說其他什麼都可以，拜託就是不要一起睡五天，後來她就改成六天，這下徹底完了。我到底是哪裡做錯了……」

「就是因為你說什麼都可以啊！」

所幸有悠璃學姊在，應該是不會出問題，不過阿雪的家人真的都很愛他。

話說回來，這問題可真是難解，到底該跟他要求什麼呢？

我輕輕撫過手錶，這已然成為習慣，也讓我不想再收他禮物。因為前陣子，我才從阿雪那收到只屬於我的原創手錶，還是阿雪親手做的。詳情我並不清楚，只知道這是相當高價的東西。

最重要的，這上頭充滿了阿雪付出的心力，是我最珍惜的寶物。

正當我苦思該要求什麼東西時，忽然想起昨晚在網路上找到的影片。影片中介紹了附近一間水族館，說是推薦約會景點。裡頭還有海豚秀之類的表演。上一次去水族館，大概是我小學的時候了。

跟阿雪約會！我嘴角忍不住上揚。過去的我，只顧著追在阿雪後頭，儘管未來會如何都是未知數，我每天只是拚命想跟他道歉。

不過，現在阿雪給了我重修舊好的機會。那麼，我要從零開始重新累積——並成就自己的戀愛。

我要將一切重置，從這裡再次出發。

「那個，我想跟你一起出去玩！我們，去看魚好不好？聽說還能摸喔。」

「原來如此，魚啊。魚……等等喔？這樣啊，我先確認一下。」

◇

朝霞逐漸照亮被染成烏黑的水面。眼前的景色既壯大，又彷彿是幻想。奪目畫面令我張口結舌，宏大規模令我寒毛直豎。

眼前大海一望無際。陽光一反射，就讓海面發出蒼藍光輝，美如寶石。海鷗優雅地在空中飛舞，遠處魚兒躍出水面。

新鮮海潮香氣在鼻腔中擴散，一切都是全新體驗。

我的確說了要去看魚，也的確說過能夠摸。

不過，這也未免太過分了吧？害得我都愣住了。

阿雪的行動總是超乎想像，我還不夠理解九重雪兔這個人。

我坐在**航向太平洋的船上**，放聲將心中感動連同不快喊出：

「阿雪這個大笨蛋————！」

「老闆謝謝，汐里好像也很開心呢。」

汐里面向大海，不知在大喊些什麼。看來她挺開心的。

「小子，雖然沒事先跟你確認的我也有錯，但那位小妹妹說的『想看魚』，應該不是指想去釣魚，而是想去水族館吧？」

「水族館？怎麼可能，那裡的魚又不能吃。」

「……我看小子得先從常識開始學起。不過，她都知道要坐船了還願意跟著來，似乎是真心喜歡小子。可要好好珍惜她。」

我為了實現汐里說想看魚的願望，於是拜託老闆，請他讓我們參加捕魚。

我可沒料到汐里會對捕魚有興趣，竟然說想摸魚，人真是不可貌相。汐里擅長游泳，說不定與海還挺相襯的。

現在時間還早，但船上看到的景色就足以將睡意掃得一乾二淨。三百六十度望去，都是無邊無際的大海，甚至令人產生被獨自留在海上的寂寥感。

幾天前，我跟汐里說老闆答應讓我們上船，結果她對我又敲又打，瞧她高興到這種程度，我拜託老闆也算是值得了。

我們這兩個新人船員不該去妨礙人家捕魚，而我也不能讓汐里遭受危險，所以穿上了跟老闆借的救生衣。

我過去搭過渡輪，但搭漁船還是第一次。

老闆開始熟練地捕魚，而我們則拿著魚竿在一旁釣魚。

汐里沒有釣魚經驗，於是我從將餌掛上魚鉤開始教起。

「這蝦子好小喔？」

「秋醬蝦跟蝦長得很像，但可不是蝦子喔。這是拿來當誘餌吸引魚群的。」

「這應該是蝦子吧？」

「是一種似蝦非蝦的神祕生物。」

我從船上將秋醬蝦撒向大海。汐里會有這種疑問也很正常，誰叫這玩意怎麼看都是蝦子。儘管看起來像蝦，不過秋醬蝦其實算是一種浮游生物，生命真是不可思議。

除此之外我還準備了磷蝦，等汐里習慣釣魚後再拿來用也不錯。

雖然也有沙蠶，就怕汐里用這個會哭出來，大概是派不上用場了。

就我所知，不怕蟲的女生就只有釋迦堂。這個釋迦堂外觀像隻小動物一樣，在這方面卻超級可靠，真是人不可貌相。

「哇哇！阿雪，這個要怎麼裝？」

我代替把陷入苦戰的汐里把秋醬蝦掛上魚鉤。這是我第一次船釣，不過好歹有過釣魚經驗。過去我學習各種技能，好讓家人隨時能把我趕出門，這次終於派上用場了。

若是真的遇難，漂流到荒島，我也能靠生火跟釣魚技能勉強過活。至於只有魚吃營養不均衡這點，也只能忍一忍了。

「裝好餌後，像我這樣拋竿。」

我用力甩竿，魚鉤受前端重量牽引飛向遠方。

確認魚鉤落入海中後，就剩等魚上鉤了。

「釣魚原來是這樣釣啊。一開始還以為會變怎樣，我開始緊張起來了！」

雖然對不起興奮難耐的汐里，釣魚有時得考驗耐性。釣不到的時候真的就釣不到。不論換多少次釣點，也是會有完全不上鉤的時候。

說到底的，只要這個點沒魚，就不可能釣到。不過今天是坐船海釣，船上還裝了魚探機，應該不至於掛蛋吧。

「阿雪！上鉤了！這樣算釣到了!?接下來該怎麼辦!?」

連這都能有新手運!?我才在心裡暗想，魚就上鉤了。

……看來能玩得開心。

「好耶！釣到了！阿雪我釣到了！」

「恭喜——這是竹筴魚啊。」

雖說我有從旁協助，不過汐里經過一番苦戰後，終於把人生第一條魚釣上來。

「咦……怎麼有點小條啊？剛才明明很重啊!?」

汐里顯得有些失望，她剛才似乎覺得手感應該不錯才對。真叫人懷念，回想起自己第一次釣到魚時，我也是相同的感想。

「這就是生命的重量。魚不希望被釣到，當然會拚死抵抗。」

「唔——這樣啊……說得也對。這就是生命的重量……我奪走這條魚的生命了。」

汐里看似感慨地盯著自己釣上來的魚。嚴格來說，魚還活著就是了。

「覺得害怕？」

「……不會。可是，我覺得自己應該要去理解才行。我們是為了活下來，才會吃掉生命。我雖然會去百貨公司買魚，但幾乎都是買到處理完畢的肉，就連吃壽司時，也沒思考過這些事情。」

所以我們日本人，才會在吃東西前說「我開動了（註1）」吧。

「……我，差點就殺死阿雪。我把阿雪的生命給——」

汐里瑟瑟發抖，似乎是回憶起心理陰影，我輕撫背部讓她冷靜下來。

---

註1　日文的いただきます，也有「領受」的意思，是對食物、做飯的人表示感謝。

「我還活著，當時我是不想讓妳受傷，希望妳活下來才幫助妳。所以妳也不要糟蹋自己的生命。」

「……嗯。」

「好了，我們才剛開始而已，而且我都還沒釣到呢。」

我從背後推了汐里一把。她知道生命的重量後，肯定會有所成長。

「阿雪，我會加油的！」

看她沒事，我才頓時放心。說不定我打從一開始就沒必要為她操心。

「對了，小子，你要不要在這試著殺魚啊？」

老闆轉動絞盤，將網拉起。魚網撈起了形形色色的魚。

網裡雖然也有章魚，不過老闆將不需要的魚全部放回大海。就他的說法是，這樣就釣得夠多了。

「收到了，老闆。嗯，那就先處理汐里釣到的竹筴魚吧。」

「要切成生魚片吃的話，得小心寄生蟲啊。有沒有看一眼就能分出來了。」

我照老闆教的手法處理竹筴魚，而汐里則在一旁盯著看。

「這很血腥，不用勉強自己看喔？」

「沒關係。等一下要吃這個對吧，那麼我覺得自己不能移開視線。況且我也想學如何處理魚……」

看汐里怯生生地嘟囔，似乎前路漫長啊。

姑且不論這些，我將切好的竹筴魚洗乾淨，沾了裝在小碟子的醬油後吃下。

「如何啊小子？」

「新鮮的吃起來完全不同耶。汐里也要吃吃看嗎？」

汐里忐忑不安地將生魚片吃下。

「這是我釣到的魚。我當然得負起責任吃掉。我開動了——好彈牙喔！」

她吃了眼睛為之一亮。自己釣上來的魚，吃起來肯定特別美味吧。

「吃得可真香啊，回港口後我請你們吃飯。是說小妹妹，妳其實是想去水族館吧？今天玩得還開心嗎？」

「啊哈哈……被發現啦。我其實沒想到會坐船出海。不過，其實我玩得很開心，也因此得到了寶貴的經驗。今天真的是非常謝謝你！」

「雖然小子似乎沒發現就是了。我看小子真的缺了點常識。小妹妹肯定很辛苦吧，下次記得清楚說出想去水族館約會啊。」

「好的！」

「等一下，汐里從頭到尾都沒說想去水族——」

「好，我們回去吧。」

——怎麼可能!?這就是帥大叔的溝通能力嗎？居然能在短時間內比我還更加理解汐里，我似乎能夠理解成熟大叔會受女性歡迎的理由了。

「阿雪，今天也謝謝你——這樣的經驗，去水族館可無法得到呢。」

汐里滿足地笑說，那表情令人目眩神迷，耀眼到不輸給波光粼粼的海面。

◇

對於較早到校的學生而言，早上的教室時間流動非常和緩。

教室裡同學零零星星，而我摸索書包取出東西。

「是我給雪兔添了麻煩，怎麼可能收下回禮……」

「妳幫助我是事實啊，況且我都做好了。」

燈凪在停學風波時，不顧自身安危幫助我。對為往事所苦的燈凪來說，做出這樣的抉擇絕非易事。

但她依舊選擇幫助我。先前我還耍帥說什麼會幫助她，結果反倒是我被她所救，那麼我就必須得回禮才行。

「謝謝，這個好可愛，還很柔軟……毛茸茸的。雪兔手好巧喔。」

「是嗎？」

「哪像我，頂多只會縫縫鈕子。」

我將雪兔熊玩偶交給燈凪。還順便做了燈織的份。

最近家事幾乎都被媽媽做完，在家變得閒閒沒事。

還搞得我開始懷疑自己的存在意義，於是我就開始學起縫紉。

而成果之一，就是這個眾所期待的雪兔玩偶。

「這可不是普通的玩偶喔。只要敲這裡，它還會發出哀號呢。我總共錄了九種死前慘叫，超級適合拿來紓解壓力。」

我按下頭部，玩偶便發出「奴哇啊啊啊啊啊啊！（配音：我）」的聲音。

燈凪特地要求一個我的玩偶，一定為了拿來舒壓吧。

八成是想在火大時拿來踩、揍，或是往牆上扔。

既然如此，提升臨場感的哀號自然是不可或缺的。我可真是做了個好東西。

燈凪用力壓了雪兔熊的胸部。「嗯呀啊啊啊啊啊啊！」的哀號響徹教室。

「為什麼要加上哀號呀！太恐怖了吧！你真的是很笨耶，既然要發出聲音，為何不讓它叫我的名字……」

燈凪意志消沉地說。下次就照她要求追加錄音好了。

「另外，還有這個。」

「這是……書？」

「這是會彈出燈凪的機關繪本。」

一打開書，小時候的燈凪就會彈出來。故事內容相當簡單，是一部出門冒險的燈凪，在經歷無數事件後獲得幸福的溫馨小品。

「妳喜歡繪本對吧。」

「那都是小時候的事了。不過，這做得好棒，你還會做這種東西啊……奇怪，最後怎麼是空白的？」

燈瓜快速翻書，而手翻到最後一頁時停下。

「妳的未來還會持續下去，所以不會有結局。」

「雪兔……」

燈瓜明白這個繪本蘊含的教育意義後，眼睛又哭紅了。

對吧，我就知道。打從小時候，燈瓜就最喜歡繪本了。她總會說「小雪，我們一起看！」然後邀我一起看。

不知為何，每次一定都是由我朗讀，而燈瓜會在旁感嘆地說「好厲害——」，真是叫人懷念。

「我先前就這麼覺得了，雪兔喜歡做東西嗎？」

「……不知道耶。我沒這麼想過。」

平時並沒有意識到，但我似乎不討厭專注在某樣東西上。

「我呀，打算加入社團。當上高中生後，想開始學點新東西。」

燈瓜拭去眼淚，綻放笑容說。她也成長了，當初入學，她成天只在意我，現在終於打算步上自己過去輕忽的人生，在白紙畫上全新的一頁。

我無須多言，只要尊重她的決定就好。

「嗯，決定了。我要加入美術社！」

「不參加吹奏樂社嗎？」

燈凪在國中時參加吹奏樂社，燈織現在也參加吹奏樂社。

「我喜歡吹奏樂，不過我也想創作出具有形體的事物。」

「這樣啊。」

兒時玩伴一步步成長的身影，令我感到驕傲。

◆

「真是的，雪兔同學快點啦。我肚子空空的，快餓壞了！」

瞧她氣的，而我畏懼神罰，立刻謝罪說。

「對不起，高皇產靈尊學姊。」

雖然階層主兼女神學姊一定會出現在逃生梯，但我還是提前告訴她我會過來。

「神格太高了吧！為什麼你能把這些難念的名字說得如此流利，偏偏就是不記得我的名字？說實話，其實你根本就記得吧。你是故意的吧？你只是覺得獨處有點害羞，才會故意裝傻對不對？」

「討、討厭啦——我當然記得啊。」

「那你說說看我叫什麼名字。」

沒想到她如此小看我，真是夠了。區區女神學姊的真名，我當然記得。

「我記得是……對了！呃，不是將棋裡移動方式很怪的棋子。跟 Argento 有關的——也不對，也不是食戟，等我一下——是跟 Bringer 有關對吧？」

「為什麼都聯想到這種程度了還記不起來!?」

「反正跟美拉沒關係對吧。」

「就是美拉啦！不對，跟那個也無關。不是創真（Soma）也不是佐瑪（Zoma），是相馬（So-ma）。我可是有相馬鏡花這個美麗的名字。給我記清楚了！」

「可是我聽說其他人也都稱妳為女神學姊啊？」

「還不是你講了才傳開的！為什麼你一副事不關己的樣子!?」

「別氣嘛，我給妳法國麵包。」

我將手上的法國麵包遞給女神學姊。我可沒看漏，她從剛才就不斷瞥向法國麵包，八成是非常在意。

若想平息女神學姊的憤怒，獻上供品才是最佳解。

「雪兔同學，你不是說要做午餐給我當回禮嗎？」

「這麵包可不是市售的，是我烤的。還有這個，火龍果果醬。」

家裡的烤箱沒有大到能夠烤法國麵包，幸好老闆願意幫忙。

「這很厲害沒錯，真的很厲害沒錯！這個名字聽起來超強的果醬也讓我很在意沒錯，可是給我這個又大又硬的法國麵包當午餐也吃不完——等等、難道說，你是故意為了讓我講出剛才那聽起來像黃腔的臺詞才!?」

「這世上有法國麵包，卻沒有日本麵包，肯定是因為念起來不順口。」

「聽我說話啊！這樣不是搞得好像我成天會錯意嗎！」

日本麵包是什麼鬼，又不是烘◯王。

「我知道啦，我有另外準備。法國麵包妳就在上課時咬著吃吧，就像松鼠把食物塞進頰囊那樣。啊，這個開心果果醬也給妳。」

我將一個重盒交給她。

「你還做了便當啊？」

「我有先去料理教室熱過。這是鰻魚飯，請用。」

「好豪華！等級怎麼一口氣跳了好多級……是說這個算是便當嗎？」

「這是別人教我做的蒲燒鰻魚，就連鰻魚也是我親自處理的。」

「雪兔同學，你將來打算當廚師嗎？」

「我是沒有這個打算啦……」

老闆曾對我說「將來找不到工作，你就來繼承這間店吧」。聽說他兒子是個普通上班族，老闆還豪爽地笑說：「我沒打算把店硬塞給兒子，在我這一代收了也無所謂。」看來後繼無人是處處可見的難題呀。

「是說，沒有雪兔同學的份嗎？」

「我有這個。」

我從紙袋中掏出一塊像磚頭的玩意。

「啊，這是最近變少見的高級吐司！」

「這還是我第一次吃。」

「我也沒吃過呢，晚點能分我一點嗎？」

「可以啊，我也擔心吃不完。」

「那你幹麼要把一整塊都帶來!?」

我拿起加了珍珠的飲料潤潤喉嚨後，隨即撕了一塊吐司塞進口中。

「如何？」

「沒啥味道。」

「…………要果醬嗎？」

「好。」

到底是高級吐司，吃起來還挺香的。

「不過你拿來的，怎麼都是些已經退流行的東西。」

嗚，吃上一記女高中生不經意的無情吐槽，但我可不會氣餒。

「我還有一個要送的東西。」

「嗯，你還做了什麼？」

「這次不是食物，是這個！是女神學姊的Ａ３掛軸！」

「這不就上一集的特典嗎！」

「什麼特典？」

「哈──!?我剛才說了什麼……」

女神學姊不知接收到什麼天啟，感覺她越來越像女神了。

為避免誤會，還是糾正一下吧。

「這可不是普通的特典，而是付費特典。」

「拜託你胡搞瞎搞也要有個限度好嗎？總之我收下了。」

惹她生氣了。

「嗯——好好吃！不過鰻魚很貴吧。總覺得有點不好意思。」

「不用在意啦，我只有花材料費而已。妳知道嗎？土用丑日其實跟星期六一點關係都沒有喔。所以今天吃了也沒問題。」

「哦——是這樣啊！」

我們在這午後時分，又學到一項新知。

◆

史前時代，存在於紀元前的遙遠過去。

儘管人類對擁有超越現代科技的超古代文明，感受到無窮無盡的浪漫，然而活在當下的我們，光是學習紀元後——也就是西元一年以後的歷史就已經費盡心力了。

人類不斷在壯大歷史寫下新的一頁，而有些事絕不能遺忘。

現在，我們試著回顧那些短小的歷史。

在九重家的歷史上，存在著「舊‧我的房間時代」以及「新‧我的房間時代」，而其變化可說是大到令人匪夷所思。

我那樸素且沒有人味的房間搖身一變，成了淡粉色調的主題空間。史前時代崩壞，不留一片痕跡。就連試圖探索過去都做不到。

還有這化妝臺哪時冒出來的，昨天我可沒看到啊!?

當然，房間的使用者不只有我，這顯然是媽媽或姊姊其中一人，或者是兩人聯手犯下的罪行。那兩人待在我房間，就像是跑進便利商店一樣愜意，我曾試著當面做最低限度的抗議，可惜她們倆根本不理不睬。花爸媽錢的人就是沒地位。

我只能一邊默默在心中落下眼淚，一邊在這令人靜不下心的房間念書，忽然之間，如同考資格考試忘記帶工程計算機，那樣空前絕後的重大危機向我襲來。這就是諾斯特拉達穆斯預言中提到的恐怖大王嗎？

對方步步逼近，而我背對牆壁，無力顫抖、進退維谷。此刻我終於下定決心，要面對這個過度強大的對手。

「姊姊妳冷靜點！」

「我無時無刻都很冷靜。」

我試圖說服她，結果姊姊非常冷靜。這下沒辦法了，換這招如何！

「姊姊妳不要那麼冷靜！」

「也是，我可能早就失去理智了。」

「妳根本無敵了吧？」

悠璃以最強無敵理論將我完全辯倒，這下真的束手無策了。老實說，我現在無法直視她的身體。此時天啟降臨，我終於想到法子。

「對了，妳等我一下！」

我慌慌張張衝出房間，拿到目標物品。

「哼哼哼，這樣簡直完美，我做好準備了。找我什麼事？」

此時腳趾不小心撞到門，我痛得滿地打滾。

「呀哦哦哦哦哦哦哦哦嗯！」

「你到底在幹麼呀⁉沒事吧？就是戴了這種東西才會危險啊。」

悠璃將我戴的眼罩丟掉，導致眼睛也受到重大傷害。

「為什麼妳上半身沒穿⁉」

「先前我不是說過胸部變大要你幫忙量尺寸。我得重買胸罩。」

「原來那不是在開玩笑啊……」

這麼說來，先前她好像提過胸罩有點緊之類的。

「咦？當真要我量？」

「蛤？除了你之外還能找誰。」

「找媽媽啊。」

應該說，這種事本來就只能找媽媽吧？怎麼想都比找我還合適。

「媽媽是勁敵。現在我稍稍輸了一點，不過總有一天會超越她。」

「這樣啊。」

我聽不太懂，只能隨便應聲。

「反正你早就看慣我的裸體，事到如今量個胸圍哪有什麼好害羞的。」

「我怎麼覺得這東西不該看慣。」

「？」

姊姊歪頭表示不解。

「這句話有感到疑惑的餘地嗎？」

我也歪頭表示不解。

「別管那些了，快點量吧。把捲尺拿好。」

姊姊把雙手放在後頭，露出腋下。

這景象對我這個青春期少年來說實在太過刺激，而她卻一臉不在乎的模樣。在我眼前的，是一個無瑕的藝術品。她的姿態彷彿雕塑，甚至讓人覺得神聖。剔除掉一切不純物的細緻肌膚，純度簡直達到12N（註2）。

我不禁跪倒在地，心中響起如雷的掌聲，接著細細品味——這份感動。

與現代的文藝復興邂逅，使我受心底湧現的渴望所驅使，情不自禁地說：

註2 氟化氫的最高純度。

「……厄洛斯的阿芙洛蒂忒（註3）。」

「是米洛斯。」

說溜嘴啦啊啊啊啊！啊啊啊啊啊啊！啊啊啊啊啊啊啊！（回音）

「是被你講的話，我無所謂。」

「竟然無所謂喔。」

多麼地寬容，使我肅然起敬。

「把捲尺繞到背後。罩杯是用上圍跟下圍的差異來定。」

又知道一個無用知識。今晚一如既往發生了姊姊騷擾。

看來不量清楚真的沒完沒了。我下定決心，將捲尺緩緩繞過背部，在胸部上圍交錯，數字是……啊啊啊啊啊真是夠了——！

「嗯……好癢……」

再不快點擺脫這個地獄，我的人生就要因為死到沒命無法接關了。

「那邊……擦到了……！」

什麼都聽不到什麼都聽不到什麼都聽不到什麼都聽不到我講幾遍了？

「相減，對啊，要相減！呃……大概二十五公分吧。」

我用前傾低頭的姿勢確認尺寸表。這樣應該算G罩杯吧。

註3　希臘神話中的愛與情慾之神，亦代指色情。

這時我才明白，在同一個罩杯裡，也是分成了不同的種類，女生比男生辛苦太多了吧。而且我最近正在學縫紉，也算是上了一課。

「果然又成長了。以後一週測一次吧。」

「太頻繁了吧⁉」

「我正值成長期啊。」

「成長期好猛啊。」

成長期，這詞可真有說服力。

姑且不說這些，明明量都量完了，我依舊得將視線從姊姊身上移開。

「怎麼了？反正不會少塊肉，你想看就儘管看啊。」

「這樣未免太不檢點……」

「我們是家人，不必介意那些。」

「若是真的那麼想，那我也自有打算！」

噗滋，我真的理智斷線了。人的忍耐是有極限了，儘管我的精神有如水平儀般不偏不倚，也是跟信用卡一樣有預借額度存在。

關係再親密都得講求禮儀，而家人當然也一樣。

妳這傢伙給我適可而止喔。我都忍那麼久了，妳那是什麼態度！

啊啊，我知道了。好啊！是妳主動挑起戰爭的，要打那我奉陪！

「盯——」

我直盯著看，看個沒完。就像是做視力測驗一樣，對悠璃投以彷彿舔遍全身的視線。

呼嘿嘿嘿。如何，知道厲害了吧。讓妳嘗嘗充滿色心的眼神！

悠璃頓時身體顫抖。贏了！成就感湧現的同時，也產生了失落感。

這場勝利的代價太高。我沒資格當她弟弟，就算被厭惡，我也無從辯駁。

就在心裡慌成一團時，悠璃溫柔地抱住我。

「對，這樣就好了。你想怎麼做都行，我會接受你的一切。因為……我只能做到這些……這就是我的價值……我的存在意義……你只要誠實面對感情，順從自己的心。只要雪兔希望，要我做什麼都——」

忽然間，悠璃好似回神一般放開了我。

「沒事。」

「姊姊？」

須臾之間，她的眼瞳搖曳著哀傷。

我感受到難以言喻的不安，視線飄忽不定。剛才的究竟是……？

而姊姊轉回原本話題說。

「我要去買內衣，你也跟著來。」

「請恕偶拒絕。」

「我會買你喜歡的內衣。」

「就算妳講得像是買糖一樣我也……」

「蛤？你給我去。」

「請務必讓我陪同。」

最後我們一起出門了。我們似乎慢慢變回普通的姊弟。

然而，姊姊剛才的苦悶表情，卻在我腦中揮之不去。

# 第二章「觀戰與感染」

「好耶！高宮學姊，我們打贏了！」

「不會吧……沒想到真的贏了……」

高宮涼音在觀眾席呆呆地望向球場。身旁的神代汐里樂得跳來跳去，但涼音沒心情那麼做。她明明感到高興，卻無法接受眼前現實。因為幾個月前，她根本不敢相信會發生這種事。

她看著火村敏郎朝自己擺出勝利姿勢，便一瞬間臉漲得通紅。

涼音萬萬沒想到，自己會認為敏郎很帥。沒錯，萬萬沒想到。

感到困惑的人不只有涼音。她將視線轉向顧問安東，安東也同樣被嚇得張口結舌。他擔任弱小籃球社的顧問老師，教導方式講好聽點是自由發展，講難聽點就是放任主義，所以他完全沒發現籃球社變強了。

站在校方角度來看，應該會對社團產生期待。至少下一學期肯定會追加社團預算。

全國大賽預賽，由火村敏郎領軍的逍遙高中男籃社，突破了第三輪，將進入B區第四輪比賽。就男籃社實績而言，可說是無可挑剔。

考量到他們過去連突破第一輪都相當困難來看，這肯定是場大勝仗，甚至說是壯舉。包含下週的第四輪比賽在內，再贏兩場就能挺進四強賽，接著就是全國大賽。

籃球社原本只是喜歡籃球的人，聚在一起悠哉打球的地方。參加大賽也不過是做個紀念。

如今他們徹底改頭換面，投注在大賽上的熱情絕不亞於他校。

光看表情就能分辨出來，那些勉為其難上場戰鬥的社員已經不復存在。他們的表情透露出充實感，三場勝績並非湊巧，而是努力贏得的結果。

他們變了，被改變了。比任何人都理解這件事的，正是男籃社的成員。火村敏郎的抉擇，使男籃社產生巨變。近朱者赤，如今翻騰的熱情、青春的汗水，正傳播開來。

他們的夢想不會在今天畫下句點。最後的夏天，將持續下去。

「學姊，我們去大家那吧！火村隊長也在等妳喔！」

「等等，神代同學，別拉我啊！」

涼音跟在向前奔馳的學妹身後，周遭歡聲四起，但她心中卻充斥著不安。

比賽結束，大家收拾好行李。高宮涼音也加入了樂得歡天喜地的隊伍中。

「涼音，謝謝妳來幫忙加油。光是有妳在，我就充滿力量。」

「恭喜你，敏郎。」

「再一下、再等一下就好。我一定會成為配得上妳的男人！」

涼音喜歡敏郎說話時的熱情洋溢，這句話卻使她表情蒙上一層陰霾。

她只能將微笑貼在臉上，避免混亂思緒被人察覺。

「我看看……千弦學園是久我學長那隊，大鄉學長的帝旺也贏了。不過是D區啊，不打進四強賽就不會碰上，真可惜。」

「不碰上最好，我們穩輸的。」

「是沒錯啦，但你別滅自己威風好不好。」

身後傳來巳芳光喜和九重雪兔的對話聲。

涼音不太擅長面對九重雪兔。她並非討厭雪兔，甚至稱得上是有點好感。他才入學幾個月，就數度成為校內話題人物，搞得全校都認識這個成天鬧出風波的一年級學生。

有人討厭他，相對的，仰慕他的人也很多，三年級裡就有許多他的粉絲。就連涼音班上，也有同學跑去找他做戀愛諮詢。

至於那些真偽莫辨的聖人傳說，更是沒人知道哪些部分可信，在經歷過鬧翻整間學校的校內廣播後，至少大家知道部分傳言無庸置疑全是事實。

考慮到火村敏郎邀九重雪兔進籃球社的前因後果，涼音心中對他只有感謝。然而——

（敏郎，為什麼……為什麼你會忘記和我的約定……？）

內心宛如被緊緊揪住。到頭來，不過是醜陋的嫉妒，以及自我中心的任性罷了。

涼音並不期待敏郎心中描繪的告白情境。他們倆從國中至今，已經建立起深厚的情誼，如今無需多餘話語，便能瞭解彼此心意。

涼音只希望，高中三年級最後一段時間，能跟敏郎一同度過。

她並不打算追求變化。因為沒有改變的必要，這是她毫無矯飾的真心話。

對於決定要上同一所大學的兩人而言，這個夏天就是最終期限。

高宮涼音的志願校，對火村敏郎門檻過高。今年夏天大賽結束後，敏郎將從社團引退，接著一起備考認真念書，兩人是如此約定的。

如今，敏郎他們連假日都不停練球，還不惜犧牲兩人相處的寶貴時間，這使得涼音難以接受。

（有什麼關係，弱就弱啊。敏郎他們事到如今才努力，又有什麼意義。）

這樣的心意，託付給學弟們不就好了。所幸一年級能力突出，只有他們能夠支撐這個面臨過渡期的籃球社，而不是三年級。這是涼音絕對無法說出口的心聲。

第一輪就打輸回家也無所謂。不論比賽成績如何，只要敏郎告白，涼音的答覆都不會改變，他們倆就是一同度過了如此漫長的時光。

想為敏郎加油的心情，和醜陋的嫉妒心，涼音被夾在其中，不斷受苦。

「我們會繼續贏下去。涼音，我們會變得更強！」

敏郎熱情的話語，聽起來格外空虛。都三年級了才開始追夢，未免也太遲。

涼音是在國中二年級時認識火村敏郎。一開始，她只覺得這傢伙熱血到很煩。

不過，一切是她誤會了。敏郎只是充滿正義感，而且正直到有些笨拙。

某次，有女生遭受未達到霸凌但令人不快的方式捉弄，結果火村敏郎上前糾正。

回想起來，那是涼音第一次將他當成異性看待。

而過不了多久，高宮涼音就被他的生活態度所吸引。

兩人還莫名地一直被分在同個班級，這讓人很難不去想，其中有什麼神祕的緣分。

涼音忽然想起，儘管兩人感情不斷升溫，周遭卻有人說他們倆並不相襯。

說不定，敏郎就是因此而糾結。

如果這就是火村敏郎拘泥於成果的理由，那九重雪兔還真是做了件殘酷的事。因為是他給予敏郎希望，一個名為夢想的希望，那怕其中含有劇毒。

高宮轉頭看向九重雪兔，他一直用嚴肅表情看著賽程表。還不時翻開筆記，不知碎念些什麼，而在一旁的巳芳光喜也探頭看向那個筆記本。

「——唔！」

九重雪兔闔上筆記本，忽然朝涼音走去。

「高宮學姊，晚點我有事想找妳談。」

涼音被他的認真眼神所壓倒，不知不覺點頭答應。

說到刑警，大家都會想到純情派，而說到美術，也自然會提及派系。古典派、印象派、寫實主義，派系可說是多采多姿，在我感受到姊姊散發出的藝術氣息之後，便跳槽到悠璃派。我所背負的使命，便是將「不停追求悠璃之美」的這項現代美術宗旨達到極致。

這其中絕對沒有非分之想，儘管我覺得就算有也是無可奈何。

那怕我的精神力早已與水熊蟲比肩，堪稱適應能力最強，也是會迎來極限。

尤其是她那細緻的美麗大腿、小腿，和腳踝的黃金比例，我將這命名為美足三原則。

◇

先不提這些了，放學後，我和顯得有些緊張的燈凪一同前往美術社。

在這不上不下的時期入社，也難怪燈凪會有點緊張。我們向同學確認過，B班沒人加入美術社，也不知道社團氛圍如何。我只是負責陪同，而燈凪似乎打算先觀摩一次，再正式提交入社申請表。

「……謝謝你陪我去。」

「我好歹也會擔心妳啊。燈凪妳聽好了，如果被要求當裸體模特兒，就要鄭重拒絕，或是立刻逃跑，還有別忘記尋求大人協助。文部科學省兒少ＳＯＳ保護專線的電話是——」

「你到底在擔心什麼啊！」

燈凪滿臉通紅地喊道，要知道學校這地方可是危機四伏，不可掉以輕心。算盡預料之外的可能性，是在學校這個生存戰場中活下來所不可或缺的能力。

「我有東西要給妳。就是這個。」

「這是……？」

「這是美術刮刀。聽好了，只要有個萬一，妳就拿這刺向對手逃跑。只要感受到危機，就千萬別猶豫，總之以自身安全為優先考量。」

「你到底把美術社當什麼啊⁉」

「天曉得會發生什麼事！」

「會做那種事的只有雪兔好嗎！」

她提起名為語言的利刀刺傷了我。才剛講授，燈凪就立即實踐，刀鋒可說是銳利無比。傷害所有觸及之人——其名為彈簧刀燈凪。有點帥氣，這名字我很滿意。

「小凪凪，說說看『接近我當心受傷』。」

「嗯？接近我當心受傷。這樣可以嗎？」

「好弱。」

「等等，你到底讓我說了些什麼啊！」

燈凪氣噗噗，應該不是便祕。

可能是剛才的無理取鬧使她放鬆，燈凪大大地嘆了一口氣。

「真是的。不必那麼擔心啦。美術社顧問是三條寺老師。」

「搞什麼，妳早說嘛。」

三條寺老師可稱得上是這個學校的良心，有她當顧問就高枕無憂了。

我們走進美術室，裡頭正在準備開始活動。

裡頭有一個認識的人，還是這所學校最麻煩的怪物。

「哎呀，你們怎麼來這？找美術社有什麼事嗎？」

「怪鳥？」

「是會長好嗎？幹麼把人家當魔物……呃，我今天是來做入社體驗，想在入社前先看過一遍。還請多多指教！」

「妳是硯川同學對吧，歡迎。」

三條寺老師以笑臉迎接我們，可能事先聽燈凪講過要來觀摩。

「原來是一年級學生想入社啊。如妳所見，美術社社員很少，真是幫大忙了。」

「為什麼會長會在這？」

「因為我好歹也是美術社的社長啊。」

「這美術社沒問題嗎？」

這美術社沒問題嗎？

「雪兔，真心話藏心裡就好。」

燈凪對會長也很嗆，笑死。

「你好，雪兔同學。」

「三雲學姊，這人當社長沒問題嗎？」

「她平常可是挺正經的喔？」

幾乎可說是一定會待在祁堂會長身旁的親信，副會長三雲學姊當然也在。

對不起，三雲學姊，老實說，妳這話實在欠缺說服力。

「維也納嗎（註4）？」

「那是奧地利的首都……那裡的美術館跟博物館很有名，我一直想去看看。其實我從來沒有出國旅行過，還挺嚮往的。」

「其實我最近也迷上藝術。專攻悠璃派。」

「……悠璃派？」

說起來姊姊曾說過想去看看美泉宮。到底為什麼啊？

「九重雪兔是籃球社的吧，你是陪她過來看看？」

「算是吧。」

「我呢，真的是非常不甘心。可說是不論怎麼懊悔都不夠的程度。我真是沒用，先前的事都沒向你致歉，這次又因為英里佳失控給你添了麻煩。而且這次也對你下達不當處分，也難怪悠璃會震怒。我明白不論怎麼道歉，這種事都不可能被原諒。」

---

註4「維也納嗎」為「沒問題嗎」的日文諧音。

祁堂會長語重心長地說，她眼角泛淚，緊握的拳頭在膝上顫抖。

校方已經正式道歉，多虧燈凪她們幫忙，我還能繼續留在這間學校。這樣就夠了。雖然我不認為自己有那樣的價值，但真的是感激不盡。就算我原諒她們，到頭來她們能不能原諒自己，還是得看個人。

東城學姊先前為表示歉意，說出「我把頭剃光」時可真是嚇死我了。最後是我急忙阻止她才作罷，做那種事謝罪只會搞得像是我做錯事一樣，只會徒增我困擾啊。附帶一提，冰見山小姐倒是對東城爸爸說「謝罪時不是該把頭剃光嗎」。好恐怖，看來她真的是氣炸了。而最後也被我所制止，我根本就是東城家的頭髮守護者，可能說是守護神也不為過了。

學生會長驟然起身抓住我的肩膀，她的眼睛轉個不停，看似陷入混亂狀態。

「我不覺得做這種事能夠賠罪，九重雪兔，我來當裸體模特兒吧！」

「小睦!?」

「我的身材並不算好，但是我能做到的也只有這些！裕美妳做什麼！放手、快放開我！」

「妳到底在說什麼傻話！祁堂同學妳冷靜點！」

蠢話?妳竟然說蠢話?三條寺老師對祁堂會長的指責令我感到不悅。

「那麼，三條寺老師願意代替她嗎？」

「你又在胡說什麼呀!?」

「哎呀呀。怎麼啦，老師？我沒差喔，就算要讓學生會長負責也無所謂。只是這樣的話，我可無法保證祁堂會長會發生什麼事喔。」

「嗚……你這是在威脅我嗎？可是，我怎麼能讓學生犧牲……」

「啊——啊，那我還是拜託祁堂會長吧——」

「裕美妳聽到沒，九重雪兔也這麼說了，沒有任何問題！快放開我！」

「怎麼可能會沒問題！」

「果然還是祁堂會長上道啊——這就是所謂的責任感吧。相較之下——」

「……知道了。我做就是了！這都是為了保護學生，由我來代替她，擔任裸體模特兒，請你不要對祁堂同學出手！」

「那就得看老師妳的態度了……賊笑。」

「為什麼變成你要脅別人啊！」

燈凪狠狠地敲了我的頭——哈!?到底發生什麼事!?我終於清醒了。似乎是看到祁堂會長的眼睛，害得我被她催眠。她果然有魔眼啊。

話說回來，三條寺老師竟然願意陪學生演這齣鬧劇，簡直就是教師典範。實在很難相信她因為擔任學生指導一職，結果被學生所討厭。

「雪兔你真的是非鬧出點問題才會罷休嗎？」

燈凪冷眼盯著我看，我只能移開視線，吹著沒聲音的蹩腳口哨。

猶如基本業績的一連串騷動結束後，美術室終於恢復和平。

某種意義上，這也算是社團活動開始前的暖身運動。

「咳，那麼差不多開始社團活動吧。剛才的事就晚點再提。」

不了，拜託晚點也別提。

「對了，九重雪兔，今天你也要參加嗎？」

「我是這麼打算的。還特地帶了粉筆來。」

我拿出媽媽以前買給我的一百色粉筆。

過去一直沒機會使用，害它只能長年沉睡在壁櫥裡，到了最近，使用頻率終於變多，如今已成了轉為悠璃派的我所不可或缺的道具。

「今天天氣這麼好，我們去外面寫生吧。」

一行人順從三條寺老師的方針，帶著包包走到外頭。

「好期待喔！雪兔要畫什麼？」

「這個嘛，我畫妳吧。」

「我、我？」

燈凪低著頭，兩腮泛出桃紅。要畫風景畫也成，不過我身為悠璃派，當然得畫人物畫。

三條寺老師似乎回想起什麼，對大家說。

「對了，這個並非強制，你們要不要參加美術比賽？在夏天享受藝術也很不錯喔。」

「美術比賽嗎？」

「怎麼辦雪兔？我想參加！」

聽說這是美術社每年活動的一環，而美術社以外的學生也能自由參加。

「到時候是暑假，這或許是個體驗各種事物的好機會。我也參加吧。」

「嗯！」

「大家加油喔。呵呵，你們對美術有興趣真是太好了。」

扣除會長，美術社可說是氛圍和樂且美好的社團。顧問三條寺老師也很溫柔，真希望那個把事情丟給我就不聞不問的男籃社顧問——安東老師好好向她看齊。如果是在這，我就不必擔心了，燈瓜一定能過得很好。

我一面想著繪畫主題的事，一面走到外面，接著一行人在眩目太陽底下開始作畫。

◆

有一名學生，一面坐在河岸邊懊惱，一面吃著銘果信玄餅。那人正是我——九重雪兔。

我正陷入一個家庭環境惡劣的非行少年會思考的難題。我實在不想回家。

我以為媽媽對我沒有半點興趣，而姊姊討厭我。本該是這樣才對，這樣就夠了，一切都平安落幕，沒有任何問題。我整天給她們添麻煩，沒有我在，她們就能過上平穩日子。我堅信這麼做才是孝順媽媽，這就是我的常識。

然而這份對我而言的日常生活，卻產生了巨變。

為什麼，要突然對我那麼溫柔？

我拿出面紙，把嘴角沾到的黑糖蜜擦掉。

不對，媽媽和姊姊跟我這個低等生物不同，身為高等生物的她們不可能犯錯。

媽媽和姊姊打從一開始就很溫柔。改變的人是我。

我只是沒有理解，不明白溫柔的意義，無知地活到現在。

晴空萬里，而我的心情則反比例呈現陰鬱，只能在這愁眉苦臉，不斷拖延回家時間。

某天，我一回家，發現媽媽跟姊姊穿上反轉兔女郎裝。

九重家因雪華阿姨的暴舉，正掀起一陣反轉兔女郎裝風潮。

我簡直想死了。

難掩心中混亂的我，只能向姊姊尋求解答。

「蛤？不是兔年嗎？」

您說的是，不過憑我這空空的腦袋瓜，實在難以參透這個答覆的深意。

我飛也似地逃往冰見山小姐家求助，誰知道冰見山小姐也是穿反轉兔女郎裝。

這狀況彷彿是愛麗絲誤闖仙境，常識完全不管用。

但誤闖的仙境可能不是異世界，而是貞操觀念逆轉的世界。

如今我像個異邦人，為尋覓出口不斷徬徨。

而且媽媽現在正處於媽媽修行，會把我誤認為嬰兒。

她向我攀談時，偶爾會像在跟嬰兒講話似的。而叭噗叭噗地回話已經是我的能力極限了。

究竟，常識是何時起了轉變？我能夠再次過上安穩日子嗎？

現在一回家，便受到「風林火山」的洗禮。

被疾如風般溺愛、被徐如林般溺愛、被侵略如火般溺愛、被不動如山般溺愛。當然還有被難知如陰般溺愛、被動如雷震般溺愛。

熟讀甲陽軍鑑的媽媽和姊姊，正穩健地、一步步攻略我。

手機收到簡訊。是最擅於讓我墮落的智將・冰見山小姐寄來的。

一看內容，我就把滿嘴黃豆粉給噴出來，隨即奔向目的地……

「結婚典禮嗎？」

「是啊，哥哥說務必請雪兔參加。」

聽了這個意外的請求，我不禁眼睛瞪大。

伸向大盤子拿櫻桃的手也頓時停下。現在正值產季，特別美味。

我從冰見山小姐那收到「我這邊有剛產下的孩子喔♪」這段嚇死人的簡訊，就急忙衝了過來，冷靜想想，我壓根沒理由緊張啊。

好險好險，我到底慌個什麼勁啊……幸好沒事。

「妳指的……是這些櫻桃啊……」

「雪兔你怎麼了？不喜歡櫻桃？」

我身體冒汗，腦中開滿櫻花。完全聽不進她講的話。

檢查生命跡象，呼吸、脈搏、血壓、體溫、意識，一切異常。

擁有最強精神，能夠面無表情觀賞恐怖電影的我，面對真正的靈異現象根本毫無招架之力。我的視線在虛空中徬徨，吃下悽慘的敗仗。

我至今不曾有過靈能力。如今，卻陷入殺戮小丑看了都會嚇死的狀況。我用顫抖不已的手摘了一顆櫻桃。

我看到了。從那敞開的胸口，看到冰見山小姐那不該被看到的東西。

「這對處男（Cherry boy）來說太過刺激了……」

「你這麼想吃櫻桃嗎？隨時都可以吃喔。」

「呵呵……呵呵呵……你就這麼想惹我生氣嗎……」

她將身體貼上來，在我耳邊吐露甘甜氣息說。

半導體的性能，大約一年半到兩年會增為兩倍，這被稱作「摩爾定律」。但這個冰見山小姐和摩爾不同，對我的好感度增長似乎看不到盡頭。

而我對此只能抱持危機感，打從認識她到現在，好感度的提升速率就遠超出兩倍，還不斷攀升。拜託踩個煞車好嗎！

要是我繼續在這吃 Cherry，晚點就輪到冰見山小姐吃掉我的 Cherry 了。

於是本軍師九重雪兔，在呼喚東南風的同時還心生一計。

姑且先命名為「冰見山小姐好感度下降大作戰」吧。

根據調查，最容易使女性感到不悅的男性特質是性騷擾。其中包括了身體接觸和使人感受到性意圖的發言。

老實說，我也不想對充滿善意又溫柔的冰見山小姐做這種事！

不過我必須化作惡鬼實踐計略。對不起了，冰見山小姐！

「嘿嘿嘿，妳的櫻桃看起來也不賴啊。勸妳可別太小看我。當心我把妳那小巧可口的櫻桃玩弄成加州櫻桃喔？」

我的右手抬起冰見山小姐的下巴，左手則以勉強沒摸到的距離逼近她豐滿的胸部。並用猶如讓她看催眠ＡＰＰ的方式，俯視她的眼瞳。

現場一瞬間寧靜下來。只聽到冰見山小姐吞嚥口水的聲響。

她的眼神迷濛。鮮紅豔麗的脣瓣，和緩地張開：

「……你是……認真的……我是被烙上瑕疵品的女人。而你仍願意渴求我嗎？為什麼你會如此地——」

「奇怪惹——？」

等等？這不對啊。都性騷擾了怎麼好感度還會提升。我又沒有打倒蘊藏豐富經驗值的金屬怪物，怎麼彷彿聽見了連續升級的聲音。

不會吧，我收到的那些原來是假消息嗎!?

左手還在不知不覺間被冰見山小姐抓住。放手、快放開我！

妳想拿我的手做什麼！等等，怎麼有摸到櫻桃的觸感!?

「呀啊啊啊啊啊啊啊啊啊啊！」

我死了，未來就託付給下個世代的九重雪兔吧。拜託你了，搭檔！

「之前你不是送給哥哥硬幣嗎？他的未婚妻收到後好感動呢。而且雪兔在學校過得很辛苦對吧，所以哥哥似乎有點在意。」

「該道謝的應該是我啊。」

詳情我並不清楚，只知道他似乎為了幫我解除停學處分幫了不少忙。

我是真心感謝冰見山小姐，只可惜依舊不太擅長應對她。

啊，粉紅色……我是說櫻桃喔？我沒其他意思。我說真的啦！

「對方和哥哥交往了很久，但兩人遲遲沒有小孩，才會猶豫該不該結婚，最近終於檢查出懷孕，這才讓他下定決心。哥哥雖然高興，不過這畢竟算是高齡生產，他曾開心地說過，是你送的硬幣給了他勇氣。」

先前就有聽說她哥哥要結婚了，沒想到中間還有這樣一段故事。

說起來，冰見山小姐也是因為不孕才被解除婚約。

或許她身為擁有相同際遇的女性，對這件事特別有感觸。

「可是我不認識其他人，況且我還是一個外人啊。」

冰見山小姐的哥哥身居要職，結婚典禮的規模似乎也非同小可。

招待賓客的人數，肯定不是一般婚禮能夠相提並論。

我完全能想像，自己在宴會上像隻去別人家借住的貓一樣。

「放心吧，雪兔會和我一起待在親戚桌。」

「親戚桌!?」

咦，我原來是冰見山小姐的親戚嗎？太恐怖了，我實在不敢追問下去。

「聽說能用舌頭給櫻桃梗打結，就表示接吻技術很好喔。」

她淘氣地吐舌說，舌頭上的櫻桃梗變成一個漂亮的六芒星。

「這也太神了吧！」

她的接吻技術究竟有多好，真是深藏不露。

「要體驗看看嗎？」

「我怕全身會酥軟融化，還是算了。」

「哎呀，真可惜。」

更何況最近媽媽也致力於把我寵成一個軟骨頭，再這樣下去別說是骨頭撐不起身體，我都怕自己變成軟體動物了。

試圖降低她的好感度，卻以失敗告終，我是多麼地無力。

之後我也嘗試了各種方法。像是她問我喜歡哪種穿著時，我回答「裸體吊帶吧，雖然冰見山小姐應該是穿不了（笑）。」試圖嘲諷兼對她性騷擾，然而當她真的換成那副打扮回來時，我就理解想降低她好感度是不可能的事。

我真心後悔，為什麼要大意說出那種話。

結果冰見山小姐現在的穿著（自主消音）。

不過這或許是個好機會，於是我問了一個至今都不敢提出的問題。

「為什麼冰見山小姐，要對我這麼好？」

「咦？」

空氣猶如凍結一般。剛才春心蕩漾的氛圍消散，她的表情因苦悶而扭曲。

為什麼，我總覺得這表情似曾相識……最後她努力擠出話說。

「……不。我一點都不溫柔……因為我是騙子。」

她無力地笑出聲。身體哆嗦不止，低頭的身影彷彿脆弱到輕輕觸碰就會崩潰。

我無言以對。我竟然沒頭沒腦地傷害了溫柔的冰見山小姐。

「──雪兔？」

「媽媽說過，這樣做會讓人放心。」

我害怕傷害她那瘦小的身體，輕輕地抱住她。

這已經是我這外人能做到的極限了。就算她要告我性騷擾也是無可奈何。

即便如此，我仍覺得必須這麼做。因為我必須遵守媽媽的教誨。

「我不會騙人。」

「——唔！你……說得對。你的話總是沒有虛假。可是，我卻不願意相信……我一直很後悔，卻又懷疑你……我想相信，我想相信啊！」

冰見山小姐嗚咽地說。她將頭埋進我的胸膛，淚如雨下。

我並沒有熟識冰見山小姐到能夠理解那眼淚的意涵。關係曖昧又不夠認識彼此，既不穩定，又脆弱，宛如隨時都會瓦解。

她可能是累積太多壓力了吧，社會人士真是辛苦。

想找胸膛靠的話，隨時都能找我。因為我也只能做到這些。

過了十分鐘左右，冰見山小姐終於冷靜下來，她重新化過妝後，我們又繼續吃起櫻桃。我怎麼覺得好感度又暴增了。

「你不用介意服裝跟紅包。是我臨時拜託你，交給我來處理就好。」

服務可真是周到。就在此時，我突然想起。

「咦？」

「怎麼了，雪兔？」

「那天，媽媽也說要參加婚禮……會場還是同個地點。」

「是嗎？」

「等我一下，我去問清楚。」

我撥電話給媽媽，她用超快速度接起。

「啊，媽媽。我有事想問。不，不是問三圍。咦？目前單身沒有交往對象？什麼意思？喜歡的類型是我？妳到底在——」

媽媽溫柔地告訴我一堆沒問的問題。果然是個聖母。

後來我總算把問題問完。世上竟有這種巧合？

「冰見山小姐哥哥的結婚對象，好像是我媽媽的朋友。」

◆

「嘿——竟然這麼巧啊。」

「姊姊要怎麼辦？」

「我怎麼可能會去。又沒找我，去了只會覺得跑錯場。」

「這麼說也對。」

我在房間跟姊姊提起被邀去參加婚禮的事。巧合真的太恐怖了，拜託這種硬要的劇情發展別這麼常出現好嗎？

結果，媽媽是新娘邀請的賓客，而我被新郎邀請，兩人都確定出席婚禮。媽媽雖然嚇到，卻看似很開心。有媽媽跟著，我也放心不少。

如此一來，只有悠璃被排除在外。我姑且問了她的意願，她卻立刻拒絕。說是被叫去陌生人的婚禮只會讓事情變得麻煩，這點倒是沒說錯。

「是說你為什麼要閉上眼睛？這樣是要怎麼量。」

「用心眼。」

「哼——」

沒想到她真的要每週測一次。這幾經琢磨而成的美麗肉體，有如神靈降生。宛若天界降臨的悠璃，可謂是人類的最高傑作。

不用遮光板，是不可能直視這個現代美術的完美形體。

我是盲測的雪兔！

「呵……呵呵……」

「哈哈……哈哈哈哈……」

真是難得，姊姊竟然笑出聲了，害得我也忍不住笑出來。

「有什麼好笑的！」

「嗷嗚。」

我發出了狗被踹飛般的哀叫。

「既然你打算這麼做，那別怪我不客氣了。」

這危險臺詞令我寒毛直豎。隨即便聽見了衣服的摩擦聲。

糟了！視覺被封鎖，害得聽覺變敏銳了！

我維持著測尺寸的姿勢。而姊姊依偎在我身上，令我感受到姊姊溫暖的體溫。

其他五感也變敏銳。我的觸覺和嗅覺響起紅色警戒。

不會吧，不可能，不可能會有這種事！

悠璃她在學校有著超高的人氣，而在我心中亦是。

要是她真的這麼做，可是會鬧出達佛斯會議、不對，會鬧出家族會議啊！

我微微睜開眼睛確認——結果被嚇得瞠目結舌。

「為什麼連下半身也要脫!?」

盲測的雪兔，敗北！

「只是順便測個三圍，其他尺寸可能也變了。」

「順便？」

「嗯。」

「誰來測？」

「除了你還能有誰？」

沒辦法沒辦法沒辦法沒辦法沒辦法沒辦法！我是替身使者嗎？

「你一直移開視線不會累嗎？」

「為什麼我得被元凶指責!?」

悠璃伸了個懶腰，隨即腳跟落地，連這樣的動作，都顯得無比神聖。儘管這一連串神祕行動讓我頭上浮現大大的問號，但沒多久後，我就明白她的意圖。

就姑且不說是什麼東西了，在我眼前晃呀晃的。總之我不會說那是什麼。

我的眼睛追著晃動，自然而然地與姊姊對上視線。

「哼，你記清楚了，這就是視線誘導的技巧。」

「不要趁機教我心理學啊啊啊啊啊啊啊啊啊！」

悠璃一臉得意，我竟然中了她的陷阱。氣氣氣氣氣！

請容我找藉口。我在養爬蟲類和兩棲類寵物時發現到，有些生物只吃活餌。再給飼料時，牠們也只會認定活著的昆蟲是飼料。

意思是，捕捉視野裡活動的物體，乃是動物的本能之一，絕對不是因為被色心所驅使。欸，你們有在聽嗎？

「怎麼了？愛看就隨便你看啊，反正不會少塊肉。」

「別以為這樣講我就能接受！」

現在氣到無法凝視，只能不停將視線從私密部位移開。

「對了，這邊也要每週測一次。」

「會不會太快了!?」

「我現在是成長期啊。」

「成長期真的好厲害啊。」

成長期的說服力真的超強。

我總算是挺過這段地獄時光，但悠璃仍賴在我房間。

「大賽，我會去幫你加油。」

「謝謝，學長他們應該會很開心。另外，能不能先把衣服穿上？」

「那你呢？」

「我樂到都想跳舞了。還有，能不能先把衣服穿上？」

「快跳啊。」

「咦咦!?」

最後我一邊跳舞，一邊求她穿上衣服。

「我們學校的籃球社，之前都沒聽說過有什麼亮眼成績。能打進第四輪已經很厲害了。你所達成的就是如此驚人的壯舉，應該感到自豪才對。」

現在是在誇獎我嗎？感覺真不可思議，雖然悠璃八成也是這麼想。

她不習慣稱讚，仍試圖用話語聯繫彼此，儘管有些笨拙，但確實逐漸向前邁進。姊姊和我都在拿捏適當的距離，要讓關係變自然，可能還得花上好長一段時間。不過姊姊和我都忍住沒有逃離現場，共享這段時光。

重點是我們珍惜彼此，現在這樣就夠了，這就是我們能做到的全部。

「參與社團活動，覺得開心嗎？」

「不知道。不過，應該不討厭。」

「是嗎？」

只要持續共度這樣的時光，就能夠變回普通姊弟嗎？

「上學開心嗎？」

「是……或許覺得開心。」

高中入學以來，身邊就充滿同伴。老師們、學長姊們、同學們都是。大家與我相處融洽，還願意伸出援手，保護我的棲身之處。

我敢肯定，這樣的心情就是所謂的「開心」。

就在不知不覺間，我稍微理解了「開心」的情感。

「是嗎？」

姊姊撫摸我的頭，親了下去。隨後她便回到自己房間。

我怎麼都不知道九重家原來是歐洲文化圈，竟然用接吻代替打招呼，然而離別時姊姊的表情有些落寞，令我憶起過去。

過去，姊姊臉上總是掛著笑容。自從我身受重傷後，笑容就消失了。笑口常開的姊姊，和總是板著臉的姊姊。

她像是變了個人似的。我已經好久沒見過姊姊笑了。

我平常總是面無表情，不過我喜歡姊姊那充滿魅力的笑容。

過去我們總是玩在一起，她會鼓勵我，說我並不孤獨。我以這樣的姊姊為榮，也最喜歡她了。這是我難以割捨的寶貴回憶。

而且說到變得不會笑，這點我也一樣，可是姊姊是個愛笑的人，她的笑容甚至能夠迷倒人。她不應該失去笑容，也不該被剝奪。

「原來……悠璃她依舊……」

被關在牢裡，依舊在深邃的罪業監牢裡。

自我受了重傷後，姊姊有事沒事就會對我道歉，而忘記憤怒的我，則不斷原諒姊姊。我們不斷重複著這樣的互動，這對姊姊而言，究竟有何意義。

會受重傷是我自己的錯，是因為我沒考慮過姊姊的心情，整天死纏著她。

姊姊沒有罪，為何需要贖罪。監牢的門從來沒有上鎖。

然而，姊姊是基於自身意志，決定待在監牢裡。

因為她討厭我，我才會拉開距離。如果，事情並不是這樣，那麼——

「悠璃、姊姊——姊！」

媽媽已給過我提示。媽媽曾說要從頭來過。那麼我和悠璃——姊姊之間，或許也需要重新開始。

不論距離多麼接近，內心依舊遙遠。

我發自內心冀望，那樣的未來能夠實現。

——希望姊姊，能夠再一次綻放笑容。

「……那孩子已經沒事了。」

我離開舒適的弟弟房間後回房，接著大字躺在床上，渾身乏力。

內心感到溫暖。那孩子，雪兔已經沒事了。

一如既往的問答。過去，他會說社團、學校都很無聊，一點都不開心，如今答案產生變化，不知道那孩子是否發現了。

環繞在那孩子身旁的溫暖傳達到了。雪兔他知道了。

那孩子並不孤獨。未來將有無數快樂日子——青春正等待著他。

而我也自然察覺到。啊啊，這樣啊。我已經——

「我的任務已經結束……那孩子不需要我了。」

我在那天許下誓言，說要保護雪兔。不過，都結束了。

那孩子的問題解決能力本來就很突出。每當發生什麼事，導致他被人傷害，就會變得更加堅強。他已經擁有不會折服的強大心靈，不會再輸給別人。

其實就算我不出面，他也能自己解決。

我從以前就沒察覺這點，不，是裝作沒有察覺。

因為這是我這個殺人犯，唯一能待在雪兔身旁的辦法。

媽媽是一家支柱，從經濟面支撐整個家，而雪兔則從精神面支撐我們家庭。只有我沒有任何職責。只有我什麼都沒做。我不僅僅是沒有價值，還是個害弟弟受苦、理應被仇視的殺人犯。

殘酷的真相，使我內心開了個大洞，感到無比空虛。

「我真是太蠢了……！」

我到底在做什麼傻事。我明知道那是徒增麻煩，還去干擾弟弟。

不只礙事，過度干涉。還露出這種模樣靠近他，使他困擾。

我是個早已沒用的女人。不只內心醜惡，還因無法接受事實而焦慮。

嘴上說不求回報，實際上，只是希望被他需要，希望被他依賴。

他怎麼可能會需要我，有誰會需要、依賴殺人犯。

他對我只有仇恨、憎惡、恐懼和敵意。他不可能想靠近我，也不可能想跟我說話，更不可能喜歡我。

我竟然無視如此理所當然的現實。

那孩子正逐漸好轉，正是個好機會。最後，我就來實現那孩子的願望吧。

桌上擺了一張通知單，上面寫著「升學意願調查表」。

現在是時候要開始思考高中畢業後的出路。

「至今為止對不起，雪兔。」

我已經決定要考大學，現在又有了新的決定。

該消失的不是他。那孩子總是被他人需要，只有我消失就夠了。

我要考取外縣市大學，越遠越好。若是可能，出國留學或許也不錯。雖然無法見到雪兔會很寂寞，不過，我必須為自身所為做個了斷。

那孩子最起碼會允許我在過年時見個面吧，畢竟他是那麼地溫柔。我不能再給那孩子添任何麻煩，不然我會無法承受。

這就是所謂的離開弟弟獨立嗎？簡直愚不可及，令我作嘔。

之所以無法離開他，不光是因為罪惡感，而是因為我無可救藥地——

「……愛著你——所以，讓這一切都結束吧。」

不要留下眷戀，從今以後，我們就當普通姊弟。

◇

球在空中畫下拋物線，軌跡如慢動作般深烙眼底。

聲音從世界消失，就連周遭喧囂也聽不見。眼淚不知不覺落下。

寂靜之中，高宮涼音手握護欄，身體前傾，不顧一切地大喊：

「拜託——進去啊！」

勝負已分。擠盡全身力氣投出的最後一球，只為爭一口氣。

聲音回歸世界。球「哐」的一聲撞向籃板，火村敏郎投出的最後一球，連籃框都沒碰到。隨後時間歸零、鈴聲響起。

火村敏郎乏力倒下，被同為三年級的夥伴扶起。

逍遙高中男籃社的夏天，就這麼輕易地在第四輪戰結束了。

該說些什麼，到底講什麼才正確。

經理神代汐里，以及和汐里一樣，從第一輪戰就不斷聲援打氣的高宮涼音，都不知道答案。但只要看到男籃社成員充滿懊悔的表情，就知道不會是說「大家打得很好。」、「能打到這已經很厲害了。」之類的安慰臺詞。他們不想在這結束，還想繼續贏下去。

這是男籃社至今從未有過的感情。人只要一度看見曙光，就會去相信可能性，尋求希望。所以即使弄得灰頭土臉，仍會不斷掙扎。

然而最終仍舊無法觸及。他們早該知道，其他學校也是不斷切磋琢磨、精益求精。

與最近才轉換方針的敏郎他們不同，這是對手從一年級開始苦練才贏得的成果。即便如此，他們也不認為對手是絕對無法跨越的高牆。他們的指頭，確實稍稍觸及到對手。只要再一點，再多給他們一點點時間，或許就能夠跨越。而三年級的懊悔，就這麼壓在男籃社成員上。

大家一語不發，從會場所在的綜合體育館收拾行李回家。

令人喘不過氣的沉默持續瀰漫，涼音的視線轉向九重雪兔。在場只有他一如往常，彷彿什麼事都沒發生過。

而高宮涼音知道原因，因為他事前就清楚地告知了比賽結局。

這場比賽贏不了，雪兔如此告知涼音。這並非是抽象的推測，而是基於確切根據，冷靜分析敵我戰力所導出的結果。

九重雪兔為什麼要告知這件事。

那是因為他是男籃社中，唯一一名因不同目的而採取行動的人。

涼音聽了那一席話後，為自己不擅面對雪兔感到可恥。但更重要的，是雪兔正確說中自己的想法，使涼音心生動搖，無法壓抑情感。她一直想找人商量，希望有人知道自身想法，最後她對雪兔吐露心聲。

雪兔就待在她身旁，靜靜地聽著。

而涼音這麼說，在比賽輸了之後，有兩個選擇。

「還早呢！一切都還沒結束！我們還有冬季杯。涼音，妳再等我一下。這次我會打得更好，一定會贏得成果，成為配得上妳的男人，我一定，這次一定能——」

比賽結局如九重雪兔預料吃下敗仗，而做出選擇的人是火村敏郎。

而現在火村敏郎所做出的選擇，並非高宮涼音所期望的結果。

九重雪兔對高宮涼音這麼說過：「與其讓他繼續拖延告白——」

涼音知道接下來將會發生何事，因為雪兔早已提出劇本。

這會是一齣愚蠢至極的鬧劇，劇本還是重複使用。即便如此，當時所有人，仍目不轉睛地盯著那齣鬧劇看。觀眾的心被緊緊揪住，所有人都被那崇高行為所打動。

當時不只敏郎，就連涼音也在場，而她只能靜靜地看著。

神代汐里站在球場上的身影，她的覺悟，傳達給在場絕大多數人。涼音也是為她的覺悟落淚的其中一人。

敏郎和涼音都很膽小，所以火村敏郎才會求助於九重雪兔。

至少，九重雪兔和他身邊所聚集的人們，都擁有堅強的心靈。他們不畏懼痛苦、受傷，並傾注所有情感，就算因此衝突也在所不惜。某天，涼音曾不經意地問過神代汐里。汐里笑答，其實自己很膽小。就連現在也是，怕到不行，可是，她不想再後悔了。涼音十分尊敬能夠說出這番話的汐里，即使對方是學妹，但那不是重點，因為她的心靈，遠比自己堅強。

九重雪兔看向涼音，微微點頭。盛大的鬧劇，準備要開演了。

而自己既然是被選中的女主角，那就演好自己的角色吧。

該把他從我們倆身上解放了。

「火村敏郎，我要將你從籃球社放逐！」

我在綜合體育館出口附近，對著所有人高聲宣言。

想也知道，周遭開始議論這起意想不到的政變。

我也不想這麼做啊。但是，我還有什麼辦法。

「放逐？這是怎麼回事，九重雪兔？」

「雪兔，你突然間說什麼呀？」

「你還敢問怎麼回事，我說有你在根本礙手礙腳。」

我冷冷地說道，而他們難掩心中困惑。我知道熱血學長他們還有成長空間。

只要多加磨練，就能夠打得更好。不過，這麼做並沒有意義。

不論接不接受放逐，熱血學長都必須對未來做出抉擇。

「先等一下！我現在確實打得不夠好。可是現在離冬季杯還有好幾個月。有這麼多時間，一定能夠贏得更好的成績。我不能在這種地方結束，拜託你，九重雪兔，再給我一次機會——」

「你到底還想讓高宮學姊等多久！」

「——唔！」

我抓起熱血學長的衣襟。他校學生紛紛看向突然響起的怒吼來源。

追根究柢，你的出發點完全搞錯了。每個人打籃球的動機不盡相同，那也無所謂。

投入的熱情，自然也會因人而異。有人想打個開心，自然也會有人傾盡全力。有人想認真打，那好，我願意協助。

不過其中，只有熱血學長抱持著不純動機。他比一般人來得單純，也比任何人都認真練習，卻忘記自己為何努力，為何需要拿出成果，導致手段背離目的，所做的一切變無用功。

最重要的是，你根本沒把注意力放在高宮學姊身上——她可是那麼傷心啊。

「你把社團當成私有物，我看了就嫌煩。是要我們陪你鬧到什麼時候，有完沒完啊。我可不是為了你打球啊！」

「阿雪，拜託你住手！這種事隊長也很清楚！」

雖感到困惑，汐里仍出手制止，但是不好意思，我可無法就這麼結束。

「就是因為他不懂，我才講這麼明白。這傢伙滿腦子只想著自己，對高宮學姊一點興趣都沒有。有這種人待在社團只會徒增我們麻煩。」

我的手如虎鉗般緊抓住熱血學長。

「不、不對。我是為了涼音……我想要陪在她身旁的資格……因為我什麼都沒有……」

「陪在她身旁？別說蠢話了。高宮學姊老早就放棄你了。」

「什麼……？涼、涼音……？」

熱血學長奄奄一息地看向高宮學姊。

「……對不起，敏郎。我已經無法再陪你胡鬧了。」

高宮學姊站在我身旁。我將手鬆開，熱血學長頓時坐倒在地。

「妳騙人！為什麼……？」

「就是因為你連這點事都不明白，才會被說無能啊！」

「還不都是敏郎的錯！一直磨磨蹭蹭的，我從來就不希望你做這些事！」

「妳、妳誤會了！涼音，我是真心——」

「夠了！我再也不想管敏郎的事。」

熱血學長和高宮學姊的情侶吵架逐漸白熱化。有道是夫妻吵架狗不理，可我倒想知道有什麼動物喜歡看人吵架，又不是鄉民，看這種沒營養的幹麼。

我是不太想在他們爭執時打岔，但我們是不是超顯眼啊？

甚至有他校學生在一旁緊張地觀望，似乎打算在鬧到一發不可收拾的時候出面制止。人也太好了吧。

哦，那不是爽朗型男的朋友大鄉學長嗎？喂——我們在這，好久不見！

話說回來，事情鬧到這步田地真的是出乎我的意料。這下該如何收拾呢……

我看這樣搞下去真的會被小百合老師狠狠訓一頓。反正中元快到，乾脆送個禮盒吧。

對了，我還有那個啊！我從包包取出兔兔人面具，戴上！

「巳芳同學，這該不會是……」

「這劇情發展，原來如此呀！雪兔，難道你——」

直覺敏銳的爽朗型男和汐里察覺到了。畢竟他們是上一次的當事人。

沒錯，我就是抄襲了爽朗型男的靈感。

不過光是抄襲可就太無聊了。我們就把事情鬧大點！

「兔——兔兔兔，涼音將成為我兔兔人的新娘。」

「等等！涼音，我們真的結束了嗎!?真的無法挽回嗎……？」

「像敏郎這種垃圾根本比不上九重——兔、兔兔人這麼出色的對象。怎麼想他都比你還有前途。」

「我會好好疼愛妳兔。」

「敏郎也真笨。就連第一次，也已經被兔兔人給——」

熱血學長癱坐在地上，露出絕望表情，看上去甚至比輸了比賽還要崩潰。

這可能是因為高宮學姊將他最後的希望給擊潰了。

第一次是指什麼!?做過火了吧！要是真的害熱血學長一蹶不振，那不是全完了嗎？

這個計畫，是建立於「放逐」↓「覺醒」這個自古傳承至今的經典劇情發展。

高宮學姊這麼講可能是想促使熱血學長奮起，可惜計畫落空。

窩囊的熱血學長成了消極學長。要是他沒有氣力與我一戰，狀況便不會有所進展。

正在我被迫修正計畫時，爽朗型男察覺到狀況不對，決定出手相助。

「那麼兔兔人，如果我從你手上把球抄走，你就要撤回學長的放逐！」

這傢伙，是個好人！之前我總覺得他超可疑，但這傢伙，是個好人！

「少不自量力了兔。你以為能從我兔兔人手上抄球嗎？」

「我這次就做給你看。隊長，我們把高宮學姊奪回來！」

「巳芳，你……」

「你一直被他壓著打不甘心嗎？你都還沒燃燒殆盡，就打算放棄了嗎？」

「可是，涼音已經！」

「真的是又矬又遜的男人，我以前怎麼會喜歡上這種人。」

高宮學姊諷刺道。絲毫沒反省自己剛才做太過火，搞得他一蹶不振的事。

然而，這句話不可思議地傳達到熱血學長的心中。

「喜歡……對啊，妳是真心喜歡著我……而我居然！」

熱血學長向柏油路揮了一拳，眼神再次取回鬥志。

「我沒有自信……而且很怕。結果只顧到自己，害得妳受苦。不知不覺間，眼裡連妳這個最喜歡的人都沒注意到……我真笨。」

「敏郎，已經太遲了。」

「即使是這樣！」

不好意思，我知道你們演得正在興頭上，但我是不是可以推進劇情了？

「憑你這種廢物還妄想奪回涼音？別笑死我了兔。既然如此，我就連同在旁看戲的傢伙一起陪你們玩玩。雖然整天應付小嫩嫩只會讓我想打呵欠兔——」

圍觀的人從剛才又是拍照，又是求握手。

不會真的和百真學長講的一樣，在我不知情的狀況下消息整個傳開了吧？

嚴肅氛圍早已消散，現場一片和樂融融，總之我還是繼續演下去吧，雖然這齣鬧劇根本不適合給大賽畫上句點，不過事到如今也停不下來了。

「光喜，你們好像在搞有趣的事啊。」

「大鄉學長？恭喜你們贏得區冠軍。」

「沒辦法和你們在四強賽一戰真是可惜。凱，你不這麼想嗎？」

「大鄉，好久不見。光喜也是。你還有繼續打籃球啊。」

「是啊，我找到了那傢伙。」

「那傢伙，是那傢伙啊。哼，真是可惡，我倒是一點都不想再看到他。影片上看到兔兔人的動作時，我就想會不會是他。看到你在他身邊也讓我嚇了一跳，正想說見面時得問一下。看完今天比賽我就確定了，那男人，就是我們的——」

「如何，久我學長，要不要上去報仇？」

「都令和了還搞踢館實在是很蠢，不過原來如此，的確很有趣。」

爽朗型男用他的方式炒熱場子。

此時熱血學長緩緩站起。

「來比吧，九重雪兔。不對，兔兔人！」

此話一出，立刻使現場氣氛沸騰。嚇死我了，你們怎麼能嗨成這樣啊，一個個都兔兔人、兔兔人的喊，不會覺得丟臉嗎？晚點肯定會後悔喔，雖然最後悔的肯定是我。

「汐里，會不會聚集太多人啊？」

「這是你自作自受。」

這場世紀第一無聊的比賽，「Chitty Chitty 新娘爭奪戰・兔兔人大戰學生聯盟」就此拉開序幕。

「該死！光喜，這傢伙的體力到底是怎麼搞的！」

這人一定有破綻，體力也不可能無窮無盡。大鄉氣喘吁吁，集中全副精神，仔細地觀察兔兔人的行動，試圖找出切入點。

參加者不斷湧現。打進四強賽的強校選手們也一個個上前挑戰，而兔兔人依舊把球拿得好好的。

「我們今天只比了一場，體力還多的是啊。」

「不是這個問題吧。」

久我和大鄉一樣，先下場重整旗鼓。

「幹麼啊，光喜。你是在哭嗎？」

聽了大鄉的話，光喜沒有回話，摸了摸臉頰。這一定不是汗水。

比賽結束後，光喜就緊握雙拳，為自己沒出息感到懊悔不已。

第四輪敗退。他對這比賽結果沒有不滿，因為他是拚盡全力敗北，每天都過得非常充實。他只是心想，繼續練習下去，總有一天能登上更大的舞臺也說不定。**只是浮現這麼一個模糊的想法而已**。

「總覺得好懷念啊，久我學長。」

「對我們而言這應該是討厭的回憶吧。把眼淚擦乾啦，真不懂你怎麼會感到高興。」

大鄉、久我，以及當年還是二年級的光喜，三人讀同所國中，同樣加入籃球社，光喜是小他們一屆的學弟，也是互相切磋琢磨的夥伴。

在那一天，他們品嘗到敗北的屈辱，而光喜繼承了學長們的意念。

光喜的視線，指向那個阻擋在學長和自己前方的勁敵身上。

「我不過是覺得，他依舊是我們想跨越的高牆。」

「第四輪就打輸回家的少在那裝帥了。」

「學長你們想囂張也只能趁現在了！」

火村敏郎衝上去，卻被兔兔人輕鬆應付過。

緊接著光喜也衝上前，但沒站穩腳步，導致身體失衡。

「碰不到，我們依舊碰不到你！是我們害你如此孤獨！」

「爽朗型男你是在嗨什麼啊，好恐怖。」

光喜認為自己，最起碼現在的自己，遠不及他是理所當然的。

然而光喜知道了，他看到九重雪兔的筆記。

筆記裡密密麻麻地記載著對手的資料。正選球員的慣用手，是哪種類型的選手，擅長哪種戰法，這不是一天兩天就能收集到的東西。

這是九重雪兔耗費大量時間，一點一滴蒐集來的。大概就連武者修行的期間，也不停研究，思考戰術，試圖提升隊伍戰力。

不過，他卻沒把這些資料跟大家分享，那殺手鐧沒派上用場。

想贏的話應該就會選擇分享，蒐集到資料就應該活用，為什麼他沒這麼做？

這是一個可恥的想法。如果其他人也真心想贏，為什麼沒跟他做一樣的事。

況且這種事，根本不該是剛入社的一年級學生該思考的事。我們的努力遠不及他。

任誰都能做到一樣的事，卻沒有人做，連提議都沒。到頭來，只是寄託在他人身上。

反過來說，為什麼只有九重雪兔必須得做這種事，這樣完全是推卸責任。

只要有人開口，九重雪兔一定會選擇分享筆記。

光喜不斷自問自答。自己是不是真心想贏過對手。

隊伍裡沒有人是真心想贏，全都是誇口暢談未來的空想家。就連現在這個瞬間，也是光喜他們害這個不想取勝，卻比任何人都還認真的男人孤獨。

光喜他們過去為了提升實力而努力過，被稱為武者修行的踢館行為也是其中一環。練習的確有成效，他們慢慢培育起實力。包含火村在內，籃球社成員都進步神速。不過，光是這麼做並不夠。

為了勝利而努力，為了戰勝對手。想達成這個目的，需要些什麼，又該怎麼做。

對此，大家心中都沒有個確切答案，也沒打算探究。除了一人。

只要有對手的資料，或許就能突破第四輪戰也說不定。

但到頭來，有做這些努力的人，就只有九重雪兔。那麼敗北乃是必然。

這一切就如雪兔所述，「就憑你們幾個還敢肖想全國大賽」。

自己是認真想打進全國大賽。這種鬼話沒人說得出口。

很顯然，這並非是技術問題，而是精神面沒有和他達到相同領域。

熱情，努力的質與量，追求勝利的渴望，一切都遠遠不足。

光喜想起，過去自己也曾做過這些努力。他和學長們在國二夏天時吞敗，想著下次非贏不可，於是設定好假想敵，從早到晚死命練習。

他也有所自覺，那段密集的訓練，使自己大幅度提升實力。

正因為如此，曾經有著相同熱情的學長們就在身旁，以及事實擱在眼前那一瞬間，使他感到開心喜悅，覺得學長們可靠的同時，也暗罵自己沒出息。

光喜對自己甘於落敗，選擇原地踏步一事，感到懊悔萬千。

許多人挑戰過一次，就滿足地退場，參加者逐漸減少。

但退下的挑戰者仍留下成為觀眾，屏氣凝神靜候結果分曉。

挑戰者中，只有火村敏郎一人永不言棄，一而再、再而三地挑戰。

「咕嗚！」

「敏郎!?」

「火村學長！」

火村雙腿一軟，猛然跌倒在地。

他蹲下按著腳踝，不知是不是扭傷，而神代和高宮見狀便直奔向他。

神代從包包中取出繃帶，迅速包紮患部。

「快放棄吧！敏郎你怎麼可能贏得過他！」

「涼音，我一定會贏，一定會。只有現在，只有今天，我一定會贏！」

「你腳都受傷了是要怎麼贏啊！」

看著火村搖搖晃晃地站起，光喜下定決心。

「學長們，能不能幫我一把。我想讓社長贏。」

「我們奉陪，今天非把那張面具扒下來。」

「我才剛打完比賽啊，累都累死了。」

大鄉賊笑道，久我則傻眼地吐苦水。

（我總有一天要與你並肩，和你一起——！）

只要贏得那面勳章，那將會成為自己無可取代的青春瑰寶。

光喜他們彷彿是為了斬斷過去眷戀與後悔，莽撞地向前直奔。

並相信榮耀將在前方等待他們。

攻防持續許久，體力自然會有所損耗。

就連九重雪兔——兔兔人也因體力所剩無幾，看似難受。

但他仍球不離手，技術和氣力可謂是驚人。

巳芳他們則緊咬不放，展開激烈消耗戰。

有如此可靠且有為的一年級們，籃球社的未來可說是一片光明。

扯後腿的，是我們高年級。

「……我都知道。我打從一開始就錯了。」

邀請九重雪兔加入籃球社，是希望讓涼音看到自己的活躍身影，現在一想，那簡直大錯特錯。

我徹底搞錯目的，還害得涼音因此受苦。

而他竟然為了愚蠢的我，準備了如此可笑的大舞臺。

他在最後一刻，以大敵身分阻擋在前，只為維護我的尊嚴。

回憶如走馬燈般閃逝。這四個月過得非常刺激，每天都能感受到自己有所成長。

最後一年夏天，準備充足迎接挑戰，結果第四輪敗退。

要說無怨無悔那肯定是騙人的。儘管心裡想著要是能早點認真練習，但這戰果足以令我自豪。我們是沒用的學長，而改變籃球社的是一年級。

一切都依賴學弟，最後被放逐，他給了我這麼一個完美的臺階下。

那麼，我就絕對不能夠讓這一切白費掉。

因為害九重雪兔準備這場鬧劇，還逼得涼音配合演出的，全都是我。

我拖著腳，上前挑戰無數次，最後都被擊潰。

到頭來我連一次都沒贏過他，真是對不起社長這個職位。

我確認繃帶的觸感。跌倒後過了大概十五分鐘，現在已經習慣了。

體力早已超越極限，大概沒辦法再站起多少次了。

而這點，九重雪兔和巳芳他們也是一樣。讓他們陪我做這種事，真是不好意思。

結局即將逼近。機會只有一次，絕不允許失敗。

有資格讓這場遊戲落幕的，只有我一人。

涼音、九重雪兔、巳芳他們，都是為此才拚命掙扎。

我從地面爬起，滿身是傷。不過要論這點，那傢伙也一樣。

我回想起九重雪兔入社以來的幾個月。他彷彿是天上之人，使我們看到希望。

我們訂立目標，猛力狂奔，不斷成長。最後我死纏爛打遭到定罪，心生絕望。如今，還像條爛抹布一樣趴倒在地。

每一天跌宕起伏，像是在坐雲霄飛車一樣，真的是非常快樂。

「……真的得感謝九重雪兔啊。能把我帶到這一步。」

我必須回應他。為了至今的日子，以及為了涼音。

只要仔細聆聽，就能聽到有人為了如此難堪的我加油打氣。

我拖起沉重身體，調整呼吸。為了振奮精神說：

「這不是比賽，而是比個輸贏。既然如此，使出任何什麼手段都行——」

感覺真是奇妙，好像自己成了故事主角，或是位於世界的中心。

對啊，我人生的主角就是我自己。為什麼到現在才察覺如此理所當然的事。

這跟他人沒有關係，但我卻介意周遭的雜音，傷害了涼音。

我以忍受傷痛、保護腳部的生硬動作上前挑戰。

我向前一衝，兔兔人就立即做出反應迎擊，此時我的腳不聽使喚，差點倒下。膝蓋一軟，兔兔人在轉瞬之間停下動作，猶豫了一剎那。兔兔人或許是擔心我受重傷，於是為了預防跌倒，向我伸出手。

這學弟未免也太溫柔了。他囂張、堅忍禁慾、行為荒唐，還非常嚴厲。

纏上繃帶的腳使勁一蹬。

爆發出全身力量撲向前。

「起碼最後讓我看你帥氣的一面啊，笨蛋！」

涼音的話彷彿推了我一把，讓我卯足全力把手伸向球。

「碰到啊————！」

我腦中浮現兔兔人驚訝的表情。仔細想想，九重學兔總是面無表情。

但我扳回一城了，這招如何啊！別以為我只會單方面挨打啊！

我緊緊抱住球，不論是球還是涼音，都絕對不會再放開了。

勢頭過猛，我在地上打滾，最後撞向觀眾。

「你的腳傷，原來是假裝的啊。」

「……不這麼做，我哪贏得了你。這場勝負可是事關我一輩子幸福啊。」

「做得漂亮。」

我將這顆猶如勳章的球高高舉起。

周遭便響起一陣震耳欲聾的歡呼。

「涼音，我喜歡妳！請妳跟我結婚！」

「結、結婚⁉我們都還沒交往，你未免跳太快了吧！」

「我喜歡妳！我不想離開妳，也不想把妳交給任何人，我希望妳待在我身邊。我先前打腫臉充胖子，只是為了保住無聊的自尊，結果害妳悲傷。我不會再犯相同錯誤了！我一定會讓妳幸福！我想要妳，涼音！」

「……笨蛋。我也喜歡敏郎！你讓我等了好久啊！」

兩人深情相擁，畫面叫人感動。這下不用度過慘澹夏日了。

熱血學長轉過頭來。我已經把兔兔人面具脫掉，熱死了。

「記得好好念書啊。」

「我沒有任何遺憾了，我會從籃球社引退。所以九重雪兔，剩下的就交給你了。」

「我拒絕。」

「現在氣氛正感人，你幹麼拒絕啊！」

「因為我才一年級。」

「這樣講是沒錯啦……」

儘管結尾令人沒勁，但學長姊在眾目睽睽之下做公開告白，使得周遭獻上祝福歡呼跟掌聲。我們也戴上三角帽拉炮慶祝。

「總而言之，恭喜你們。」

「太好了呢，高宮學姊！」

「神代同學，這些是什麼時候準備的啊？」

「這是阿雪事前準備的……」

有備無患嘛。

「巳芳，我贏了！」

「恭喜你！學長的心意終於傳達到了。」

「接著輪到你了，你可要堂堂正正地打贏這傢伙！」

「是！」

分明同為社團夥伴，怎麼搞得好像只有我被排除在外。

事件終於告一段落。胡來的鬧劇也告一段落，真是累死我也。

尤其是爽朗型男一行人的猛攻，真的是賭上一口氣想打倒我。

這些人，肯定是討厭我吧？我總有一天會報仇的。劇終。

「九重雪兔，謝謝你的關照——謝謝把我放逐。」

「放逐方應該是反派吧。」

「哈哈，是啊，這麼說也對！你可真是個壞蛋。」

熱血學長豪爽地笑出聲。高宮學姊在他身旁，也開心地笑了出來。

掌聲不絕於耳，彷彿是祝福兩人的未來。

當下沒人知道，後來這場風波被稱為「兔兔人的奇蹟」，傳遍全國。

兔子圖示成為祈求成就戀愛的象徵，深受眾人喜愛。
而愛情傳教士．怪人兔兔人的都市傳說，也因此變得更加撲朔迷離。

◆

「幸好一切順利呢！」
「雖然一整個硬來。」
我和阿雪走在回家路上，邊吃著便利商店買來的冰。
天氣太熱，巧克力轉眼間便融化，我急忙接住差點掉下的冰。這段為了吃冰而陷入苦戰的平穩幸福時光，使我整顆心飄飄然，宛如置身夢境。
「那兩人，之後會怎樣呢？」
「這部分就不關我的事了。」
「說得也對……接下來的，是屬於學長他們的故事。」
能夠介入、幫忙的部分就到此為止。兩人已經無需協助。
這樣的感動體驗，就好像成為電影臨演，目睹奇蹟一般。
跨越難關的兩人，最後終成眷屬，迎向美好結局。不僅浪漫，還令人嚮往。
在場有許多人的心情，肯定都和我一樣。
比賽輸了，大家感到意志消沉，只有阿雪看著不一樣的地方。

這件事令我有些不甘。自己沒有和阿雪朝同個方向前進，讓我感到難為情。我當上男籃社的經理。阿雪接受了我，但光這樣還不夠。火村學長的焦慮，高宮學姊的苦楚，我都沒有察覺到。

我想成為阿雪的助力，希望幫上他的忙，心裡明明是這麼想的，卻什麼也沒做到。

「希望他們能夠幸福。」

「熱血學長應該沒問題啦，他都醒悟了。」

「嗯。」

阿雪能使身邊的人變得幸福，跟只會傷害他人的我完全不同。

而我，就只是不斷從阿雪身上剝奪。

「我真沒用……」

只有個子變高，一點長進都沒。不論過了多久，都沒有考慮到別人的心情。

「我覺得妳已經做得很好了。」

「才沒有這回事，我什麼都——」

他的溫柔緊緊揪住我的胸口。不行，我還沒有還給他任何東西！

我輕撫手錶。打從見面那天起，我就光是從他那得到東西。

阿雪幫助我、保護我、拯救我、原諒我，還做東西送我。最重要的，是他為我帶來許多幸福，多到我還不清。

而我只是單方面地享受他的溫柔。

阿雪讓我幸福了，我卻無法讓阿雪幸福。

誰能給阿雪帶來幸福？阿雪的幸福又在哪？

「汐里，接下來妳打算怎麼辦？」

「什麼意思……」

我想做的事早就決定好了。我想成為阿雪的助力，僅只如此。

「籃球社到冬季杯為止都只有自主練習。雖然武者修行會繼續，但我這段時間會先跑美術社。練習清單已經準備好了，況且思考自己欠缺什麼也是練習的一環。反正熱血學長的問題已經解決，社團也還沒設定好下個目標。」

「……這樣啊。」

阿雪很忙，會跑美術社也一定是被他人所需要。

「妳應該發現了吧，本來男籃社就不需要經理。因為無事可做。」

「……是啊。我一點貢獻都沒有。」

「沒人這麼說吧，光是有妳在，就能使大家提起幹勁。」

我真的有所貢獻？有幫上你的忙？

男籃社成員很少，幾乎沒有雜務。

況且正常來說，社團都不會有經理。就這層意義而論，男籃社算是特殊。因為這是阿雪為我準備的棲身之處。

「汐里，妳去加入女籃吧。我已經跟社長說過了。」

「咦？可是我要跟阿雪——」

「那妳就當掛名的經理吧，比賽時來露個臉加油就好。汐里，妳是為了什麼才來讀這所學校？」

「我！是追著阿雪過來……因為我不希望就那麼結束。」

這是我的真心話。我只是為了這個目的，才會不顧一切跑來。

「這樣就夠了嗎？」

「……咦？」

「我不會否定妳的選擇。這話我也跟燈凪說過了……該怎麼說，妳們太過盲目了。應該把視野放寬點，貪婪點追求幸福，把想要的東西全納入手中，至少讓我見識一下這樣的氣魄。既然時間多的是，就應該把CG回收率衝到100%。」

盲目。被他這麼說也是無可厚非。我只看著阿雪，拚命追逐他的背影，沒有餘力去思考其他事情，才會感到焦躁不安。

「汐里，我哪都不會去。我就在這。」

「——唔！」

我一瞬間明白。這樣呀，我已經，不需要再追尋阿雪的背影了。

阿雪的話逐漸滲透我的心，使得一個戀愛完結了。

只顧著追逐的難受戀情結束。而接下來——

「妳應該去需要妳的地方好好享受。想做的事有多少都無所謂，妳看看我，忙到有多少時間都不夠。」

我眼中只有阿雪，所以才沒察覺火村學長的焦慮，和高宮學姊的苦楚。我的歷練完全不夠，那麼，就該去多多累積經驗。

阿雪無時無刻都是這麼做！

我要成為更加出色、充滿魅力的人，讓阿雪喜歡上我。

這就是我的下個目標。

「阿雪，我要讓女籃贏得冠軍！」

「這麼有精神才像是妳啊。妳都當上高中生了，就該好好享受青春。」

「嗯！」

阿雪有仔細看著我，這事令我無比高興。

「我還要繞去其他地方，就在這邊道別吧。」

「這樣啊。那我們學校見！」

我們在火車平交道離別。警報噹噹響起，遮斷器降下。

我望著他離去的背影，感到忐忑不安，放聲大喊。

「——我沒辦法嗎！」

阿雪頓時停住，是聲音傳達到了嗎？

「——我沒辦法讓阿雪幸福嗎！」

我喜歡你。最喜歡你了。不過首先，我想先報答你。並將這想法，化為形體。

他猶豫片刻，看似想轉身。

此時電車通過，遮蔽視線。

這彷彿是一瞬間，又恰似永恆的時間結束，視野再次開闊。

軌道的另一頭，已看不到阿雪的身影。

# 第三章「SNS症候群」

吾乃是人渣，名喚九重雪兔。

「好熱……」

我知道，說出口也沒有意義，可是沒辦法，就是自然而然脫口而出，既然是脫口而出，那我也沒轍。

今天氣溫超過三十度。迎來初夏，烈日簡直烤死人。我聽著蟬鳴這個背景音樂，察覺一件理所當然的事。

我絕對不是因當前景象受到打擊，也不是被詐屍突然彈起的蟬給嚇到，真要說的話，我倒覺得這些都是能夠理解的現實。

我正走向購物中心。現在正值成長期，個子也長高了，使得從國中用到現在的泳衣變太小。平時只有上課會用到，幾乎沒機會穿，但這次是被大姊姊們邀請，不得含糊。

澪小姐和特莉絲蒂小姐先前還邀我幫忙選泳衣，請恕我難以從命。

這樣一個事件，對於從沒交過女朋友的我而言，簡直是刻意刁難、六波羅探題。

妳們倆身材這麼好，尤其是身為混血的特莉絲蒂小姐，哪邊我就不明說了，總之該凸的地方凸，各種地方都十分驚人。那分明就是安全氣囊了！

一出車站，遠處就見到認識的人。安全氣囊晃啊晃的。

方才提到的人物，特莉絲蒂小姐的耀眼髮色，從遠處看去依然吸睛。

我正猶豫要不要打招呼，最後決定作罷。只因我跟她的關係實在太過奇妙。

我是被害者，而對方是加害者。我們不過是偶然因車禍才認識。

而這樣一個人竟然邀我出去玩，還真是不可思議。

特莉絲蒂小姐跟澪小姐問我要不要去泳池玩，而我接受了。

雖然她們說是賠罪，但事到如今，我才為自己答應一事感到後悔。

特莉絲蒂小姐純粹是心裡內疚，所以才特別關照我，而這麼做不論對我或是對她，都並非好事。

「像她這種美女，有男朋友也不意外啊。」

在她身旁的應該是男朋友吧，兩人可說是俊男美女。她們相約碰面，而男朋友一來，她就笑容滿面地撲上去抱住對方。

相擁的兩人非常相襯，可說是理想中的情侶。

我真的應該接受邀請嗎？就特莉絲蒂小姐的男朋友來說，我只是個礙事鬼。她已經為車禍的事道歉，也支付賠償了，我們的關係應該到此結束。

特莉絲蒂小姐沒理由繼續跟我扯上關係。

站在男朋友角度來看，儘管不是獨處，知道女朋友跟男生去泳池玩，肯定不是滋味。該怎麼辦呢，傷腦筋啊……

實在熱得受不了，於是我跑進附近咖啡廳休息。我拿出手帕擦汗，點了杯冰咖啡，回想起昨天發生的事。

昨天，汐里似乎被棒球社的下任王牌，二年級的鈴木學長告白了。

她還特地跑到我這，用著一如往常的活潑笑容說：「阿雪，我有好好拒絕喔！」未免太有禮貌了，總之神代汐里很受男生歡迎，這點我敢打包票。

回想起來，當時我也感到有點不對勁。汐里曾當面告訴我說喜歡我。

燈瓜也是。但是，我並沒有回覆她們。

我，該不會是個渣男吧？

這不是搞得像把她們當備胎嗎？不對，根本就是啊！

仔細想想，我對她們的「好感」沒做任何回應。我真的是個大渣男啊，簡直罪該萬死。

真的是糟透了……至今為止，我覺得所有人都排斥我，所以也從沒把心力放在他人身上。我的世界就只有我一個人。

不過，現在我知道並非如此，於是抓住了別人伸出的手。

我不清楚鈴木學長的為人。如果他是真心喜歡汐里，認真向她告白，那就表示鈴木學長遠比我還關注汐里。

被汐里拒絕的人之中，說不定真的有著能讓汐里幸福，也能接受汐里好感的對等存在。

跟一直追尋「好感」的我不同。

汐里拒絕對方真的好嗎？我這種想法真是自大。

既然本人憑自主意志拒絕對方，那我就沒資格多話。

不過，要是我能早點得出答案，譬如說清楚回覆汐里，說我無法回應她的心意的話，她或許就能擁有新的選擇。

到時候某個真心對她告白的人，他的感情才能夠得到回報。

——我做了多麼殘酷的事。

我能夠再次喜歡上他人嗎？那一天真的有可能會到來嗎？最重要的是，我究竟要讓她們等到什麼時候？

我因為不明白「好感」，決定保留答案迴避她們，遲遲在同一個地方停滯不前，這或許會剝奪她們的未來與可能性。

我，真的應該待在她們身邊嗎？

「雷恩，好久不見！你之後都會待在日本嗎？」

「是啊，我也終於能夠搬來這邊了。」

特莉絲蒂已經三年沒見到哥哥雷恩了。特莉絲蒂一家人搬來日本時，只有哥哥雷恩因工作緣故留在外國。

現在哥哥終於完成工作交接，決定在今年夏天搬到日本住。

不過，他還沒有習慣日本的夏天，酷暑把他烤得滿頭大汗。

「快點找間店坐吧，我想早點吹冷氣。」

「畢竟日本夏天很熱嘛，你很快就會習慣了。」

他們邊聊，邊走向購物中心躲避豔陽攻勢。

「雷恩家很遠嗎？」

「從車站大概走二十分鐘，之後隨時都能見面了。」

「這樣啊，爸爸媽媽一定也會很開心！」

「我聽說妳先前發生大事，好像是出車禍對吧？還好嗎？」

「嗯，幸好對方是個大好人。」

「我聽媽媽說的時候也嚇死了，總之特莉絲蒂沒事就好。」

兩人一面展開兄妹之間漫無邊際的閒聊，一面逛購物中心。

特莉絲蒂之所以跟雷恩約在這裡，是因為雷恩決定一個人住，而特莉絲蒂是來幫剛搬過來的哥哥補齊日用品。

「……這樣東西差不多買齊了。特莉絲蒂還要買什麼？」

「接下來輪到我了。跟我來！」

幫哥哥買完東西後，特莉絲蒂便朝目標地點前進。

「咦，妳要買泳衣喔？」

「雷恩也一起選吧。你沒泳衣對吧？」

「妳可真是選了件誇張的泳衣啊，是交了男朋友嗎？」

「才、才沒有！我跟他才不是……」

「哦，猜對啦。下次介紹給我認識。」

「就說不是了！雪兔同學是車禍認識的——」

「車禍？搞什麼？這就是日本文化裡講的命中註定之人嗎？」

「就說不是那樣了！」

特莉絲蒂雖然矢口否認，但她也自覺臉蛋像被煮熟般通紅。

而雷恩則是微笑看著以認真神情挑選泳衣的妹妹。

◇

「原來這就是所謂的客場啊……」

夏日到來，太陽下山的時間也跟著變晚。

黃昏正漸漸轉換為黑夜。仰望天空，宛如染上一層曜變天目般的鮮豔藍色。

我感覺自己跑錯場子。光是待在這種地方，我身為邊緣人的自我認同就產生崩壞危機。我是誰？是九重雪兔。真是如此嗎？

周遭的人開朗地喧鬧，反觀我的內心則是陰天。

「雪兔同學，讓你久等了！」

「等一下啦，別這麼急，他又不會逃走。」

「我是很想逃沒錯。」

但是，敵人繞到後方了！兩人從更衣室出來，使得現場增添不少色彩。

我被澪小姐和特莉絲蒂小姐邀來夜間泳池玩。

這詞彙是能使邊緣人受到極大傷害的咒語，我忍不住唉聲嘆氣。

對我這個只能看B級鯊魚電影度過夏天的人而言，這地方怎麼想都與我無緣，也不會是優先考量的去處。

只可惜我這個不配當邊緣人的男人——九重雪兔，偏偏就是來到這了。

我看了澪小姐跟特莉絲蒂小姐一眼，自然而然地將心中想法說溜嘴。

「好色啊啊啊啊啊！」

「等等，你會不會太直接了⁉」

「被人用這種眼光看著還真有點害羞……」

「布料面積會不會太少啊？」

「我試著努力了一番！會太誇張嗎？」

「唉，身材好就是占盡好處，真叫人羨慕。」

「我覺得妳們倆相去不遠就是了。」

「你喜歡誰的泳衣？」

「是啊，你喜歡哪件？」

「別硬逼我回答這種只會造成不協和音的問題好嗎？」

這樣絕對會使兩人友情產生裂痕，沒人有好處。

「選我的話，我可能會免費給你點服務喔——」

「我堅決反對免費加班。」

「那你不選的話，我就免費給你點服務！」

「我付妳加班費行了吧。」

被特莉絲蒂服務（？）了。好開心。

被邀去玩順便當賠罪是無妨，但我可萬萬沒想到是去夜間泳池。這裡可能比白天的泳池還舒適，我這人就是喜歡陰暗潮溼的鐘乳洞或風穴。不過，我倒不認識會邀我去那種地方玩的人。

畢竟我認識的人本來就少！

就在我暗地自嘲時，兩人就一左一右阻斷我的退路。

「今天一定要玩得開心點！」

「雪兔同學，如何，好看嗎？」

「非常美，好像還帶有點洛可可風格。」

「我能當作你是在稱讚我嗎？」

「那當然。」

我照實說出對泳衣的感想。

說到底，哪有人在這種狀態下能說出否定意見。

澪小姐穿的是無肩帶比基尼，而特莉絲蒂小姐雖然也穿比基尼，但身材出眾的她這麼一穿，只會讓人覺得是模特兒。

兩人馬上就吸引周遭目光。除此之外，她們還緊貼著我，現在所有人都穿著泳衣，只要一靠近就會直接碰到肌膚。

「雪兔同學根本是左擁右抱呢。」

「恕我難以承擔此重責大任。」

「大家來拍張照吧！」

「這樣好嗎？不會上傳到社群平臺後被炎上吧？」

「別擔心！只有朋友會看到。」

「我真的不想被人認出來啊……」

「我覺得你想不被認出來都難。」

「我的人權啥時變免費通行證了？」

這就是社群軟體的黑暗面嗎？

「嗳嗳，雪兔同學平時都做些什麼呢？」

「平時嗎？我想想，被捲進麻煩事吧。」

「雖然我上次才害你被捲進麻煩事，但希望你別說這麼可怕的話。」

「抱歉喔……很痛對吧！」

「不會不會，請不必介意。我已經習慣了。」

澪小姐和特莉絲蒂小姐都顯得有些落寞。

不成不成，難得被邀來玩。不玩個痛快不就虧本了。

就算我被捲入麻煩事已經是體質等級的問題，但總不可能每天都發生吧。

「兩位姊姊，要不要跟我們一起玩啊？這男生是誰的弟弟——」

我擰住手臂，將他丟往沒人的泳池，隨即揚起巨大水花。

「浩二——————！」

「你沒事突然幹——」

我擰住手臂，將他丟往沒人的泳池，頓時揚起巨大水花。

「信二──────！等、等一下！是我們不對！我們也不是想硬邀妳們───」

我擰住手臂，將他丟往沒人的泳池，頓時揚起巨大水花。

「我是雄二──────！」

自我介紹聲逐漸淡出，我當作沒聽到，鬆了一口氣。

「今天也很和平啊。」

今天沒發生任何麻煩事。在這治安良好的日本，若是還每天都發生騷動，我可撐不下去。真希望這樣的平穩日子能夠持續下去。

「你真的是很那個耶。」

很哪個？

「果然在雪兔身邊才是最安全的！快來玩吧！」

真是夠了，我不禁聳肩心想。我試著裝作某位成天說「真是夠了」的主角，結果玩得非常開心，看來我並不適合當那樣的主角。

畢竟我可是好久沒來泳池玩了。

「話說回來，到底發生了什麼事啊？」

「你這當事人怎麼毫無自覺啊。」

打從剛才，就有不少嗨咖大哥哥大姊姊找我攀談。

我一面吃著放聲爆笑的大哥哥請的法蘭克熱狗，一面感到不解。

「收到這麼多東西……」

澪小姐跟特莉絲蒂小姐，也為收到一堆飲料餐點感到困惑。

說起來，剛剛丟進泳池的三人組——姑且稱他們為３Ｇ好了，被一旁的大姊姊們搭話，露出一臉暗爽的表情。這景象使人看了不禁微笑。

我身為陰沉邊緣人的自尊，使我過去會莫名仇視嗨咖或派對咖，他們都是些好人嘛！根本是我眼睛脫窗而已。

「澪小姐，這個夜間泳池，有規定僅限善人入內嗎？」

「到底要用怎樣的角度看事情，才會把現實看得如此美好啊……」

「大家是覺得雪兔同學很有趣，才會特別關注你啦！」

「感覺你將來去哪都能過得不錯。」

怪怪，我有什麼受人矚目的要素嗎？

「對了，說到將來，雪兔同學已經決定未來出路了嗎？」

我思考了澪小姐的提問。去離島種蜜柑的計畫已經被燈凪駁回，雖然有幫忙獨立後的媽媽這個選項，但我可還沒放棄蜜柑啊。

「可能橫死街頭吧。」

「太恐怖了吧！這已經不是黑心企業能比上的問題了！」

「雪兔同學，這種恐怖發言趁夏天說說就夠了。總之我知道你完全沒考慮過，不過，真要說的話我們其實也差不多。」

澪小姐為難地苦笑說。

「未來出路怎麼了嗎？」

「我們已經差不多要考慮找工作的事了，所以想玩只能趁現在，未來將會越來越忙。唉，光是想就憂鬱。」

「如果未來真的找不到出路要跟我說喔，只要拜託爸爸，他就應該會想辦法幫忙雪兔同學！雖然我不太可靠，但爸爸可是很優秀呢。」

聽說特莉絲蒂的父親，是在外資企業的日本法人擔任董事。

九重雪兔得到了可靠的門路！不好意思啊，到頭來人生就是得靠關係，此乃現實。

話雖如此，成為大學生後，接著就是出社會，說大學時期是必須開始認真規劃人生的階段也不為過。

希望澪小姐和特莉絲蒂小姐，能夠走上自己期望的道路。

「雪兔同學，你要喝什麼？」

「我喝運動飲料好了。」

我們玩到心滿意足後，換回衣服稍微休息。全身充滿舒暢的疲勞。

游泳是全身運動，會消耗比想像中還多的體力，一回家大概能倒頭就睡吧。時間過了晚上八點，再不回家怕是會出大事。

「今天玩得好開心喔。雪兔同學之後打算怎麼辦？」

「我要回家。我還未成年，沒辦法玩到深夜。」

「這樣啊，說得也對。之後能再邀你嗎？」

「當然好啊。我也玩得很開心。」

我一說要和澪小姐她們出門，媽媽跟姊姊就莫名變得心情不美麗。

要是我再說會玩到深夜，天曉得她們會做出什麼事。

「那個，雪兔同學。如果你不嫌棄，下次要到我家裡玩嗎？我們家要烤肉。」

「去特莉絲蒂小姐家？這我可能沒辦法……」

「真的不行嗎？」

特莉絲蒂小姐眼眸低垂，看似悲傷，說實話，我一直很在意今天是不是該跟她們出來玩。

「這樣實在對不起妳男朋友。」

「男朋友？我？」

「咦，特莉絲蒂小姐不是有男朋友嗎？」

「我、我才沒有男朋友呢。」

「咦，可是先前，我在購物中心前偶然看到妳跟別人相擁耶。」

「特莉絲蒂，這是怎麼回事？」

「真的沒有啦！購物中心……難道說，你是指哥哥？」

「原來是妳哥哥啊？」

「嗯，先前我出門買泳衣時，哥哥——雷恩終於搬來日本，所以才會跟他見面，真的不是男朋友啦！」

「我一直很擔心呢，妳有男朋友還出來跟我玩，我怕這樣不好。」

「真的不是啦！絕對、絕對沒有！而且爸爸媽媽很想見見你，就連雷恩也是。下次能來我家玩嗎？」

「如果是這樣的話，那好吧。」

不知不覺間要求會面的人變這麼多，這樣啊，原來是雷恩先生。

我以為他們是俊男美女的情侶，不過是特莉絲蒂小姐的哥哥，那長得帥似乎也不意外。總之一切是我杞人憂天。

這下總算是迴避修羅場事件了。太好了太好了。

◆

抱歉，我說謊了。完全沒迴避修羅場事件。

一回家，我就被罰跪。

「這是怎麼回事？」

姊姊今天也是個美人胚子，她那看似伶俐的眼神直刺在我身上不放。總覺得我好像對此慢慢產生了快感。

手機上顯示著特莉絲蒂小姐傳來的自拍。

「就如妳所見啊……」

「你玩得很開心嘛，瞧你一臉色瞇瞇的模樣。」

「哈，被人稱讚無時無刻一臉正經到有點恐怖的我，哪有可能一臉色瞇瞇。」

「看你說得那麼自豪，但那句話並不是在稱讚好嗎？」

「不會吧……」

「你的自我認知到底出了什麼問題啊。所以呢，跟她什麼關係？」

「該說是被害者跟加害者嗎……」

「蛤？」

「噫咿。」

先前特莉絲蒂小姐一家人曾上門謝罪。媽媽也因此認識了特莉絲蒂小姐，當時姊姊不在家，所以不知道有這人。

我一五一十地說明事情經過，姊姊聽完不禁傻眼，我也這麼覺得就是了。被害者跟加害者開開心心地玩在一起，真的是意義不明。

「你是會散發什麼被年長者喜歡的氣場嗎？」

「那是什麼氣場，好恐怖。」

姊姊厭煩地碎念道，不過對我這女人運特差的人而言，這實在不算什麼玩笑話。提到女性，我多半只會想到麻煩事，即便是如此，我也決定不切割所有關係，而是選擇向前邁進。

若是過去的我，八成不會像今天這樣赴約。

這是因為我想與他人建構關係。為了改變我自己，需要其他人的幫助。我不想再被單方面投注感情了。

我自覺到，那樣的行為卑鄙且罪孽深重。不論答案如何，只要不回覆，就只會使任何人不幸，我已經受夠停滯不前了。

我沒辦法像後宮男主角那樣毫無自覺地裝傻。

「看來我只能穿微比基尼了。」

「想看！哈!?不小心說出真心話……」

「你也真是誠實啊。」

「不是，這比較類似反射動作，是巴夫洛夫的九重雪兔，絕對不是我的真心話。」

「不想看嗎？」

「想。」

「很好。」

「真的可以嗎？」

儘管我提出疑問，但既然姊姊都說好了，那就好吧。在這魑魅魍魎橫行的九重家，若是在意小事就輸了。

「是說，你……有喜歡對象嗎？」

「一般姊弟不會談這種事吧？」

「反正我們至今的關係也稱不上是一般，哪有什麼關係。」
「這麼說是沒錯啦……」
「而且不光是我想知道，這件事得找媽媽一起開家族會議。」
「求求妳，求求妳千萬別這麼做……」
「來，走了。」

後來，我遭到兩人不斷審問。

◇

星期一早上，老師學生皆被低迷氛圍所支配。
就在某人因憂鬱氣氛，心想「能不能砸下一顆隕石好讓我放假啊」的時候，全校第一不認真的男人出現在教室。
「雪兔你怎麼了!?臉色整個鐵青啊！」
硯川慌慌張張地跑過去。看到這非同小可的情況，使得神代她們也聚集過來。
「阿雪，身體不舒服嗎？要不要去保健室？」
「你到底搞什麼啊？黑眼圈超深耶，睡眠不足嗎？」
巳芳擔心地問道。九重雪兔奄奄一息地嘟囔：

「……絕對……不能賭博。」

語畢，九重雪兔便不支倒地。

「雪兔，你振作點啊！雪兔!?」

這男人究竟是為何會精疲力竭，其原因得回推到前天。

「……雨好大。還以為能一起出門呢。」

媽媽望著窗外，微微嘆氣說。我也不禁跟著望向天空。

天空被厚重的烏雲所籠罩。一早雨就下個不停，雨勢還不減反增。

明明才中午，室內卻變得昏暗，看來乖乖待在家裡才是正確選擇。

「對了！偶爾來一起玩個遊戲如何。」

「遊戲？」

媽媽一想到這個好點子就拍手說道。

過去我幾乎不記得有和媽媽一起玩過遊戲，反正現在無事可做，只能在客廳放空，偶爾跟家人增進感情似乎也不錯。

「乾脆來打麻將吧。」

「兩人打？」

「還有悠璃在啊。」

「這樣也才三人啊。」

雖說也有三人麻將，但規則比較特殊，況且有三個人在，也沒必要拘泥於打麻將。此時姊姊突然從房間跑出來，手腳俐落地準備麻將桌。

「為何家裡會有麻將桌？」

我還沒消化好這些謎團，門鈴突然響起。

「雪雪，哈囉哈囉——！我買了好多點心，一起吃吧！」

「雪華阿姨？」

在這時間點，突然以超級不自然的方式湊齊四人。

我想說天氣這麼差，她是不是有什麼要緊事才來，但似乎只是單純來玩。總之雪華阿姨也突然決定加入。

「準備結束了，去換衣服吧。」

「換衣服？」

「雪雪你慢慢期待吧。」

狀況進展太快，我實在跟不上，只能如鸚鵡學舌一般，發生什麼就問什麼。

我獨自被留在客廳，深感困惑，過幾分鐘後，媽媽她們回來了。

「這這這這、這是什麼打扮啊⁉」

「如何，好看嗎？」

不知為何三人穿上旗袍，景象實在令人心動。

雪華阿姨踏著優雅步伐，在我面前轉了一圈，全身散發出妖豔魅力。

而她的大腿直接從開衩露出，令人忍不住直盯著那苗條的美腿。也不知為何，分明是在室內，她還堅持換上鞋子。

悠璃甚至穿迷你裙旗袍，未免太大膽。這就是年輕嗎……

她翹腳坐在椅子上，彷彿是故意現給我看。故意現給我看，沒錯，擺明就是故意的！

悠璃拿起羽扇撫過我的下巴，對著後頸呼地吹了一口氣。

「天氣這麼糟，至少振奮心情才行嘛。」

儘管媽媽說得還挺有道理的，但我現在只想逃離現場。

她們幾個怎麼看都像是反派女幹部，感覺就是會說出「叛徒去死」之類的臺詞。

「那麼雪雪，我們馬上開始吧。」

就這麼，在我大腦理解現狀之前，「第一屆九重家麻將大賽」便拉開序幕。

「胡！」

東一局，媽媽打出八筒，我大呼「好耶！」胡牌。

開局就這麼走運。我嚼著雪華阿姨買的花林糖，在心裡壞笑。

雖然被旗袍嚇到，不過這場麻將大賽應該會有什麼獎品才對。

這場比賽，我是贏定了！

「唉……太快了吧，姊姊真是耐不住性子。」

「大嬸就別逞強了。」

「閉嘴！害羞歸害羞，但既然輸了也沒辦法。」

媽媽無視看似傻眼的雪華和姊姊，臉上泛出櫻粉色。

媽媽站起身來，雙手伸進大膽敞開的兩側開衩，和緩地將身穿的內褲脫下，放到旁邊的籃子裡。

她那柔嫩的大腿宛如閃爍著耀眼光芒，令我整個看呆，過了片晌，我才回過神提問。

「……為、為什麼要脫衣服？」

「打麻將放槍的人，就必須脫一件衣服啊。」

「最好是有這種規則啦！」

媽媽竟然一本正經地說出這種彌天大謊。就算我常被人說沒常識、無知，也從沒聽說過有這種規則，為了阻止她的暴舉，於是我向姊姊確認。

「沒有對吧？」

「有啊。」

欸——————⁉等一下，這恐怕是媽媽與姊姊串通好的。

拜託，一定得是這樣！妳說是吧，雪華阿姨！

「沒有對吧⁉」

「有啊。」

「真的假的————！好厲害啊————！」

我發自靈魂深處吶喊。咦，所以不對勁的是我⁉麻將真有這種規則⁉

「我們這次採用的，是九〇年代大型機臺流行的在地規則。」

雪華阿姨親切地講解，到底為什麼會有這種野蠻的規則……？

當今的遊樂場，早已被女性取向的夾娃娃機等機臺所支配，然而縱觀歷史，過去曾有過電視遊樂器的全盛時期。

聽說當時治安不好，店裡昏暗，還擺滿菸灰缸，可說是龍蛇雜處，而這場麻將的神祕規則，或許就是當代遺產也說不定。

糟糕，這太糟了！莫名恐怖令我動彈不得。

這個感情正是「恐懼」。沒想到這件事，會是由媽媽她們教導我——

「來，快點繼續吧。」

一股緊張氛圍，逐漸籠罩這場麻將大賽。

「不會吧⁉怎麼可能會有這種事！」

東四局，第九巡。

姊姊打出三萬。我懷疑眼前所見，急忙確認牌河。

現階段幾乎沒人沒有打過萬子，因此肯定有人想做一色。而根據丟牌傾向來看，最有可能的就是我。

事實上我的確是聽三、六萬，偏偏這場麻將追加了一個放槍就得脫衣服的特殊規則。

誰都不想當別人的面脫衣服，媽媽她們肯定也希望避免這種事發生。

所以我才刻意在這種對手容易判讀我聽什麼牌的狀況下宣告立直（註5）。

我聽萬子，不丟三、六萬就沒事，這再明顯不過了。

我都做到這份上，姊姊還想都不想就把超危險牌三萬給打出來，簡直自殺嘛。

「怎麼了？快點胡牌啊。」

「——唔⁉」

疑惑轉變為肯定。她分明是知道我聽什麼牌還故意放槍。

「你不會是想錯過這次胡牌機會，打算自摸吧？你記好了，在認真對決中可不允許這樣的行為，得要受罰喔。」

「……胡。」

我無可奈何，只能無力地攤牌叫胡。

「哎呀哎呀，真是傷腦筋。不過既然是規則，那就沒辦法了。誰叫這是規則嘛。」

悠璃將手伸向背後，解開背扣，胸部柔軟地晃動。

她從衣服底下取出鮮紅色胸罩，放入籃子。

註5　日本麻將規則，藉由宣告聽牌來多一番。

為什麼，為什麼要做這種——難道說！

「妳算計我！」

「平常算我三圍的人是你才對吧。」

確實我最近都在幫悠璃計算三圍尺寸，總之我完了。

我為她的捨身戰術感到不寒而慄。是有這麼想輸嗎!?

這樣下去，我肯定會贏了麻將輸了脫衣。嗯，我也不知道自己在說什麼。

「放心吧雪雪，我只有穿這一件而已。」

「雪華，妳怎麼用這種方式偷跑！」

「姊姊這種不檢點的母親哪有資格說我！」

「妳們倆半斤八兩。別擔心，我會負責丟牌讓你胡。」

悠璃這句溫柔的話語，如今在我耳中聽起來只像是惡魔的細語。

我終於明白這是場死亡遊戲。回想起來，媽媽她們到現在都沒叫胡，而雪華阿姨來家裡的時間點也超級可疑，代表這一切全都是經過周詳的計畫，她們肯定是串通好，為了輸不擇手段。

意思是這場麻將，絕對不能胡牌。

我必須給自己加上「禁止胡牌，只准自摸」的限制來打這場麻將。而媽媽、姊姊和雪華阿姨，則是虎視眈眈地準備放槍給我胡牌。

這叫我怎麼能不緊張，我拿起杯子，灌下沁涼可樂潤喉。這時忽然察覺到——

「我先問一下，輸到沒衣服可脫的話會發生什麼事……？」

「不必擔心，到時候我們會用身體支付。而且我等於是脫衣麻將遊戲裡第一關出現的福利角色，雪雪絕對可以輕鬆攻略。雪雪要加油喔♪」

雪華阿姨露出不帶一絲憂慮的純真笑容說。

「你輸了的話也得支付。」

悠璃那犀利的眼神透露出心中慾望。

「嗷嗚——嗷嗚——」

我像飼主出門獨自看家的狗一樣，發出了難過的叫聲。

仔細想想，不論輸贏，結果對我來說都一樣。

等等喔？我突然想到起死回生的一招。聰明反被聰明誤就是指這麼回事啊！

這是脫衣麻將。那我只要避免胡牌削減她們點數，最後再靠役滿或倍滿之類的高點數牌型，一口氣把她們點數扣到負就好啊。

「區區奸計不足為懼！看我一口氣讓妳們輸到負分，這樣就能強制結束了！」

「你放心吧，扣到負分我們會負起責任全部脫光。」

「嗚奴奴……」

真是沒血沒淚的傢伙。這狀況就好像是每當在運動競技中無法取勝，歐洲國家就會立即改變規定來使狀況對己方有利，然而沒有權利的我只能選擇服從。

先分析一下戰局。東四局打完了，只剩南圈，如果她們說的都是事實，那只要別讓只穿一件衣服的雪華阿姨放槍，就能避免悲劇發生。

我的勝利條件不是點數，而是隱瞞自己等的牌，避免放槍，再一口氣自摸。就算剩下幾局全流局也無所謂。

外頭吹起強風，雨順風勢打在窗上。

忽然閃過青白色的光。一道閃電劈裂雲層，雷鳴轟隆作響，似乎就打在附近。

家裡一瞬間斷電，又立即恢復，燈光亮起。在那一剎那，我看見了。

三人咧嘴露出了惡魔般的笑容！

「——你連莊。」

悠璃口中說出了極度致命的發言。咕嘰嘰嘰嘰……我無法拒絕。

都到這步田地仍不敢反抗家人的我，陷入史上最大的危機。

我拚命思索保命方法，花的腦力甚至比考試時還高。

糟了，我到底該怎麼做才能逃出生天？告訴我啊，零式系統⁉

「胡了，啊。」

「好耶！終於輪到我了。」

一不小心叫胡了，雪華阿姨開心地把手伸向旗袍。

「那、那個。妳都難得穿上了，再讓我多看一下好嗎？雪華阿姨穿旗袍的模樣實在太美，我好想一直看下去喔——所以，好嘛？好嘛？好嘛？」

「雪雪也真是的，真有這麼喜歡嗎？晚點你想怎麼看都可以啦。」

我拚命懇求也沒用，為什麼雪華阿姨偏偏在這種時候都不聽我的話。

「妳們每個人都一樣！夠了，既然如此，我就把妳們全部扒得一件衣服都不剩！給我做好覺悟聽到沒!?拜託別說好！算我求求妳們了！」

我自知這不過是喪家犬的哀號，總之先擺個戰鬥姿勢。

「妳被看得一乾二淨都不會覺得丟臉嗎？」

「我跟媽媽不同，有好好修毛，不用感到丟臉。」

「真沒禮貌，我也是有好好修毛。好期待被雪兔扒光喔。你可要溫柔點喔？」

「我負責把你扒光。」

「要被雪雪扒光了——呀嗯♪」

「我受夠這一家人了。」

宛如惡夢的一天仍持續下去。

「絕對不能胡牌的麻將二十四小時」，才剛拉開序幕而已。

◇

「社群軟體啊……」

「是啊，大學時期的朋友邀我一起玩，可是我對那些不太熟。」

我在學生指導室跟三條寺老師悠哉喝茶聊天。我本來滿心期待今天她會有什麼指導，沒想到三條寺老師難得找我商量事情。

我身為茶友，當然希望能幫助她。

「本來就我的立場，應該是要教學生們如何正確使用這類東西才對，可惜我從來沒用過，所以很傷腦筋。」

「原來如此……」

「話雖如此，估計使用社群軟體也會增加麻煩事，而原因八成是你，但一直都不去學怎麼使用也不是辦法。」

她真是位熱心教育的好老師。然而不同的社群平臺也會產生世代隔閡，我想三條寺老師被朋友邀去玩的，應該不會是給年輕人用的那種，反正都要嘗試了，乾脆讓她用用各種不同的平臺也不錯。

「那我們一起來用吧！我也是初學者，這種東西慢慢學習使用方式應該比較好。雖然應該不會有人來跟隨我。」

「我可不知道有人的交友關係比你還更廣闊……」

「咦？」

現場頓時瀰漫一陣難以言喻的氣氛，我難以釋懷地離開學生指導室，回到教室。

「雪兔要創帳號嗎？那、那我也要！太好了！這樣就互相跟隨了。嘿嘿，晚點我得告訴燈織才行。」

燈瓜真的是天使。來給妳糖吃。

「我也馬上創帳號，阿雪等我一下！」

「我帳號停擺一陣子了，雪兔要用的話，我也繼續玩吧。」

「九重仔認真的？」

「這可是大新聞啊！」

我一告訴別人要創社群平臺帳號，全班同學都跑來跟隨我了。當然是互相跟隨。還有沒有玩的人，特地創帳號來跟隨我。這個班，怎麼淨是些好人啊……害我都要哭了。

另外最令人吃驚的是，班上跟隨人數最多的竟然是釋迦堂。她好像認識大批喜歡爬蟲類的同好，這就是所謂的爬蟲界公主嗎？

只要有個突出的興趣，或許就會比較容易找到同好也說不定。

「不過，我應該不會那麼頻繁使用喔。」

「是嗎？那為什麼你開頭自介寫著『這就是我，九重雪兔』？自我主張太強了吧，不認識的人哪知道你是誰啊。」

「我想說這樣比較有我的風格。」

「有嗎？」

當時的我太過粗心，還以為這是一點點小事。

然而整件事，在我渾然不知的狀況下，朝著預想不到的方向擴大。

此時，悠璃班上。

「悠璃妳聽說了嗎？妳弟好像創帳號了耶。」

「蛤？什麼意思？」

「大家都在傳呢。」

「……真的耶。他怎麼突然用起這個。」

「我也跟隨了，他的跟隨人數短時間內暴增，還真有點恐怖。」

「這下糟了。得趕快告訴媽媽……」

「這事有這麼嚴重嗎？」

「這樣下去肯定會出大事。」

就連學生會長們。

「什麼？九重雪兔開始玩社群軟體？」

「嗯，我剛才聽說的，應該沒錯。妳看，同學們都跟隨了——這、這跟隨人數是怎麼回事!?」

「沒空愣著了裕美。我們也立刻創帳號！」

孤獨寂寞的女神。

「咦咦，雪兔同學!?」

某對恩愛的情侶。

「九重雪兔的？我也告訴社團的夥伴們好了。是說，這要怎麼用啊？」

「敏郎也多少學一下啦……」

好感度爆表的鄰家姊姊。

「雪兔在用社群軟體？哎呀，這互相跟隨的是涼香老師？真的是無法掉以輕心耶。」

正在反省中的縣議員。

「爸爸，九重同學開始用社群軟體了！」

「九重先生？這下不得了了。英里佳，馬上送花圈過去！」

「這麼做人家會感到困擾吧……」

大學裡。

「啊，是雪兔同學！這不是爸爸公司的……」

「這狀況是不是有點誇張啊？」

？？？

「兄長真的是非常出色呢。祇京好想再見您一面。不過，現在就先用兄長的照片忍耐一下吧。」

關西。

「嘎哈！有意思，這可真有趣啊！和毅！」

「啟介你冷靜點。這就是傳說中的兔兔人？也太扯了吧。」

北陸。

「喂喂，這真的假的？要不要送海產過去？他會感到困擾嗎？」

「我也不知道，總之你快住手。」

北方大地。

「呵呵，原來如此，終於讓我找到了！」

南部地方。

「本土好遠啊。」

「九重同學！」

「老師早。看妳慌成這樣，發生什麼事呀？」

隔天，一到學校就被三條寺老師拉走。

「你沒看自己的帳號嗎？」

「說起來昨天我們一起創了帳號嘛，怎麼了嗎？」

「你快點看！」

「喔。」

我沒什麼值得分享的事情，也不打算虛構出一個只在社群平臺上的假想朋友，更沒興趣賺廣告分潤。

想說先創個帳號就好，總之擱在一旁——

「這什麼鬼啊啊啊啊啊啊啊！」

跟隨人數已經超過四千人。就連這個當下也在不斷增加。

「我才想問這什麼鬼啊啊啊啊啊啊啊。到底為什麼會變這樣？」

「我也不知道，我沒特別做些什麼啊……」

我一一確認回文。

「九重先生，今後也請您多多關照！」

「呃……這是，東城議員嗎？」

「這就是所謂的垃圾訊息嗎？」

竟然是有藍勾勾的驗證帳號。

議員資歷頗長的東城爸爸傳了一個超有禮貌的回覆，搞得其他議員以為我是什麼重要人物，一個個都跑來跟隨，想鬧事也該有個限度吧。

現在我的帳號連有幾十萬跟隨者的冰見山事務所都跑來點跟隨！為什麼!?（困惑）

特莉絲蒂還回了我一張自拍照。正如我所料，果然認識的也跑來了。

其他還有「我想找兔兔人諮詢。我有個喜歡的三年級學長——」，這類戀愛諮詢特別多。為什麼大家都知道我是兔兔人。

我頓時一陣頭暈目眩。在我沒注意的期間到底發生了什麼事!?

「這不是我媽公司的帳號嗎？」

「這完全超出我預期了。你的交友關係到底出了什麼問題啊？」

轉眼間跟隨人數都快到五千人了，現在還有一堆帶有官方驗證的帳號跑來加入，使得跟隨者名單呈現混沌狀態。

這怎麼想都不是一介高中生的帳號。

「啊！有色色的私訊！」

「千萬別上當了，九重同學！這種東西多半都是詐欺，絕對不能看。手機給我，我來幫你刪除——這、美咲小姐!?」

「咦？」

原來傳私訊的是冰見山小姐啊。我存個檔。

「不過與你相比，真的是會讓人喪失自信。雖然我這也不是公眾人物帳號，也不是說跟隨人數越多越好，但一介教師的跟隨人數大概也就這樣吧。」

「請妳打起精神。」

三條寺老師有點失落。該怎麼鼓勵她呢……對了！

「老師，能借我一下嗎？」

「怎麼了？」

「這樣好了。『每點一個讚，三條寺的裙子就會短一公釐』。」

「等等，你到底發了什麼文！」

然後用我的帳號按讚跟分享。

結果按讚數轉眼間攀升。

「請等一下！這要怎麼刪掉？才沒多久就三百個讚!?那不就是三十公分嗎!?還在變多，不行，再短下去不行！連我二十歲時都沒穿過這種東西啊！」

「校長也點讚了……」

「我直接去罵他！」

雖然三條寺老師跟隨者暴增，但她最後刪除文章，並切換成只跟朋友互相跟隨的私人帳號。

這次經驗，使我們變得更加成熟，也瞭解到社群軟體有多恐怖。

「所以是四十八公分喔。」

「絕對不准傳出去。絕對不行喔！」

（這人未免太好了吧……）

幾天後，三條寺老師傳了張穿上超短迷你裙的照片給我，可我才不會說出去咧。

◇

所謂的文化差異處處可見，而我正是絕對不會否定文化差異的男人——九重雪兔。

這也就是所謂的Deculture（註6），這個詞有人懂、有人不懂，這也是一種文化差異。多樣性不應該強制，而是要讓人主動接受。

媽媽說，母子一起洗澡天經地義。這也是一種文化差異。

我絕對……有點……絲毫沒有懷疑過。不管啦！反正就是多樣性啦！

加拉巴哥化又有什麼不對了。這個詞常被拿來當負面詞彙使用，然而獨自進化本身就代表著多樣性。

若是世界什麼東西都統一，肯定轉眼間就會滅亡。

日本是島國。優點雖多，但不時出國增廣見聞，肯定會成為不錯的經驗，也會使價值觀大幅度轉變。

「啊，雪兔同學。你來啦！在這邊！我現在正在幫爸爸洗車。」

「原來這世上真的有比基尼洗車啊！」

穿著比基尼再披了件連帽T，還一手拿著海綿的特莉絲蒂小姐迎接我。

所謂的比基尼洗車，是指洗車時為避免衣服弄溼，而選擇穿比基尼來洗車的外國派對咖特有文化。主要見於B級恐怖片。

特莉絲蒂小姐的家是棟豪宅。原來她是千金小姐啊。

註6 《超時空要塞》中的造語，原意為「恐怖」、「難以置信」等表示驚訝的詞彙，引申為形容某個事物很不錯，出乎意料的好。

我和澪小姐被特莉絲蒂小姐邀請參加家庭派對。

他們似乎打算在庭院烤肉。這樣的文化差異令我有些感動，美國式的家庭派對，我只有在電影上看過。

我喝著香檳飲料回想起。過去九重家曾經舉辦過睡衣派對，結果有穿睡衣的只有我，這麼違反規則實在太過分了。

「讓你久等了。來，這邊請。」

特莉絲蒂小姐的媽媽以溫柔笑容打招呼。

「等你好久了酷小子！今天玩得開心點。」

「謝謝你們邀請我。我買了蛋糕當伴手禮。」

「Oh……酷小子！你不用那麼費心啦。來，開始烤肉囉！」

頭戴德州牛仔帽的魁梧金髮帥大叔將我拖著走。

他頂著一副一眼就能看出是美國老爸的外型，我無從反駁，因為真是如此。這人真的像是西部電影裡會出現，一眼就能看出是美國老爸的人。

雖然這大叔看起來十分開朗，不過在特莉絲蒂騎腳踏車出車禍，來我家謝罪時，雙親和特莉絲蒂小姐一樣，整個臉色蒼白。

我到現在還在擔心，他會不會突然就蹦出一句：「我只能切腹謝罪了！」

若是無法私下解決，會對特莉絲蒂小姐的經歷造成重大傷害，他當時肯定抱持著悲壯的覺悟。幸好沒受重傷，所以我也沒有提告。

造成我心理陰影的女生們今天也不時偷看我，只可惜為時已晚
The girls who traumatized me keep glancing at me, but alas, it's too late.
尖端出版
www.spp.com.tw
©Yuragi Mido/OVERLAP Illustration: Wata

特莉絲蒂小姐他們不停哭著道歉，後來經歷種種事情，我們感情變得不錯。結果我就被他們招待來參加家庭派對，人生真的是難以捉摸。

「嗨，這還是我們第一次見面。對不起啊，妹妹給你添了麻煩。」

一個外貌偏差值無從計算的超絕型男對我搭話。這人是敵人，我莫名產生反抗心理。

「你們打算如何擺平這件事啊？啊啊？」

「咦⁉這就是日本文化特有的『做個了斷』嗎……那麼，你要不要乾脆收下我妹？」

「雷恩！你在胡說什麼啊！」

特莉絲蒂小姐為突如其來的販賣人口感到憤怒。我頓時感受到外國文化差異，嚇死我也。

「對了，你是雪兔……對吧？跟我來一下。」

「什麼事？」

雷恩先生似乎有事，我們移動到角落。

「我很感謝你。聽說發生車禍時，我妹整個悶悶不樂的。」

「我有跟她說過，我沒受傷，不需要介意就是了。」

「請容我再次向你道歉。真是對不起，謝謝你原諒我妹，希望未來我們能夠好好相處——還，還有一件事……」

雷恩突然表現得手足無措，不停瞥向零小姐。

這個超絕型男，意外地很青澀啊。

「能不能告訴我，和你一起來的那位美麗又惹人憐愛的女性是誰？」

不會吧，他對澪小姐一見鍾情了？真有這種事？

哈——所以我說型男這種人啊！

沒想到在這種地方也會感受到文化差異。

正牌的烤肉太猛了，首先光是肉就不同凡響。燒肉通常會把所有肉都切成一口大小，但在這可沒管這麼多，一整塊豪爽地丟下去烤，就連香腸也莫名大條。我拿刀切著不斷流肉汁的厚實肉排塞入口中，先不論文化差異，總之肉品都很新鮮。

我們聊了一下才知道，特莉絲蒂小姐的爸爸，似乎在某社群平臺的日本法人擔任董事。之所以會過來，聽說是因為這超大社群平臺連年虧損，才決定藉由併購將舊經營層全部換掉。日本法人也裁掉大多數人，而從總公司派過來整頓的人選，正是從以前就希望能轉調到日本的特莉絲蒂爸爸。

「對了爸爸！雪兔同學也創了帳號喔！」

特莉絲蒂亮出雪兔的帳號，帥大叔一看整個瞪大眼睛。

「酷小子，原來你是網紅啊!?」

「我從沒打算當網紅就是了……」

不知不覺間，我的帳號跟隨者已經超過一萬人。

現在還不停有企業丟業配案件過來。我不過是普通的高中生，這擔子我承受不起。

如今無可奈何，只能戰戰兢兢地看著跟隨人數不斷增加。

「都市傳說？怪人？年輕人、企業，連政治家也……這些不是自動發言機器人，都是真正的帳號。ＨＡＨＡＨＡ！有趣！太有趣了！你到底是什麼來頭？我馬上驗證你的帳號！以後可能會有工作得拜託你這瘋小子！」

美國老爸開心地拿起手機不知道打給誰，幾分鐘後，我的帳號驗證完畢，出現了閃亮亮的藍勾勾。工作效率真快，這也是一種文化差異吧。

「真是的，你別害雪兔同學困擾啊！對不起喔，這人今天特別開心。」

「妳別攔我啊！這瘋小子是個奇才！說什麼都得趁現在網羅——」

「好好好，工作的事下次再說吧。」

醉意湧上來，不停纏著我的微醺美國老爸，被高雅的夫人推離現場。看來丈夫在妻子面前抬不起頭，也是世界共通的文化。

「爸爸一直纏著你，對不起喔！對了！來，我們一起自拍吧？」

「跟隨人數暴增的理由原來在這!?」

我和特莉絲蒂小姐拍了張兩人合比愛心手勢的自拍上傳。瞬間就炎上了。

「嗳嗳，雪兔同學。這個企業帳號為什麼會跟隨你啊？你們有什麼關係嗎？」

「啊啊，這間公司啊。我媽媽在這工作。」

澪小姐滑著手機，指向某間似曾相識的企業。

「真假!?我一直嚮往能進這間公司耶！這是我的第一志願，下次我要去實習。」

「是這樣嗎？我媽老是抱怨人手不足，要不要我去跟她說一聲？」

「不、不過……這樣好嗎？」

這樣不只能幫到澪小姐，還能幫到媽媽，我實在找不到理由拒絕。

「謙虛可不一定是美德喔。聽好了，小妹妹，學歷跟人脈都是力量。妳知道要成大事最重要的東西是什麼嗎？是運氣，也能說是掌握機會的能力。認識瘋小子，是小妹妹好運。那麼妳就千萬不能放過這個機會。」

「你怎麼又纏著人家。真是的。這人好像真的很喜歡雪兔同學。好了，走穩點。要是不喝點水醒醒酒，可是會被他討厭喔。」

「這可不成！」

美國老爸又被帶走。

「那麼，能拜託你嗎？」

「澪小姐之前也幫過我不是嗎？」

「你也太有禮貌了。我當時只是正好被牽扯進去，你不必那麼在意啊。」

「被幫助了當然要報答啊。」

澪小姐當時救的不只有我，還有祁堂會長跟三雲學姊。

要是當時事情鬧大，她們必定會遭受懲處。到時我和會長她們的關係，肯定也會惡劣到難以挽回。

「對了，特莉絲蒂小姐工作找得怎樣了？」

「工作啊……說來丟臉，我還完全無法想像未來的事。」

特莉絲蒂小聲碎念，表情看起來無精打采，相當消沉。

「小時候不是都會問將來想做什麼工作嗎？每當問到那種問題我就頭痛。我從以前就找不到想做的事。爸爸總是告訴我慢慢來就好，可是身邊其他人都有認真做準備，朝目標前進，好像只有我被拋在後頭。」

對將來不安，遺失的目標，我捫心自問。

出了社會，就彷彿是踏上一場沒有航路的旅程。

我忍不住尊敬起特莉絲蒂小姐。她是個出色的人，這份迷惘，一定會成為她的助力。

「我從來沒有考慮過將來。因為光是活在當下就費盡全力，沒空去思考未來的事。我頂多只會想，將來的自己或許只會橫死街頭。」

「……雪兔同學？」

特莉絲蒂小姐看似擔憂。她的未來應該會是一片光明。因為她是如此認真地思考。

「就算找不到目標也沒關係吧。繞個遠路也不會怎樣。那怕到了五、六十歲才找到想做的事，那都還來得及。人生很長，我認為並不是走最短距離達成目標才算正確答案。」

我想起家人、兒時玩伴以及同學的事。我繞了好長一段路，中間走走停停，還曾一度放棄，現在我們逐漸認識彼此，開始學會諒解。

「這世上沒有一件事是無用功。不論是特莉絲蒂小姐的煩惱，或是現在這段時光。」

未來這種事沒人能說得準。就算大學畢業進入職場，在同一間公司，做同一份工作直到退休的也是大有人在。到頭來，事情不過是這麼簡單。

我們不是活在只能憑空想像的未來，而是活在當下。

「所以──就好好享受這一切吧？好不好？」

「嗯！」

「總覺得你這人，就好像是精神安定劑一樣啊。該說是跟你聊天就會自然平靜下來，還是說你很擅長聽人說話呢。應該有不少人找你商量事情吧。」

「妳怎麼知道？」

「果然啊。」

澪小姐發揮了超常的推理能力，美國老爸回來後，問特莉絲蒂小姐要不要去自己公司廣告部門上班，最後被雷恩先生打發掉了，這場既混亂又開心的家庭派對持續到夜晚。

——吃好撐。短時間內不想再看到肉了。

◇

「……好漂亮。」

「嗯。」

會場被祝福所環繞。我也和大家一起發自內心拍手。

明明應該看不見，卻感覺到幸福轉化為形體，浮現在眼前。

維繫著新郎新娘的信賴，以及他們懷抱至今的心意，彷彿清晰可見。

新娘哭了。而在她身邊的新郎大哥哥也眼睛泛紅。

親戚桌有人哭了，媽媽也擦去淚水。

我心中閃過無數想法。感受到眾人的喜悅。好漂亮，那是一種從內在湧現的美感。

這就是理型（idea）。猶如存於靈魂的回憶（Anamnesis），所以才令人不由自主地獻上祝福。

我和媽媽一起目送兩人踏上新的人生歷程，然後回家。

我們倆參加了結婚典禮。起初我坐在冰見山小姐的親戚桌，但不斷被奉承實在是令人費力勞心，最後只好跑去找媽媽哭訴。

這怎麼想都不對勁吧。不光是冰見山小姐的雙親跟祖父母，就連忙到騰不出時間的新郎大哥哥都跑來跟我打招呼。還說什麼「美咲就拜託你了」，你們拜託我也沒轍啊。

最後還正式招待我去冰見山家（本家）。

對我而言，去冰見山小姐家的門檻就已經夠高了，本家又是哪招？我怎麼覺得他們是打算逐步使我就範。

接著又有一群不認識的人跑來打招呼，還收到三十幾張名片。我偷聽到他們說我是「利舟先生的子弟」、「後繼者」、「他現在還只是高中生，但總有一天……」，有夠恐怖。

所幸媽媽在同個會場，這才讓我減輕心力。還有料理很美味。

會場的料理全是由老闆親自監督，怪不得他最近忙個不停。

我們離開仍沉浸在餘韻的會場。接下來是屬於新郎新娘的兩人時間，也是與家人相處的時間。

「現在這個瞬間，就是惠人生中最幸福的一刻吧。」

媽媽自言自語地說，似是細細回味整場婚禮。

「……總覺得有點可惜。」

「為什麼？」

「如果結婚典禮就是最幸福的一刻，那未來似乎只會走下坡。」

「惠吃過不少苦，所以她很清楚幸福有多可貴。」

「希望她未來能一直過上幸福美滿的日子。」

「……你真是個溫柔的孩子。」

媽媽摸了摸我的頭說。不知不覺間，媽媽開始會做出這類媽媽的舉動了。

看來之前呈現暴走狀態的母性也慢慢沉靜下來，太好了太好了。

新郎新娘兩人看似非常幸福。「好感」開花結果，這也是我所失去的東西。

兩個外人對彼此產生好感，戀愛，結為連理，組成家庭。

他們告訴我這是一件多麼幸福的事。

我會有像今天一樣受他人祝福的一天嗎？我能夠盼望自己得到幸福嗎？回想起來，身邊的人總是在哭。媽媽、姊姊、雪華阿姨、冰見山小姐、燈凪、汐里、會長，以及其他人，我總會使他人悲傷。

別說是幸福，我至今還散播了無數的不幸。這樣的我真的能——

「媽媽會想穿婚紗嗎？」

「我？……就不用了吧。畢竟，我曾有過一場失敗的婚姻。」

她自嘲地笑說。不過，媽媽的眼神看似有些羨慕，而且妳自己不是說了嗎？那是最幸福的一刻。

既然如此，再多體驗一次也不過分吧。

我決定了。儘管我是個散播不幸的差勁人渣，也至少要努力讓身邊的人幸福。我要讓他們笑口常開，不再悲傷。過去剝奪了多少幸福，那我就要還給他們多少。

「這次說不定會成功喔？」

「現在你待在我身邊，就是我最幸福的時刻。我沒考慮過要再婚。」

媽媽最近迷上了角色扮演。前天是扮成白衣天使，也就是穿護士服。

她卯起勁來說要照顧我，但我又沒生病。我一講她就改口說「那我照顧精神衛生吧」，發生如此怪事，害得我的精神力每十分鐘就被削減10％。

照顧到底是……？我感到宇宙法則出現混亂。

總之這樣的媽媽不可能不想穿婚紗。

哈哈——我懂了。妳是在客氣對吧？

深想一層，為了角色扮演這個興趣，跑去向婚禮顧問租婚紗確實有點難度。就算想試穿也必須跑到專門店，總之有各種麻煩，無法輕易實行。

等等喔？我最近正在鍛鍊縫紉技術，既然如此，我自己做件婚紗不就好了？對啊，這樣不就簡單多了！我突然停下腳步。

光是這樣就夠了嗎？光是穿婚紗就夠了嗎？

我怎麼能做那種半吊子的事。要做當然要做個徹底，我的字典裡沒有妥協這個詞。髮型、化妝、首飾都不可或缺。要打扮成新娘，得做的事可多了。

我九重雪兔，就連孝順也要玩真的。讓家人幸福乃是我的使命。

這麼說來，家裡還有個幾乎沒用過的高價全幅單眼，連拍婚紗照都沒問題。

「既然如此，就由我來讓媽媽穿上婚紗。」

「──咦？」

嗚呼呼呼，媽媽妳等著吧！我會讓媽媽化身成完美的新娘！

然後再將她的婚紗照做成賀年卡，將幸福全方位擴散出去。

這項全新的挑戰，令我忍不住摩拳擦掌。手：「噫咿咿咿咿咿咿咿咿咿。」

「我還沒看過媽媽穿婚紗的樣子呢。」

「你要……讓我？你願意讓我成為新娘子嗎？」

「交給我吧！」

我豎起大拇指說。媽媽的渾圓大眼開始落下眼淚。

咦咦⁉我怎麼又害媽媽哭了，這已經變成九重雪兔的拿手絕活了嘛。

「啊啊……怎麼會──為什麼你……這樣下去我──雪兔……嗚嗚嗚嗚嗚！」

「怎麼了，妳還好吧⁉」

我慌得拍背安撫她。

「我已經忍不住了……所以，對不起。」

媽媽抬起頭來抱住我。

「……我會賭上自己的一生──發誓永遠愛你。」

「我怎麼覺得能夠預見接下來發生的事，妳的臉幹麼靠近──嗯──嗯──嗯⁉」

心如小鹿撞跳個不停。想讓它停下卻辦不到。

這樣的怦然心動，就好像時光倒流，回到了國高中生的青春期。

我一直裝作自己沒發現，因為沒有必要發現。我們是家人，是經歷戀愛後才結下這緣分，如今要我像是倒轉時針一樣，重新去戀愛，根本是不可能的事。

然而，走在身旁的兒子，他的話語，卻深烙在我的腦海，揮之不去。

（好開心……好開心、好開心！）

我高興到說不出話來，兒子總是說到做到，只要一說出口，就一定會實行。

這孩子說要讓我穿上婚紗，那我就一定會再披婚紗。我雖然明白，卻難以置信。

如果那時，在我身邊的人是雪兔。我不禁產生這樣的幻視。

這世上竟有如此幸福的事嗎？我真的能過得如此幸福嗎？

這是不被允許的事，不可能會被允許。櫻花，冷靜下來。

這是絕對不能跨越的一條線。從兒子的態度思考，他應該沒有別的意思。

溫柔的雪兔，一定只是在想方法讓我開心，才會如此提案。

我看起來真的有那麼羨慕嗎？或許是被聰明的他看穿了。

光是那一句話，就足夠將我早已捨去的戀心喚醒。

怎麼辦！我害羞到無法正眼瞧兒子的臉！

從那天起，世界徹底變了。得了乳癌的可能性擺在眼前，讓我明白時間是有限的。

我正視自身可能會死的事實，計算著剩餘時間，恐懼就如駭浪般撲來。

我沒有珍惜兒子，沒有愛他。事到如今，才令我後悔莫及，但是要挽回與兒子之間的關係，光後悔還遠遠不夠。

我坐立難安，擔心自己會就這麼死去。

然而將我從絕望深淵救出的，正是我沒有好好疼愛的兒子。

不可能，我再也無法忍耐。如今才打算改善關係，就多少得用些強硬手段才行，而雪兔只是溫柔地包容我，沒有否定我的行為。

他是我兒子，我不可能會討厭他，更何況他從沒經歷過叛逆期。

雖然這點也令我感到擔心，但是我每天都越來越喜歡他，今天比昨天、明天比今天更愛他。

這樣下去，我都不知道自己會變成什麼樣子。老實說，我開始害怕自己。

然而這些不安，全都因剛才那句話消失得無影無蹤。

他說要讓我穿上婚紗，我能夠更加喜歡他，我能夠愛他。我發自內心感到幸福。

不論他是基於何種意圖說出這句話，我已經——為這孩子深深著迷。

真要說唯一的懸念，那就是——

「我覺得，姊姊最近有點奇怪。」

「你發現了？」

「媽媽連著七天跑來我房間睡，想不發現都難。」

「這、這樣啊。對不起喔？你不喜歡這樣嗎？」

都一把年紀了還興奮得靜不下來。

果然是做過頭了。得反省才行……

「也不是討厭，只是先前媽媽跟姊姊跑來睡的頻率大概一半一半。」

原諒我吧。兒子，好喜歡……好可愛，好想一口吃掉他。

「她最近也很少跑來我房間，嗯……」

雪兔面有難色地思考。

悠璃來找我商量過未來出路，所以我知道理由。

她想留學。

如果可以，她希望念的大學越遠越好。

這對悠璃來說，肯定是難以承受的艱難抉擇。那孩子仍被自身罪業所困住。

「拜託你。我知道這話不應該對你說，可是無力的我無法幫助悠璃。所以，拜託你拯救她。只有你的話，悠璃才聽得進去，只有你能夠拯救悠璃。」

能拯救悠璃的只有雪兔，就如同他拯救了我。

她確實犯了罪，還被原諒了十年以上，那有如坐牢般的日子不斷折磨悠璃。但那孩子仍覺得不夠，繼續懲罰自己。她將持續這個不見終點的贖罪，直到永遠。

「我？」

「你要保護姊姊。」

「……我做得到嗎？」

「——不用擔心。你比任何人都還堅強。」

拯救小孩是父母的責任，而我卻交給了兒子。

我在心中搖頭，我沒資格當母親，而且是從很久以前就被打上落第的印記。

從頭開始當媽媽的我，早已失去那個資格了。

不過，我明白。

因為我是悠璃的母親，我知道那孩子現在真正需要的是什麼。

我一點都不擔心。

雪兔一定會帶給我們幸福。

# 第四章「朱夏的請求」

一早，鳥囀成為背景音樂，使我在鬧鈴響起時睜眼。

我抬起身。睡眼惺忪、腦袋空空地看向牆壁。

奶油色的牆壁上貼著B1尺寸的媽媽海報和姊姊海報（夏日圓點拼貼風格）。

泳裝能讓人感受到夏日氣息，而這張海報，加上了特製的圓點拼貼貼紙，能讓海報人物看起來宛如裸體，乃是我費了無用勞力打造的自信之作。

揉。嗯？怎麼手摸起來軟軟的。多麼魔性的觸感，都快讓我整個軟爛了。揉揉。

我整個人睡昏頭，絲毫不抗拒這低反發的魅力，總之摸個不停。揉揉揉揉揉揉。

「——嗯……那邊……不行啦……」

「來者何人⁉」

一轉過頭，就看到身穿睡袍的媽媽睡得正舒服。

我一瞬間驚醒。這速度是時隔〇日第十一次的新紀錄，但我完全沒有反省的意思。

昨天妳不是說要回房睡嗎？不過這樣其實也算一如往常。

我懷疑媽媽是不是生病了。

之所以這麼講，是儘管乳癌嫌疑終於水落石出，但每當媽媽半夜跑去上廁所後，都會把她房間跟我房間搞混，八成是夢遊症。

我是絕對不會懷疑家人的男人——九重雪兔。所以家人說什麼，我都照單全收。

每當我擔心，問她「還好嗎」的時候，她總會顧左右而言他。看來這症狀不輕啊……

今天是平日，得去上學。要是繼續拿媽媽低反發的某樣東西當枕頭，怕是會一覺不起。所以我爬著離開床，避免吵醒她。

說起來，我回想起自己創了社群平臺的帳號，卻從沒發文這件事。我和女神學姊不同，對於認同渴望和出鋒頭沒有任何熱忱，如今要發文，也想不出要寫些什麼。

寫些日常生活就好嗎？不過寫那種東西到底有什麼好玩的。

啊，對了！反正覺得麻煩了，就這樣吧。『媽媽就睡在我旁邊。』

「咦？」

我看到一則令人在意的私訊。還以為是惡作劇，結果是官方帳號，最好是啦。

這內容實在令人吃驚，怎麼辦，反正腦袋停擺無從判斷，晚點再找人問吧。

好了，做早餐去。

◇

上午休息時間，我不知為何被悠璃的兩個朋友逮住。

附帶一提，早上發文被瘋傳到嚇死人，但我懶得管就無視了。

「是說，這陣子悠璃整天魂不附體、無精打采的。」

「就是啊，不論上課還是休息時間都心不在焉。悠璃弟，你知道發生什麼事嗎？」

她們把我拉到安靜的走廊，沒想到是找我商量姊姊最近不對勁的事。

我雖然想不到原因，但也有相同看法，實在無法視而不見。

「在學校也是這樣嗎？她在家不太對勁，我一直很在意。」

「畢竟是悠璃，我想一定跟你有關才對……」

「悠璃在家怎麼個不對勁法？」

和平時不同，學姊們完全沒打算捉弄我，純粹是擔心姊姊。

我探索記憶，試圖尋找原因。

「她最近不會成天待在我房間，不找我量尺寸，不會莫名其妙脫衣服，不會一不小心趁我洗澡時進浴室。不過，她看起來也不是生氣或心情不好，嗯——該怎麼說，就是變得非常普通……」

「……我說，這不是理所當然的事嗎？」

「悠璃怎麼可能做出這種正常姊姊會做的事。」

「嗚！我竟然無法反駁！」

學姊們看似心有不甘，客觀來看，我和悠璃的關係都已經變成常態了。

如今我們的距離感變成了普通姊弟，卻有種難以言喻的不自在。而且姊姊經常把自己關在房裡，這點也讓我相當在意。

今天我們是分開上學，從早上就沒碰過一次面。

這是至今從沒發生過的事。姊姊的日課，就是跑來確認我的狀況。

這說不定，是我做了什麼惹她生氣的事，她才會一直避開我，就連說話時，也變得比以往更加溫柔，反而讓我看不出她有什麼煩心事。媽媽說過姊姊正在受苦。姊姊和我不同，她應該得到幸福，絕對不該感到不幸。

「如果悠璃弟都不知道，那就真的沒轍了。」

「我猜絕對跟你有關，你多多關心她吧。」

我自然回想起過去。小時候，我總是跟在姊姊身後。

後來她說討厭我，過去我從不知道有這種事，於是變得不敢接近她。

不過，現在——

「別擔心，我會想辦法的。因為悠璃——是我最重要的家人。」

「那麼悠璃的事就拜託了……其實我也有事找你商量，可以嗎？」

銀杏學姊戰戰兢兢地說，她的舉止突然扭捏起來，好像變了個人似的。

我問了兩人的名字，她們似乎是世良學姊跟銀杏學姊。

「我想找你做戀愛諮詢，其實我，喜歡D班的熊崎。」

「為什麼包含學姊在內的人，全都跑來找我做戀愛諮詢？」

「咦，因為悠璃弟是成就戀愛之神啊？『勇者』那次不是也都靠悠璃弟幫忙嗎？」

「只要事關戀愛，就先找悠璃弟商量，這可是這間學校的鐵則。」

「怪不得每個人都跑來找我談事情。」

我在不知不覺中得到神格。「勇者」其實就是指熱血學長。

我把熱血學長從籃球社放逐的前因後果，被某人做成影片上傳。熱血學長在眾目睽睽之下打倒扮成兔兔人的我，成功告白，最後因為直爽性格被稱為「勇者」，其名號似乎在全國高中生之間廣為流傳。

大家都說籃球社雖然在第四輪敗退，但他靠戀愛成為人生贏家。要你管！

「不光是『勇者』而已喔，就連周防學長，還有一年級的『吟遊詩人』，那也都是多虧悠璃弟對吧。現在你是全校知名的愛神邱比特喔？」

「現實什麼時候變成奇幻世界了？」

這個世界的女神、天使、聖母會不會太多了？哪天跑出個聖女我都不會吃驚。活到現在從沒交過女朋友的我，哪可能幫人做戀愛諮詢啊。

「恭喜妳。」

「……咦？」

不過被許多人找去做戀愛諮詢，自然會知曉複雜的人際關係，而我將那複雜離奇的人際關係圖彙整起來。

「熊崎學長也找我做戀愛諮詢。」

「……騙人⁉熊崎找你？可是，那傢伙說自己對戀愛沒有興趣——」

「嗳，悠璃弟，你剛才說恭喜，莫非……」

「太好了呢，銀杏學姊。」

「麻友，這真是太好了！」

「嗯、嗯！這樣啊，那傢伙……真是不敢相信。」

世良學姊樂得拍手。可能因為銀杏學姊是姊姊的朋友，熊崎學長才會找我商量吧，沒想到事情三兩下就結束了。

這下我的名聲肯定水漲船高吧。嘎哈哈哈哈哈哈哈！

「不過，未來如何都得看學長姊了。」

「那當然！悠璃弟，謝謝你告訴我！好像做夢一樣……實在不敢相信。我連悠璃的事也拜託你幫忙了，想好好答謝你。對了，我可以讓你摸一下下喔？要摸薰的也可以。」

「等等，麻友妳別拿我當犧牲品啊！」

「請別這麼做。學姊聽好喔，如果有真心喜歡的對象，就千萬別做這種會令人會錯意的行為。像是跟異性一起去買用來當驚喜的禮物，或是為了測試對方有多喜歡妳，就隱瞞自己的感情說出違心之論，這世上有著無數將人導向壞結局的旗標（Flag）。所以要好好珍惜對方跟自己。」

我對著學姊諄諄教誨。此乃弘法，絕非說教，銀杏學姊聽著聽著眼睛便漸漸無神。

「是我不對。教祖大人，真的是非常抱歉。」

「幸福無時無刻就在自己眼前。妳要活得自然坦率，如此一來，前路便為妳而開。」

「麻友，妳怎麼被洗腦了麻友!?」

「薰妳別亂說，教祖大人才不是這種人。」

「希望妳未來也能和悠璃好好相處。妳就拿這個當作回禮吧。」

「是，教祖大人。我會跟悠璃當一輩子朋友。」

「雖然看似一切圓滿結束，但這肯定不妙吧！妳不要掏錢包！成就戀愛之神不是這樣的吧!?怎麼跟我想的完全不同，悠璃弟你也不要給麻友洗腦啦！」

「她不是勇者，哪需要洗腦啊。」

「所以你對火村學長洗腦了!?根本一點都不浪漫嘛！」

戀愛諮詢圓滿結束，休息時間就這麼結束。

◆

「對了，悠璃會參加校外教學嗎？」

「又不是男生，應該不會去吧。而且我不喜歡戶外活動。」

「也是，悠璃看起來就像室內派。」

「是說她怎麼啦？」

「只能說她一不小心被人洗腦了……」

「洗腦？」

「姊姊，一起吃午餐吧！」

砰的一聲，我打開教室門。眾人視線集中在我身上。耶耶。

學長姊教室？我才不管那些！

然而我對悠璃的事也是一問三不知。知己知彼，百戰不殆。

若悠璃真有什麼煩惱，而我打算幫助她的話，就得先瞭解她這個人。

不入虎穴，焉得虎子。與其煩惱，不如直接撲向對手。

於是我在午休時間，跑進姊姊教室和她一起吃午餐。

姊姊正好跟上午跑來找我商量的兩人坐在一起。

「……………………………………………………………………………………蛤？」

悠璃失去了以往的犀利，整個人呆若木雞。

手上筷子也差點落下，被我衝上前接住了。

「悠璃弟這麼快就開始行動了？果然能幹的男人工作就是迅速。」

「教祖大人！您這邊請。」

銀杏學姊招手並為我準備了座位。

「謝謝。」

「為為為為為為為、為什麼你會來這這這這這這、這裡？」

「我想跟妳一起吃午餐。來，礦泉水。」

我把買來的寶特瓶水遞給她，她一接過就打開瓶蓋，把水直往頭上撒。

乍看之下是一如往常，但顯然是心生動搖，才會做出如此奇行。

「姊姊，水是飲料喔？」

「那還用你說，很好喝。」

「妳一口都沒喝啊，全身都溼了。」

「對……這是夢，是夢沒錯。因為一點都不痛。」

姊姊捏住自己臉頰，似乎嫌傷害還不夠，她開始猛揍自己的臉。

「悠璃妳冷靜點！銀杏也來阻止她啊！」

「真是的！妳這樣教祖會難過啊。悠璃，妳清醒點。這是現實。」

「不會痛……有點刺刺的，一點都不痛。雪兔來找我吃飯這種事，絕對不可能會發生。這是夢？還是平行世界……是我沒有犯錯的未來？或者是元宇宙？多重宇宙？ABO世界？打者之眼三連轟（註7）……」

姊姊眼神失焦，嘟嘟囔囔地念著神祕咒語。總之我們應該沒跑到平行世界。

「姊姊，我能到妳懷裡嗎？」

「可以啊。」

不知為何，我坐在姊姊膝蓋上。這讓我想起有袋類的袋鼠。不過這麼做有點開心，我乾脆賴著不離開了。

「沒想到悠璃會壞得這麼徹底……」

世良學姊呆住了。我也有同感，但我的任務是問出悠璃的煩惱。看姊姊無精打采的，也讓我有點難過。

「是說姊姊，妳什麼時候要帶我去買東西？我一直在等耶。」

「麻友、薰，我們今天要早退。剩下的事拜託妳們了。」

姊姊提著書包站起，而坐在膝蓋的我也跟著起來了。

「你……有這麼期待嗎？畢竟之前我們講好了，對不起喔，我並沒有忘記。那麼，我們走吧。」

「悠璃妳等一下。等放學後再去也不遲吧？」

---

註7 指一九八五年阪神對巨人的球賽中，阪神隊連續朝打者之眼敲出三支全壘打。

「妳有意見嗎混帳！」

嘴巴變好壞。我大概花了五分鐘才讓發飆的姊姊冷靜下來。

「……我稍微冷靜下來了。對了，雪兔，你怎麼突然來找我？」

姊姊終於沉靜下來能正常溝通，接著她不安地問道。

「最近姊姊都沒來教室找我，我好寂寞。連早上也見不到妳。」

「我知道了，以後我每次休息時間都去找你。」

「根本沒冷靜下來嘛。」

世良學姊吐槽道。最後變成我們三個人一起吃便當，我來姊姊教室前，先不經意地跟熊崎學長說他們兩情相悅的事，所以銀杏學姊剛才被熊崎學長找出去吃午餐。感覺她對我的信仰度又提升了。

「對了，姊姊喜歡戶外活動嗎？下次一起去當天來回的露營吧。」

「我最喜歡戶外活動了，就算不用當天來回也沒關係。」

「我們還未成年，外宿應該不方便吧。」

「真可惜。」

「悠璃弟，你別相信這女人！她完全就是在說謊啊!?」

「妳有意見嗎混帳！」

「嘴巴又變壞了。」

我在美國老爸那邊學會了真正的美式烤肉，趁著暑假前來鍛鍊一下露營技術似乎也不錯，畢竟天曉得地球啥時會出現迷宮。

「你想做的任何事，我都會幫你實現——趁現在告訴我吧。」

沒錯，就是這眼神。姊姊看似悲傷的眼神，透露出話中隱藏的真心。

我就是想理解這點，才會來到這裡。我一定會拯救妳。

若說我是造成這狀況的原因和理由，那我絕對不會讓她不幸。在這充滿敵人的世界裡，姊姊這個寶貴的家人，總是站在我這邊，陪伴在我身旁。

「我想做的事？我想跟姊姊更加親近。」

這是我沒有一絲虛假的真心話。

◆

「哎呀，你的主題是姊姊嗎？」

「是啊，如何？看起來像悠璃嗎？」

「畫得非常好喔，不過為什麼要畫姊姊？」

放學後，我跑去加入美術社的活動。並在限定期間暫時入社。

夏季大賽結束，學長們引退後，籃球社的事姑且算告一段落。

這段時間大家正在為冬季杯做準備，默默地遵循練習清單做每日的自主練習。而沒事做的汐里則是被派遣到女籃社。

我希望汐里能夠繼續待在可以活用自身能力的社團。男籃社成員這麼少，本來就不需要經理，真正需要汐里的是運動社團。雖然汐里對此十分介意，但一說明我這陣子會參加美術社，她才終於接受。

「姊姊現在，似乎因為我而受苦。」

繪畫是孤獨的，卻意外地不讓人感到痛苦。之前沒特別去注意，我似乎很適合這類沉默作業。

三條寺老師在意我的狀況，過來向我搭話，我似乎太過專注，都快待到最晚離校時間。其他社員不見人影，大概都回去了。

美術室十分安靜，而我放空面對畫布。

我選擇姊姊來當作參展美術比賽的繪畫主題，這幅畫是我憑想像畫出來的。所以還挺擔心看起來像不像姊姊。聽了三條寺老師的話，我才終於放心。然而她問我原因，反倒使我語塞。我看趁這個機會，找三條寺老師談談好了。

這也是一種變化。過去的我絕對不會找人商量，只會選擇四處奔波獨自解決。不過現在我知道周遭的善意。

尋求協助並沒有錯。當然不是所有人都會對我施以善意，就連敵人也不少，但現在我身邊有很多同伴，當我有難時，他們會幫助我。

如今燈凪也有所成長，學會尋求他人協助。我說出了過去和姊姊發生的事，這麼做也許並非期望得到解答，只是希望有人能聽我說而已。

「你……嗚……為什麼……能夠如此溫柔？」

三條寺老師吸著鼻涕大哭。我急忙遞上手帕。

「……謝謝。我從以前淚腺就很脆弱，說來丟臉，我都已經是成年人了，卻連看個電影都會哭出來……我已經試著忍耐了，結果還是哭出來。手帕我洗完再還給你。」

「沒關係啦。我拿回家順便洗就好。」

三條寺老師肯定也有帶手帕，我只是一時慌張才遞給她。

「一直以來，我都成為姊姊的枷鎖。」

事到如今我才自覺，是我害姊姊的人生、甚至是個性產生扭曲。

而我卻無視姊姊的痛苦，也不打算去理解。

「才沒這種事！你姊姊肯定是被你的溫柔所拯救。」

「是身邊的人教導我何謂溫柔，我也想回報他們。這算是互利互惠吧。」

這絕非什麼美談。單方面的無償獻身，終有一天會壓垮自己。

「啊，當然老師也是。謝謝妳一直以來對我這麼好。」

「我沒資格接受你的道謝……為什麼、為什麼事到如今……你從那時就是如此善良，而我卻——！」

三條寺老師再次雙手掩面哭了出來。這件事可能讓她回想起過往經驗也說不定。

我沒遇過幾個值得尊敬的老師，但一定有不少學生被三條寺老師拯救。

「我很慶幸能夠遇見三條寺老師。」

「……拜託，別再讓我哭了。」

「抱歉。」

莫名被罵了。傷腦筋……啊，我都差點忘了。

「是說老師，關於『那件事』——」

「……你別再讓我哭了！」

早知不該多話。沒辦法，只能先閒聊到她停止哭泣，剩下晚點再說吧。

「……咳。對不起，讓你看到這麼難為情的模樣。」

「沒想到老師以前曾在投稿雜誌上募集過筆友啊……」

現在這年代，用電話或通訊軟體很容易就能雙向交流。然而在過去想約出去玩，若不事前定好見面場所，可能連面都碰不上。

更何況是寫信的筆友，光是收到回信最短就得花上三天。昭和平成世代真是恐怖！

「拜託你幫我保密，不要說出去喔……不過，你這幅畫，還是不要拿來參加美術比賽比較好。」

「為什麼？」

「這幅畫的價值，就只有你跟你姊姊知道。外人無法正確評價。就連聽你解釋過的我也沒辦法。這不是為了大眾，而是為了一個人所做的優美畫作……這就是你的理想對吧。你希望對姊姊保密對不對？那麼等完成後，再拿回去擺設在家裡如何？」

「這樣啊……我會這麼做的。」

「希望她看了會開心。」

「是啊。」

目前還正在打草稿，畫布上一片空白，距離上色完成還需要一段時間。

我握拳下定決心。這段期間，我先解決姊姊的煩惱吧。

「還有『那件事』，你大概也只是說說而已吧。拜託別捉弄我了，我都知道，學生們在背後說我是嫁不出去的老太婆。我也不是自願才單身到現在好嗎！」

「老師妳也太一板一眼了。」

是哪個傢伙說出這麼過分的話！老師妳放心吧，我可是認真的！

我們一邊做著回家準備，一邊討論「那件事」。

◇

「這是上週發生的事。在一個燥熱的深夜，我忽然感到難受驚醒，卻發現被鬼壓床，身體完全動彈不得，耳邊還能聽到『呼——呼——』這樣難以理解又詭異的聲音。此時，門外還不時聽見人走路的聲音，最後那聲音就在我房間門前停住。發出喀嘰——」

「咕嚕……九重仔，接著發生什麼事？」

峯田上半身前傾問道。我們正在講夏天不可或缺的怪談。

在這悶熱的夏天想圖得一時涼快，就該在閒暇時間講怪談故事，但燈凪卻不知為何大大地嘆了一口氣。

怪談師・九重雪兔則醞釀出令人毛骨悚然的氛圍，接著說了下去：

「嘰——的一聲，門被打開了，留著一頭烏黑長髮的女人，走進房間裡。」

「峯田同學，妳別當真。既然故事主角是雪兔，那鬼壓床一定是因為被睡在身旁的媽媽抱住，而走進房間的人是悠璃對吧？一聽就知道了。」

「妳別破梗啊。這樣違反規則耶。」

「某種意義來說，這可能比怪談還恐怖啊。」

臉上像是裝保溫燈的傢伙也表示困惑。

「不然這個故事如何？那是我以前被雪華阿姨帶去京都時發生的怪談故事。我跟雪華阿姨分開，在京都鎮上閒晃時，發現一個長得跟日本人偶一樣的少女。我本來想當沒看見直接路過，但那少女似乎非常困擾，我搭話後才知道她迷路了，於是我就幫她一起找家長。」

「唉……」

怎、怎麼了，燈凪那懷疑的眼神究竟是!?

「突然間，一個女人正面衝過來對我大喊誘拐犯，我就這麼被警察——」

「就說你壓根搞錯恐怖的方向了！這哪裡算怪談了!?」

這分明是我第一次去京都體驗到的毛骨悚然撞鬼經驗啊……

「是我們不該期待雪兔。更何況這傢伙根本不怕怪談好嗎？」

這種信賴可真討厭，我還是會怕幽靈好嗎……大概。

「不過這陣子真的每天都好熱喔——」

峯田搧風說。氣象預報上一片紅色，看來猛暑日還會持續下去。

連日酷暑使得疲勞不斷累積，讓人完全提不起幹勁。

但本人自有妙計來對付燥熱天氣。

我和姊姊一起去買東西時，順便買了之前一直很在意的玩意。這個點子不久之後將在校園掀起革命，成為所有人的標準配備。

請叫我發明家九重雪兔。真叫人期待啊，呼嘻嘻嘻嘻嘻。

◆

「這東西風扇自己會轉？裝在制服上沒問題嗎？」

「我想先實驗一下看這東西會不會涼。」

「聲音會不會太吵啊？」

「跟熱比起來算不了什麼。對了，今天是要買什麼東西啊？」

為酷暑對策所擾的我，將著眼點放在工地作業員所穿的衣服上。

這應該能運用在學校的制服上，我將這取名為「空調制服」。若是只在夏天使用，一年使用次數應該不滿五十次，而鋰電池能夠充電幾百次，考慮到電池壽命，在高中三年內理應充足才對。只要和冷氣並用，還能夠節省電費。

如此美好的點子，對眾人都有好處。馬上來推銷給校長好了。

坐電車抵達鬧區，人口密度一口氣攀升，空調制服的事就晚點再說吧。今天姊姊邀我出門購物，我二話不說就答應了，提行李就交給我吧。既然媽媽和姊姊的朋友都拜託我幫忙，那我就趁這個機會，盡全力解決姊姊所抱持的煩惱。

好──要上囉──加油加油加油──！

「我不是說過了嗎？要買內衣。」

「對了，我忘記還沒給造成他人困擾的影片點負評，先回去了。」

「那種事晚點再說。來，我們走。」

不要啊啊啊啊啊啊！放手、放開我────！

「請用這些錢幫我挑件適合這位女性的內衣。」

「你別想草率了事。」

我將錢包放在收銀臺上，想把這事丟給店員大姊姊處理，可惜失敗了。這裡是男性禁止進入的禁區，也就是連探險隊都沒踏上的未知祕境──內衣專賣店。

誰要待在這種鬼地方，我要回去了！（立死旗）

「全罩、長身……二分之一罩杯……嘿——有這麼多種類呀。」

「選你喜歡的吧。」

除了顏色繽紛外，連種類也多到令人稱奇，不像男用內衣頂多只有挑尺寸，這般全然不同的文化，實在叫人大開眼界。

「話是這麼說啦……我完全不清楚妳的喜好啊，我現在就像是沒頭沒腦地被人要求推薦作品，根本不知道該選些什麼。」

這世上還真有這種人，而且推薦作品不合口味還會大噴特噴，煩都煩死了，自己去挑是不會喔。

「……你這麼想瞭解我嗎？」

「我太過無知，種類這麼多實在無從挑選。」

要是隨便選了結果不合穿，那才真的是慘不忍睹。

「是嗎？那麼，我們去試衣間吧。我會連同現在穿的內衣，一點一滴仔細告訴你。」

「我並沒有這麼想知道——」

「你常看的那些動物或怪獸圖鑑，上面不是都會寫著詳細資料嗎？那麼，你也應該知道我的詳細資料，並記載在悠璃圖鑑上才對。」

能在十秒內打倒印度象。對弟弟的效果顯著，能造成四倍傷害。

「妳那細到不行的手哪生出這麼大力氣!?店員妳別在旁邊看，快救——」

「請慢慢來——」

店員小姐露出職業笑容揮手說。我無從抵抗，只能被她拖進試衣間。

五分鐘後，悠璃圖鑑的完成度超過了八成。

「現在你瞭解我了，馬上來選吧。」

「妳現在穿的這件尺寸剛好，不需要再買吧？」

我總之做出了最能息事寧人的選擇，至於悠璃聽了還要不要挑就看她個人。

「什麼？你想要這件性感的情趣內衣？真拿你沒辦法。」

「怪怪，妳是在跟妄想中的我對話嗎？」

正當我為語言突然不通而困惑時，悠璃卻開始演起獨角戲。

「什麼？黑色的背帶睡裙？蕾絲是很漂亮啦，但這根本就是繩子啊。慢著，這件實在是……都透明到屁股被看光了，前面也沒遮住……好啦，我知道了，別露出這麼遺憾的表情。雖然很害羞，我穿就是了。真拿你沒辦法，你就好好期待今晚吧。」

「不，那個……喂——悠璃——？」

「你喜歡前扣式？這麼喜歡呀。那我也買這件好了。」

「我什麼都不說也能成立對話!?」

全新的夏日怪談誕生了。真的有夠恐怖。

我就這麼跟姊姊逛內衣賣場，她又是說尺寸不合，又是挑太過刺激的吊帶內衣或用途不明的連體緊身衣，隨後還跟妄想中的我挑起長身內衣、緊身胸衣、睡眠內衣。這疏離感是怎麼回事，莫非我才是假貨……？

不過姊姊看似十分開心。可能是買東西紓解了她的壓力。沒辦法，妄想中的我，你就繼續加油吧。

「呼，買了好多東西呢。咦，你也很期待？呵呵，我一定會滿足你的。」

「是不是該把他祓除掉了啊？」

我頓時感受到危機，妄想中的我似乎要說出非常要命的話。

「什麼啦，我才沒有打算勾引……好啦！對啦，我承認。我就是在勾引你啦！」

「嗚哦哦哦哦哦哦哦哦哦哦惡靈退散惡靈退散！」

我不停在內衣專賣店拚命驅魔。

「為什麼都不靠近我啊？」

「可能妳表情太可怕，或是被妳散發的氛圍嚇到吧？」

「你還不是面無表情。」

我和姊姊來到貓咖啡廳。擼寵物可說是最輕鬆的成名捷徑。除了在影片分享網站上是熱門分類外，就連轉生到異世界，也少不了獸人跟芬里爾。

我本來期待貓咪大人能夠療癒姊姊，卻沒想到貓咪都跑來纏著我，我看姊姊寂寞，就把其中一隻貓放到她腿上。

「喵——（對人類、賣萌……這也是工作……）」

「喵——（快來玩！陪我！）」

「喵————（賜予你摸我的權利。）」

一隻貓直接臥在我頭上。好熱啊，勞煩您移駕好嗎？

「這樣一看，貓也挺可愛的。」

姊姊摸著貓說，眼神變得柔和不少。看來擼貓的療效漸漸浮現出來了。

「想養養看嗎？」

「我只要寵你就夠了。」

「天啊……原來我在九重家的地位竟然是寵物……」

多麼令人震驚的事實，考慮到我家的階層結構，似乎還挺合理的。可悲的是，我並不覺得家人如此對待有何痛苦，看來早已被調教完畢。

玩賞用寵物乃是稀鬆平常的事物，但玩賞用人類聽起來就能窺見人性黑暗面，可能跟人類牧場差不多黑。

「對了，姊姊有什麼煩惱嗎？」

現在不是墮入黑暗的時候，我的真正目的是這個。

「……你沒事問這幹麼？」

「我覺得妳好像有煩惱。」

姊姊的視線在虛空中徬徨。她看似想說些什麼，卻欲言又止。

她或許是感到迷惘，也可能是不希望在弟弟面前示弱。

「……對不起，讓你擔心了。不過，我沒事。」

「——真的？」

我窺探她的瞳孔，試圖打探真意。我至今跟姊姊拉開距離，無從推敲她的複雜內心。她那黑曜石般的眼瞳，深深地吸引著我。

「雪兔什麼都不用擔心。你的希望就是我的希望……只是如此而已。」

「我的希望？我希望悠璃打起精神。」

「是嗎？你就是這麼地溫柔……就連對我這種人也是。」

她用那冰冷的手撫摸我的臉頰。表情看似虛幻，似乎隨時會一溜煙地消失不見。

我輕輕握住她的手。多虧貓咪，我的手現在很暖和。

「好期待暑假啊。我們一起出去玩吧。」

「雪兔，你……」

「剛才我看到有岡山縣的物產展，所以買了這個。晚點一起吃吧。」

我並不打算逼問困惑的姊姊。現在她不願意說，但未來的事誰都不清楚。我只能期望她總有一天願意訴說心聲，而首先最重要的是跟姊姊增進感情。

欲速則不達。我不需要慌張，時間還多著，慢慢來就好。

我改變話題，從袋中取出盒子。我一看就忍不住買了。

「吉備糰子？」

「說到岡山縣就會想到桃太郎，而說到桃太郎就想到吉備糰子了。」

而這個吉備糰子，正是家喻戶曉的桃太郎童話裡，在打鬼旅途中拿來餵猴子、雉雞、狗，使他們成為同伴的魔法道具。

老實說，為了一顆吉備糰子跑去打鬼，真的是黑心過頭，可惜那年代沒有勞基法。

物產展會販賣該地區特有的甜點，我每次都忍不住買下來。

「吉備糰子的意思是……你這麼想讓我成為同伴嗎？」

「嗯？」

她是不是說了什麼無法當沒聽見的話？

「原來，要成為寵物是我啊……就算是這樣也行喔。」

「欸，妳這是在說什麼？」

「我就當你的寵物吧，不然當使魔也行，還是你喜歡從魔？」

「妄想中的我還沒淨化完畢嗎⁉」

「你想讓我做什麼？握手？還是親——」

「拜託妳多自愛點好不好！」

「你想怎麼調教我都行，我什麼才藝都會學。」

「妄想中的我——！你這該死的——！」

慘了，為什麼會變成這樣！如今除靈失敗，演變成難以挽回的狀況。

悠璃的瞳孔散發出詭異的光芒，但她似乎是打起精神了。

「我們等一下去買項圈吧，我會好好戴在脖子上，這是我成為你所有物的象徵，晚點得去跟媽媽炫耀。」

「算我求求妳了，拜託、拜託、拜託只有這件事千萬不要啊！」

我死命求饒也沒用。慘了，要是給媽媽吉備糰子，可能也會演變成相同狀況。那麼給雪華阿姨呢？不行，肯定更糟啊⁉

「如果你給我裝了牽繩，那我哪裡都──不，沒什麼。」

姊姊猛搖頭，彷彿是為了揮去雜念，表情也變得十分哀傷。

我的心被緊緊揪住。我不明白在那一瞬間，她腦中閃過的是何種想法。

不過我默默發誓，將揮去她的陰霾，使她的內心如晴天國度岡山一般晴朗。

◇

「沒想到我能親耳聽見鹿威的聲音……真是風雅。」

定期傳來「叩」的清脆聲響。鹿威並不是魔物的名字，而是利用水流，使竹筒上下運動發出聲響的裝置，與眼前的日本庭院非常相襯。好典雅啊……心靈都被洗滌了。

我不過是在逃避現實，這裡是冰見山家的總本山。結婚典禮時沒有正式打過招呼，所以他們這次特地招待我過來。

「請容我向你致意，感謝你幫助我的孫女。」

「這次受到幫助的人是我才對，我才該向您道謝。」

「那幫傢伙真是不像話，竟然欺負小孩子，的確是該好好教訓一下。」

在我眼前表示憤慨的是冰見山小姐的祖父——利舟先生。他是個和善的爺爺，但偶爾會露出銳利的眼神。

我隨便查查，都能找到冰見山利舟的豐功偉業。

他雖然已經隱退，但過去曾是個政治家，不只當過大臣，還擔任過黨三役（註8），是位舉足輕重的人物。而他擔任的幹事長，是掌管人事和財務的要職，等同於實質上的第二把交椅。東城爸爸說利舟先生隱退後，對黨仍保有極大的影響力，怪不得東城爸爸會被嚇得臉色蒼白，找他出馬簡直是過量擊殺。

本來冰見山小姐的雙親也在，後來利舟先生說想要兩人談談，我們就移動到客房面對面坐著。我能全身而退吧？他會不會殺了我？

「我已經有好幾年，沒見過美咲露出那樣的笑容了。」

利舟先生望向日本庭院說，看似有些開心。

我不清楚詳細情況，不過冰見山小姐似乎遭遇過許多不幸，長年封閉自我，利舟

---

註8　指幹事長、總務會長、政務調查會長，僅次於總裁的最高幹部。

先生才會如此感謝我。

我意外地知道了冰見山小姐的祕密，她竟然會失落到被家人擔心。幾經一番波折，她才決定搬家改變環境重新開始，最後遇見了我。

「美咲主動聯絡時真的嚇壞我了。她會憤怒至此，似乎是無法原諒你受到的不合理對待。那孩子曾經想當個老師，最後受到挫折放棄，想當個妻子，也無法完成職責。任誰只要內心受挫，就很難再次站起。我也很希望能為她做點什麼，卻無能為力，所以真的是怎麼答謝你都不夠。」

「冰見山……美咲小姐，當時狀況真的這麼糟嗎？」

「她那段期間體重不停往下掉，甚至食不下嚥，最後住院打點滴。美咲的人生還長，而她也遭遇夠多不幸。拜託了，希望你多多照顧她。也不知為何，美咲似乎非常中意你。」

「這一點我有深刻感受到。」

在冰見山小姐好感度下降大作戰失敗後，我試著反向思考，執行了好感度上升大作戰，本以為這麼做能夠下降好感，結果好感度升到讓我感受到人身危機，這好感度判定漏洞未免大過頭了吧。

「如果你不嫌棄的話，就好好疼愛她吧。即使就自家人眼光來看，美咲也是位美女。」

「就是這樣我才傷腦筋啊……」

就是因為她太有魅力我才難以招架，誰叫我是個青春期男孩啊。

「你還認識源藏這點更叫人吃驚呀。聽說你正在他那修業，有沒有打算繼承居待月啊？我們已經是老交情了，他似乎至今還找不到人繼承。」

「我是沒打算繼承，不過老闆一直對我很好。」

「真是不可思議。看來你跟冰見山很有緣。」

源藏是老闆的名字，起初講他的名字我也一時轉不過來，誰叫在我腦中，他就是老闆。他似乎跟整個冰見山家都有交情，還往來了幾十年。

在那不論何種密談都不會被外人知道，況且一個知名政治家，擁有一兩間這種店似乎也很正常，畢竟光是能被招待過去，就等同於一種身分象徵。

「話說回來，你似乎還挺有名的。不好意思，我有稍微調查你的事。也不知為何，一切資料都曖昧不清，連我也無法掌握全貌。只知道你是個真正的人物，實在令人愉快。」

利舟先生壞笑說，接著拿出一疊文件給我看。

「這些人每個都缺乏魅力，你不這麼認為嗎？」

「這是什麼候補清單嗎……？」

他遞給我的文件，簡單來說就像是寫得極其詳盡的履歷表。

……這名單不該是能給我看的東西吧？

「我已經退居幕後了，不過仍擁有地盤，本想找個人接替我以黨代表身分參選，偏偏每個傢伙都不起眼。你知道當個政治家必須擁有的資質是什麼嗎？」

「不知道，是實務能力嗎？」

「那或許也是必要的，但並非絕對條件。我兒子跟美咲的哥哥就是實務能力強的類型。說來悲哀，這類人最不拿手的就是選舉，怎麼選都無法聚集人氣。」

冰見山小姐的哥哥目前正在中央官廳工作，似乎是個真摯誠懇的人。

「我認為政治家必須要有的資質，就是能夠吸引他人的魅力。至於瑣碎工作，交給官僚處理就好。政治家需要綜觀大局的視野，對未來的展望，以及果斷實行的能力。換句話說，就是所謂的『人間力』。若無利益，人就不會行動，但若無德，則不會受人支持，這樣的才能可說是相當罕見。」

「原來如此。」

若要圓滑處世，訣竅就是別跟人談政治、宗教跟棒球。

這話題我實在不想深入探討，只能隨便回個幾句，看有什麼辦法能結束話題閃人。是說怎麼從剛才就有種不好的預感，肯定是有股邪氣。

「——你，想不想當我的繼承人？儘管把我的地盤拿去。沒什麼，不必著急。你還年輕，有的是時間，只要慢慢考慮就好。你還只是一名高中生，就能夠聚集人心，像你這樣的人，才有夠格當政治家。你說如何？」

「就算您這麼講，我也不知該如何回覆啊。」

「哈哈哈，沒什麼，交給我吧，那也是幾年後的事，一切我會幫你打點好。長年來我都為後繼無人所苦，這下終於能放心卸下重擔。不過，還得給下次選舉挑出個人選。該選誰好呢……」

我的未來出路就這麼被擅自決定了，豪放不羈也該有個限度吧。此時我才驚覺。結婚典禮那群陌生人跑來跟我打招呼，莫非是因為……光想我就哆嗦不止。怪不得不斷有看似死板的人物，跑來跟隨我的社群帳號，他到底是希望我這個高中生做什麼啊，而且怎麼感覺我的後路都快被他斷乾淨了？

「嗯，乾脆跟美咲訂下婚約如何？」

「先等一下。」

這樣做不就直奔向糜爛性活結局嗎？我會真的變冰見山小姐的親人啊。等等喔？說起來東城爸爸曾說過有困難他一定幫忙。就是這個呀！

「利舟先生，我這剛好有一個人選。」

麻煩事就全甩給東城爸爸處理吧。他也說轉戰中央政府是他的目標，卻因為觸怒冰見山小姐使得計畫受挫，這不正是最佳人選嗎？

突然就把我推為繼承人可就傷腦筋了，我還沒放棄種蜜柑呢。

「哦，你竟然決定原諒那個愚蠢的男人嗎？心胸真是寬大。氣量還足以接受曾與自己敵對的人，這也是在政治界這個龍潭虎穴存活下來的必要資質。我越來越想把你培養成繼承人了。」

莫非冰見山小姐一家，是有什麼對我無條件上升好感度的法則嗎？

「東城爸爸是個出色的人，您一定會滿意的。」

「嗯，那好吧。我就先相信你的話。」

接著利舟先生打電話聯絡某人。他們自顧自地將事情談下去了，這真的沒問題嗎？

可憐歸可憐，但這也是東城爸爸自作自受，你就乖乖當我的代罪羔羊吧。

◇

「啊，小紀早安！流感已經好了嗎？」

「香奈奈我好想妳喔——！燒馬上就退了，不過無法出門，在家一個人真的又閒又寂寞。謝謝妳每天打電話給我。」

「不用謝啦，我們不是朋友嗎？」

「香奈奈！」

「小紀！」

兩人緊緊相擁。峯田得了流感，隔了好一段時間才終於能回來上學，與伊莉莎白再會使她感到無比欣喜。

說到流感這玩意，主要是於空氣乾燥的冬天會流行，但實際上一年四季都有可能罹患。因此打預防針、漱口、洗手是相當重要的預防手段。

我默默地作業，並從旁看著兩人互動。馬上就要完成了。

「是說香奈奈，我從剛才就有點在意，學校氣氛是不是有點怪啊？不知道是不是我多心了，該說是莫名甜膩嗎……」

「小紀也這麼覺得？我也有點在意，好像不太對勁耶？」

「到底怎麼回事啊？整個人心神不寧的。」

「喂喂，妳們倆難道忘了嗎？在這學校只要出了什麼怪事，原因多半都是這傢伙。」

擁有最強社交能力的爽朗型男稀鬆平常地對兩人插話。

「所以呢，雪兔。你這次又在做什麼？」

「沒禮貌，你到底在扯些什麼啊？」

「或者該說你現在在幹麼？等等……雪兔你怎麼了！竟然在做出教科書上塗鴉這種普通學生會幹的事!?」

「我在畫空也大師轉生到現代，跳街舞念佛弘法的手翻書。」

「一點都不普通！而且畫得莫名地好!?」

既然孔明都能當派對咖了，那我這設定也挺合理的。

這是一種利用視覺暫留的表現技法。只要快速翻過教科書，就會讓僧侶看起來真的像是在跳街舞。

「什麼什麼，借我看看！」

「這傢伙動作好噁喔！」

「對呀對呀。」

同學們開始傳閱我的教科書，似乎是覺得有趣。

對呀對呀。

「噯噯，巳芳同學，原因真的是九重同學嗎？」

「對呀。」

「對個頭呀。」

爽朗型男你少自說自話了。

「我們不是在說漫畫啦。雪兔，你為什麼最近要用姊姊大人來稱呼你姊？」

「悠璃最近迷上的漫畫出現了這樣一個角色，她看了有點羨慕，要我暫時這樣叫而已啊。」

「到頭來還是漫畫喔——」

不過那本漫畫裡稱呼姊姊大人的是同性學妹，我這個弟弟如此稱呼是否能讓她滿足，還真是個未知數。

「現在連我媽都要我用媽咪稱呼她了，真是要命。」

「……這樣是不是有點丟臉啊？」

「我平時受她照顧，要這麼叫倒是小意思。」

「我總覺得不是這個問題……所以才變這樣啊。」

「巳巳，什麼意思啊？」

「因為這傢伙突然這麼叫，現在害全校跟著流行起來了。」

「影響力會不會太大了⁉」

「女籃那邊的氛圍也變得有點甜膩，突然有一年級學妹開始叫起姊姊大人，我看十之八九是這個原因。」

「你們不要把所有的問題全推到我身上好嗎⁉」

我抗議道，可惜他們不理不睬。

峯田她們似乎也接受了這種說法。為什麼會接受⁉

事情得回溯到一週前——

姊姊在客廳看著漫畫，驟然把書闔上站起，接著一直線朝我這走來。

「可以叫姊姊大人喔。」

「姊姊沒學過主語述語嗎？」

「我們不是心靈相通嗎？」

「我怎麼不知道有這種事。」

「……如果叫我姊姊大人，就給你好東西。」

我不禁皺眉暗想。反正姊姊說的好東西，八成是捶肩膀券（十張一組）之類的東西吧。

這確實是個能讓姊姊幫我捶肩膀的美好禮券，但我光是用完就花了兩年。而最後一張是五天前用掉的。

「弟弟專用ASMR。」

「那就不必了。」

「附贈特典。」

「那就不——」

「聽起來身歷其境喔。」

「那就——」

「第十首必聽。」

「那——」

「蛤？你想要對吧？」

「是。」

實際上我的確有點在意內容，但我才不會說出來。

「哎呀，只叫悠璃怎麼公平。你能不能也叫我媽咪呢？」

怎麼連媽媽也參戰了。她用滿懷期待的眼神直盯著我說。

要是拒絕了肯定會讓媽媽失望。我至今不斷令她失望，但現在回應家人期待已成為我的責任。

「知道了，叫媽咪就行了吧。」

「嗯呀哇咿咿咿咿咿咿咿咿咿咿咿！」

媽媽驟然雙腿一軟，發出詭異叫聲在地上打滾。

那模樣好比是一條被打上岸的魚。

「怎、怎麼了媽咪⁉媽咪妳沒事吧？」

「嗯呵哦哦哦哦哦哦哦哦！」

「對、對了！得快點叫救護車！」

「我、我沒事！只是衝擊太強而已，真的沒問題。」

這哪裡像是沒問題了⁉媽媽手按下腹，看似非常痛苦。

這肯定是生了什麼病吧⁉

「媽咪，肚肚痛痛嗎？」

「呼嘻！不、不是的！只是這邊開心到悶悶的而已。」

「什麼啊，原來是這樣！不過這該不會是生病了吧！怎麼辦，姊姊大人，媽咪出事了！」

「啊啊啊啊啊啊啊啊啊！」

一回頭就看到姊姊大人用頭猛撞牆壁，太恐怖了吧。

「怎麼連姊姊大人都出事了⁉」

「我我我、我很冷靜。只是太過興奮而已。」

「姊姊大人額頭都紅了。我來幫妳揉揉。」

「啊啊啊啊啊啊啊哦哦哦哦哦哦哦哦哦哦哦！」

我一揉額頭，姊姊大人就再次用頭猛撞牆壁。是啄木鳥還什麼嗎？

「呀哇咿咿咿咿咿咿咿咿咿咿咿！」

「喜歡————————！」

我只能放著發瘋的兩人不管，呆站原地無所適從。

「——頂多就發生了這樣的事，算不上有什麼特別的變化。總之算是正常。」

「這哪裡算是正常？」

「剛才你講的全都是怪事吧!?」

「這又不是漫畫或遊戲的世界，哪有可能三天兩頭就發生事件。你們別老是說些風涼話，然後把責任全推到我身上！」

「你不覺得這樣講是自打臉嗎？」

「人說自打臉的那方通常不會有自覺，原來是真的啊。」

最好是所有事件起因全都是我。

不可能是我造成的！應該……不是我吧？

「您看！多虧有英里佳姊姊大人幫忙，我的成績進步了！」

「不會，這都是久美同學靠自己努力得來的，妳要有自信。」

「謝、謝謝您的稱讚！之後還能麻煩您教我嗎？」

「當然，隨時都能找我。」

◆

午休時間，東城英里佳和兩位學妹一同度過悠閒的時光。雖然這並非是親手沖泡的正式午茶，但這段時間，對她仍然是無比寶貴，而與她同席的學妹們，肯定也是抱持相同意見。

「我能問您一個問題嗎？那個死纏著姊姊大人的人，到底是什麼東西啊？聽說他還是非常危險的學生，真是不可原諒！」

看久美憤怒的態度，英里佳立刻就理解她是在說誰了。

英里佳頓時神情嚴肅，緊握拳頭，深呼吸使心情平靜下來。

「久美同學，他沒有糾纏著我。真要說的話，是我纏著他。他是我非常、非常重要的朋友。只要有人嘲笑他，即使是妳，我也絕對不會原諒。」

「非、非常抱歉！」

英里佳不自覺以冰冷聲調說。隨後她便猶豫，該如何安撫嚇到低著頭的可愛學妹。對方是如此地仰慕她，英里佳並不希望輕視她的心意。

久美同學並沒有錯，她只是擔心我而已，即使這麼指責對方，她內心也一定無法接受吧。這樣下去，就怕她會一時氣憤做錯事。

到時候受傷的，一定是跟當時一樣受到無妄之災的他，以及眼前的這位學妹吧。

到頭來，當時的事也都沒有公開，只有他承受一切汙名。一想到眾人對他的印象依舊是那麼糟，英里佳就感到心痛。

即使他所做的事都曝光了，事件中也沒有出現英里佳的名字。

本來考慮到自己所做的事，別說是停學了，就算被退學也不足為奇。

自己之所以能夠安穩度日，全都該歸功於他。

他的行事風格本來就非常醒目，自然會有人不以為然。

儘管我試圖恢復他的信用，也無法過度張揚。

不過，我不能夠逃避。要是現在逃了，我在未來的人生中，將會永遠無法原諒自己。所以，我必須要把真相說出來。

「久美同學，你聽我說。他絕對不是妳想的那種人。豈止如此，他就像是英雄一般，他——」

我滔滔不絕地說著，但學妹聽了會怎麼想呢？

她或許會感到失望，因為自己並不是她所憧憬的理想學姊。

就算是這樣，我也無法隱瞞自己的愚蠢行為。

因為他——是我的朋友。

「人是一種醜陋的生物。這句話，當然也包括我在內。妳非常直率，讓我回想起過去的自己。所以我才會擔心，我不希望玷汙妳所擁有的美麗心靈。」

我想守護她的純真。在這人性醜惡清晰可見的時代，世間充斥著惡意，令人灰心喪志。

要同流合汙非常容易，因為越是純真，就越容易受傷。

當人疲憊不堪，就會不知不覺染上相同的思想。

不過，那怕只有在這個時間點，或是自己畢業為止也行，我希望學校這個封閉的世界，能夠維持著美麗的樣貌，讓理想依舊是理想。就算勉強自己，也要繼續扮演她所追求的姊姊大人。

我想努力。讓我能永遠度過如此平穩的時光。

希望久美和他，甚至是其他任何人，都能被溫柔對待。

「久美同學，我非常珍惜妳。所以希望妳也能找出更多自己所珍惜的人。」

她溫柔，充滿慈愛，且為他人著想。不論對方性別，是同學還是後輩，她都親自傾聽對方煩惱，使她受到廣大支持。

不知不覺間，眾人開始用這樣的名號稱呼東城英里佳。

——「聖女學姊」。

◆

「父親，不論我怎樣都沒關係！但是希望你幫幫她！這樣下去，我會害九重同學……這種事絕對不能發生！」

英里佳一回到家，就直奔父親書房。秀臣看到女兒如此狼狽，便困惑地要她冷靜下來，先泡杯咖啡再慢慢談。而此事對秀臣而言，也屬於最重要之事項。

「英里佳，發生什麼事了？」

「須藤先生他——」

須藤武文，現年二十歲，是須藤家長男。

也是向英里佳提出婚約的人物。

武文的父親擔任代表的公司，於四年前在那斯達克上市。秀臣也和他見過幾面，這人就是個典型的暴發戶，無法使人產生好感。

而須藤這樣的人有了錢後，接著就會希望得到人脈，於是他相中了東城。

秀臣現在正處於相當為難的狀況。因為他被取消黨候選人身分，目前是無黨籍。

眾人都認為他氣數已盡，事實的確如此，秀臣已無力回天。

即使他正式向美咲低頭謝罪，但考慮到風險管理，任誰都不願靠近被冰見山盯上的東城。若是其他人陷入相同狀況，秀臣肯定也會重新審視彼此之間的關係，冰見山的影響力，就是大到足以令他被眾人隔絕。

選舉需要錢。而秀臣失去黨這個後盾，使得選戰局勢相當嚴峻。他無法像過去那樣仰賴龐大資源作戰，處境搖搖欲墜，更遑論有好幾名候補盯上他讓出的位子。

而須藤並沒有放過這個機會，他提出了讓兒子武文與英里佳訂下婚約，並提供金援的條件。秀臣氣得一口回絕他的提案，須藤施加的壓力卻與日俱增。假若武文是名傑出的人物也就算了，但秀臣怎麼看都不認為他是那塊料，更別提英里佳十分厭惡他。身為一名純粹疼愛女兒的父親，秀臣不可能將英里佳當成政治道具。

須藤並非望族，也沒有那個格調，對他來說，秀臣不過是個墊腳石。

這場交易看似對雙方都有利可圖，實際上，須藤單純是想趁機吞了東城家，讓武文和英里佳訂下婚約，是為了讓兒子繼承東城的名字。如此一來，須藤就能將東城家的「歷史」掌握在手，而秀臣不可能允許他這麼做。

「那男人竟然做出這種事……多麼愚蠢。哈哈、呼哈哈哈哈哈哈哈哈哈哈哈哈！」

「父親？你怎麼了？」

「抱歉抱歉，豁然開朗大概就是指這種事吧。英里佳，妳不必擔心。那點小事對九重先生而言毫無意義。」

根據英里佳所述，放學後，武文在校門口等她，還死纏爛打邀她吃飯。而九重雪兔碰巧路過勸阻，當時武文要脅說要對九重雪兔和她家人不利。也不知是他惱羞成怒，還是自戀到以為自己有那樣的能耐，總之不論是哪種可能，他都等同於與惡魔為敵。

「這下我們在他面前越來越抬不起頭了。英里佳，好好珍惜這段緣分。要挑結婚對象，沒有比他那樣的人更合適了，就算不論那些，我們也不能斷絕跟九重先生的關係。」

「父親，這話是什麼意思？」

「下次選舉，我將轉戰中央政府。」

稍早打來的一通電話，讓秀臣徹底扭轉頹勢，他早已忘記此般高亢情緒，至今興奮尚未平息。

對方要求答覆時，他二話不說就答應了。

秀臣精神抖擻。完成東城家大願的人不是別人，正是一度奪走這個夢想的「他」。

「九重先生似乎向利舟先生推薦我為後繼。那些地盤終有一天會轉交回給正式繼承人九重先生，而中間這段期間，就由我來負責支援。」

秀臣暗嘆，真是個大膽的男人。雖不知他是基於何種考量做出如此決定，但他豈止原諒了曾對自己不利的敵人，甚至還拯救了對方，這不是凡夫俗子能夠做到的事。

如今英里佳也再次被九重雪兔所救，秀臣堅信，這人在未來肯定會變成一名成就偉業的人物。那麼在時機到來之前，自己將守住這個屬於他的議席。

不，光這麼做還不夠。要擴張勢力，增加支持度，讓地盤更加不可撼動，秀臣將這目標視為自己應當達成的使命。

「受了他太多大恩，怕是無從還清啊。那麼這番恩情，我將用行動回報，九重先生的前路就由我來開拓。」

既然現在他沒有這種想法，那麼交還地盤，也許會是幾十年後的事。時間還多的是，秀臣發誓，這段期間，他將以身報國。

「……父親，九重同學到底是什麼人啊？」

英里佳曾為東城家大願破滅而感到心痛。話雖如此，若這次又把九重雪兔捲入家中麻煩，英里佳肯定會終生懊悔。如果須藤真的對九重雪兔出手，她甚至做好覺悟要答應婚約一事。

然而，狀況卻往她意想不到的方向發展。

秀臣不經意打開社群軟體。看到趨勢關鍵字整個噴笑出來。

「我只知道，他是一種絕對不能與之為敵的妖怪。」

「妖怪？」

秀臣將手機遞給英里佳，英里佳的表情轉眼間變得難以言喻。

「父親，這是!?」

「……這下須藤玩完了。」

至今令人頭疼的懸念全數解決，現在秀臣滿懷著迎接全新挑戰的鬥志，並在心中發下重誓，絕對不要違逆九重雪兔。

「看你幹了什麼好事！」

「老爸，你幹麼啊⁉」

武文被下班回家的父親一把抓住衣襟。過去從沒見過父親如此忘我抓狂，使他直打冷顫。

父親須藤茂是個冷血的人。他最擅長徹底調查對手，找出弱點乘隙而入。他就是靠這手段將事業做大，而東城也是獵物之一。他擬定戰略、投資金錢，打算將一切納入掌中。

茂這個人平時絕對不會大吼大叫，所以武文才會被他嚇到。

「你自己看！」

茂亮出社群軟體畫面。武文實在難解他的意圖，直到他看到趨勢關鍵字才面色鐵青。狀況超出他的想像，使他難以理解。

「為什麼會有我的名字⁉」

他急忙打開自己手機，確認帳號。發現通知徹底塞爆。

趨勢關鍵字出現自己的名字。現在他的本名、就讀大學、家族成員全都被人肉搜。然而最大的問題，是清楚拍出武文威脅的影片，在網路上瘋傳。

他追溯元凶，發現一個跟隨人數超過一萬的帳號。

「為什麼他會有這影片……對啊，就是他⁉」

武文的任務是將英里佳弄到手。英里佳已經無處可逃，而她也不過是一介高中生，只要態度強硬點，與她訂下婚約，就能夠高枕無憂地慢慢將東城家實權弄到手。如此一來，武文就自由了，他不必拘泥於英里佳，能隨便去外頭找女人花天酒地。畢竟他不是喜歡英里佳才和她訂婚，而是把對方視為一顆棋子罷了。

他為達成目的接近英里佳時，有個男人出面干擾。是個不起眼的高中生。這人跟武文生活的世界不同，純粹是個市井小民，於是他要脅了這個囂張的小鬼。

武文所做的事僅只如此，也沒有施暴，卻萬萬沒想到——

「這到底是什麼回事！老爸，為什麼會變這樣!?」

這個帳號名叫九重雪兔。他不清楚為何區區一名高中生，會有一萬以上的跟隨者，但這支徹底炎上的貼文內容卻極其單純。

他只是上傳影片，再附加一行「突然被怪傢伙威脅，笑死」的文字。還附加了冒汗微笑的表情符號，很顯然是在嘲諷。

就這麼一行字、一則貼文，卻掀起了致命的大炎上。

「現在連我的名字跟公司名稱都被人搜出來了。但問題並不在這！」

「這不是問題，那什麼才是啊！該怎麼辦啊老爸？」

武文都急得想把手機往地上砸，任憑怒氣踩踏了。還能有什麼比這更嚴重的問題。

父親的話使他感到莫名的恐懼，接著茂亮出跟隨者名稱。

「怎麼辦？這還能怎麼辦！我已經毀了！」

「──等等……這傢伙怎麼回事，不對勁吧！就連老爸的公司也沒這麼──」

跟父親公司有生意往來的大企業，廣告代理店的企業帳號，甚至還有連茂見都沒見過的政治家和企業高層、董事，這不可能是一介高中生會有的跟隨者。若說這只是一個爛笑話，那還多少能夠接受。

「冰見山……是那個冰見山嗎？我記得他已經隱退了……還有這個京都的凍戀，難不成是──」

「不可能，他哪來這樣的人脈!?這都是你自作主張引發的後果！自己想辦法收拾！」

武文不過是遵從父親指示行事。他確實不夠謹慎，但也只是不夠謹慎，卻萬萬沒想到會演變至此。

武文也是從小接受父親教育。所以他才能夠理解……已經回天乏術了。

接下來將引發的事態。對父親和武文而言，或許能稱得上是身敗名裂吧。現在他連未來就業都有危險，根本沒空去管什麼東城了。

手機接二連三傳來訊息。「你太差勁了」、「別再聯絡我」。朋友們唯恐受到波及，一個個跑來斷絕關係，就連目前交往的女朋友也輕易與他劃清界線，只能說是人情冷暖。

「你立刻去跟對方謝罪，在他原諒前不准回家！」

「老爸你等一下！是我錯了，所以你也跟我一起——」

「你這是叫我幫你擦屁股⁉你已經是成年人了，自己做的事自己承擔！在對方原諒前休想回來！」

「老爸你應該知道吧！這樣的對手不是我能處理——」

「我要回公司了。看來短時間內沒有辦法回來。」

茂匆匆離開家門。只剩武文呆站原地。

自己究竟是在與誰為敵。居然能一瞬間翻轉他的世界，太不合常理了。

「…………惡魔。」

這聲嘟囔，充滿了絕望的悲愴。

# 第五章「九重悠璃」

我叫做釋迦堂暗夜，是個陰沉的女生。

我這陰沉的個性已經維持了十六年。可說是根深柢固，而且出生至今，從沒脫離過陰沉這個本分……嘻嘻嘻。

「嘻嘻……我拿飼料來了。來、來，小千。快來吃……」

我拿飼料餵籠子裡的變色龍小千。牠伸出細長舌頭一口吞下，而我看著牠吃東西的模樣微微一笑……不，我知道自己沒笑得那麼可愛，是。我露出了邪惡的賊笑，嘻嘻嘻……

今天小千的皮膚也是那麼有光澤。跟、跟我完全不同……

「最近小千這麼努力在保養肌膚啊。」我試著向牠攀談，而小千一如往常甩都不甩，真是個傲嬌……

我——釋迦堂暗夜是個爬蟲類女子。

我從以前就熱愛爬蟲類。然而想分享牠們的可愛時，卻沒有一個人表示贊同。儘管寂寞，但我沒花多少時間，就明白這是不受女生好評的特殊喜好。

可能也因為這點，姑且不論記憶模糊的幼稚園時期，我在小學跟國中，都沒有任何朋友。我無法和班上的一般女生交談，也與戀愛無緣，總是孤零零地坐在教室角落，我就是這樣一個女生。

總、總之我就是個標準的邊緣人……頭髮無時無刻亂糟糟的，整天駝背，露出一臉陰沉的笑容，搞得全班同學沒人想靠近我。

每當老師說出兩人一組，或是自己找人組隊時，那天就毀了。最後老師只好一臉困擾地把我丟進缺人的組別。

所幸，我至今還沒碰過霸凌。或者該說，我看起來太噁心了，沒人想要靠近。我沒告訴別人自己喜歡爬蟲類，也沒被人發現，純粹是我散發出的邊緣氣場，令同學對我敬而遠之。

當我察覺時，我已然與空氣同化，被當作不存在。可、可能是我變態成無色透明也說不定。

我回想起小學時，跟班上常聊天的女同學提起自己喜歡爬蟲類的事。「妳跟別人不太一樣呢。」後來她再也沒跟我說過話，我才明白那是一種委婉的溫柔否定。

他們的態度那麼露骨，哪怕是我也能明白。「跟別人不太一樣」，夾藏在裡面的話是「好噁心」。當我察覺潛藏在其中的感情時，我哭了。

我——釋迦堂暗夜是個跟別人不太一樣的女生。

我開始把這件事視為理所當然。慢慢地，我不再跟同學說話，大家也自然而然察

覺到，這是我表示拒絕的方式。

隨著時間推移，我變得越來越孤獨，最後成了無色透明的釋迦堂暗夜，被養在名為教室的籠子裡，沒人看得到我。

爸爸跟媽媽都很擔心我這個獨生女交不到朋友，然而他們也無能為力。我只希望他們能給我一個妹妹或弟弟，乾脆生日時拜託看看好了。嘻嘻嘻。

不、不過，我有什麼辦法。我又不知道該如何交朋友……

對個性陰沉的人來說，主動攀談的難度太高。而且不可思議的是，比起小千，跟語言能通的人類交談反而更困難，這世界真不合理。

「小千不覺得寂寞嗎……？」

總是獨自待在籠子裡的小千，又抱持著怎樣的想法呢？我想了又想，卻得不到答案。

不論我怎麼提問，牠都不會回話，但像這樣對寵物說話，已成了我的日課。我不想去上學，只想成天跟寵物嬉戲。

對我而言，學校只是逼不得已才去的地方，因、因為我不想再讓家人擔心……嘻嘻。

我想上了高中，這樣的日子依舊會持續下去吧。跟國小國中一樣，我一成不變地當個陰沉的透明人，被當作不存在，過上無聊的日常生活，每一天都黯然無色，我一直是這麼想的。

——直到我高中入學為止。

當我進入高中後，遇見了神。原來神真的存在於這世上……

我曾經想過要改變自己，然而，那或許是我會錯意而已。小學時被人說的那句話並非真相，認知在我心中逐漸瓦解，看到眼前的遼闊大海，我才明白自己只是隻井底之蛙。

他視世間的一切如無物。

就連我，在他眼中也不過是個平凡到不行的普通人，令我為自己會錯意感到難為情。

在太過耀眼，個性極為鮮明強烈的他面前，大家都不覺得我跟其他人有什麼不同。他們不這麼想，甚至不在乎了。

嗯、嗯，沒錯，這就是個性陰沉的極致。根本就是陰沉教主……

多虧他，現在我變成了一個平凡無奇的同學。

是他讓我從特別變成了普通，一個不特別的普通人・釋迦堂暗夜。

在我心中產生了巨大變化。國中小令我痛苦的校園生活，變得非常快樂。甚至讓我覺得暑假無法上學非常寂寞——

可惜的是，至今邊緣生活過得太習慣，使我苦惱不知該如何跟人溝通，顯然是經驗值不足。

即便是如此，也沒人會否定我。就算喜歡爬蟲類被人發現，同學們依舊接納了我，認為這只是一種特質。想當然耳，眼前有一個特質遠比我強烈的人在，自然使我的特徵黯然失色。

我回想起喜歡爬蟲類這件事穿幫的那天。入學後，我在教室看著小千的照片精選集，他碰巧路過瞄到，還一眼就看出小千是豹紋變色龍。他似乎有考慮買來當寵物養。

沒想到他對爬蟲類相當熟悉，即使跟他聊到忘我，他也毫不在意，接受了這樣的我。

在那之後，也不知是何種心境變化，我開始覺得自己頭髮亂糟糟的有些丟臉，也變得多少會在意服裝儀容。

只不過，我過去對這些事都不在乎，也不知道該如何處理，當我跑去問媽媽該怎麼做時，她顯得非常高興。嘻嘻……對不起喔，讓妳操心了。

當我察覺時，自然地找我攀談的人變多了。過去否定對方，選擇敬而遠之的，可能是我自己。

我瞭解到陰沉氣場這種東西，就像是一種防護罩，只要稍稍主動向對方靠近，就會出現願意回應的人。

本來是無色透明，沒人能看到的我，第一次有了色彩。

手機傳來「叮咚」的訊息通知聲。

「是、是誰啊……？小伊莉……？」

我看向螢幕，小伊莉傳訊息過來邀我出去玩。

我口中的小伊莉，就是指櫻井香奈。

她和我相反，是個嗨咖女生，處於校園階級的頂層，本來跟我這種個性陰沉的人不會有任何交集。神稱她為伊莉莎白，於是我也抱持敬意在內心稱她為小伊莉，不過生性膽小的我，實在不敢在她本人面前講。神到底是神，竟然能夠大大方方地叫她伊莉莎白。而我看到小伊莉傳的訊息，不禁渾身打顫。

「泳泳泳、泳池!?小千、泳池是那個嗎？她是想把我叫出來用水淹死嗎!?還是指穿泳裝一起游泳的那個!?」

她邀我出去玩，但目的地卻是泳池，這對個性陰沉的人來說實在超出負荷。

呼哦哦哦哦哦怎麼辦，我該怎麼辦!?沒空愣著了。

我奪門而出，衝向客廳。

「媽媽……怎怎怎、怎麼辦！朋、朋友邀我出去玩，去泳池可以穿學校泳衣嗎!?」

媽媽的眼睛睜得又圓又大，聲淚俱下地說：

「小暗妳，終於交到這麼要好的朋友……媽媽好開心！不過小暗，去玩還穿學校泳衣就太掃興了，我們一起去買件可愛的泳衣吧。」

「嘻嘻……這樣啊，幸好有先問媽媽，感激不盡。」

媽媽最近心情非常好，總是面帶笑容。

過去感受的寂寞，早已消失得無影無蹤，我希望這個班級直到畢業都不要有變化。換作是過去的我，根本不可能會思考這種事。

每天引起騷動的他，也在我無聊的日常生活掀起了動亂。每一天都變化無常，卻又令人感到開心舒暢。

我叫做釋迦堂暗夜，是個普通的陰沉女生，同時也是神的虔誠信徒。

沒錯，那個不知不覺中被同學奉為神明的男生，就是九重雪兔。

◇

這一整週，我天天黏著姊姊。

妳肯定覺得煩到不行吧，對不起喔悠璃。

我們早上會一起上學，晚上會到姊姊房間一起睡覺。

這害得媽媽的眼神充滿哀傷，像隻被拋棄的小狗一樣，實在令我煎熬。對不起……

假日我們會去買東西，一起看電影，也有去打保齡球。

基本上姊姊不會否定我想做的事，會肯定我的一切。

我姑且也對姊姊實行了「好感度下降大作戰」，然而姊姊跟冰見山小姐或媽媽一樣，似乎不會下降對我的好感度。

姊姊大喊沒有吊帶，接著直接衝出門去買，我連攔都攔不住。她回來後，我就見到地獄了，這就是傳說中的裸生門嗎？

不過，這世上真有這種事嗎？

就如同反派千金的妹妹，只要做過火就等著被姊姊報復。

我在這一週試圖找出原因，最後導出一個結論。

**姊姊很顯然在勉強自己**。

她雖然會接受我靠近，但兩人距離越近，她的表情就會開始抽搐，接著心跳變快、呼吸急促、身體顫抖、冷汗直冒。

即使勉強修復破裂關係，到頭來只會造成帶有裂痕的扭曲假象而已。

過去姊姊曾一度對我說出真心話。

「我最討厭你了！消失吧！」

她說完這句話，就把我從公園遊樂設施推下去。

儘管最後身受重傷住院，我也一點都不怨恨姊姊。

是我不該整天纏著她，我應該如字面上意思消失不見。

自這件事後，我就極力不跟姊姊扯上關係。

回想起來，這麼做才是正確選擇。因為那句話才反映出姊姊的真心。

而這樣的關係，在上高中後產生改變。我才終於發現。

姊姊因此而受苦，最近更是明顯，她開始和我保持距離，窩在房間裡，甚至一整天都不會見面。

當然，只要我敲她房門，她都會爽快讓我進房，或提出什麼要求，她都會幫我達成。

可是我知道，結束後，她會獨自受苦。

我曾在深夜聽見姊姊慟哭。

沒錯，姊姊是**強制自己去喜歡我**。

自我受了重傷，為罪惡感所苦的姊姊，就決定凡事絕對要站在我這邊。

並發誓不再犯下自己所引發的惡行。

**她靠理性，將討厭我的真心抹殺了**。

在姊姊心中，無法對我產生喜歡以外的感情。

姊姊不允許自己懷抱除此之外的感情。

然而她這麼勉強自己，終有一天會迎來極限。

姊姊在矛盾情感之間不斷受苦。

並不是說兩人是姊弟，就非得違背自身情感與對方好好相處。

如果討厭，那就討厭。

沒必要堅持否定自己的想法。

這世上多的是感情不好的姊弟，也有無數毫不在乎彼此的姊弟。

那次事件過後，我和姊姊就保持著適當的距離。因此不難想像，在這使內心激盪的狀況下，姊姊要承受多大的痛苦。

正是因為發現這點，我才刻意在這一週與她縮短距離。

姊姊需要的，是再次老實承認自己討厭我的勇氣。

不再隱瞞自身情感，才能將她那顆封閉的心，從謊言這個監牢中解放。

我知道姊姊日益憔悴，忍耐極限即在眼前。

就算是如此，我也不會停止靠近姊姊。

哪怕得把她逼到絕境，我也會徹底做下去，讓姊姊毫無保留地展現一切。

已經夠了，不需要再做那種事。

直到今天，我都被姊姊細細呵護。

姊姊已經承受夠多痛苦了，未來她應該追求自己的幸福。

我或多或少理解到，這就是自立。

我至今活在姊姊的庇護下。不過，一切將畫下句點。

大多數問題我都能自己處理，身邊也有許多人願意幫助我。

姊姊已經不需要雪兔這個咒縛。

我對姊姊懷抱著尊敬之意。她向我告別的那天，肯定會到來。

「姊姊，謝謝妳這麼討厭我，還願意喜歡我。」

最後我心中，只留下感謝的想法。

◇

「這就是露營區啊！」

我從越野公路車下來，環視周遭。

陽光照在開闊草原上，使強而有力的嫩葉閃爍著光芒。

我大口吸氣，將滿滿的新綠氣息納入鼻腔，享受大自然。

「終於到了。」

姊姊也從越野公路車下來，身上汗水閃閃發光的模樣也很美。

「還好嗎？會不會累？」

「是不太習慣，但我練習騎過，也有適度穿插休息，不必擔心。」

我們還未成年，所以今天要當日來回。一般提到露營，都會想到窩在山上，享受不方便的生活，然而最近的露營區設施相當齊全，連初學者也能玩得盡興。

我想說這麼做也許能讓姊姊轉換心情，於是邀請她。

「還不是因為你連我屁股的毛都拔了，還有點痛。」

「我沒拔好嗎!?」

「你連我的後庭都看過了，事到如今還說什麼。」

「拜託別說得像是我逼妳給我看好嗎？」

「你連有多少皺褶都數過了。」

「就說了，別說得像是我逼妳給我看好嗎？」

「我有清理乾淨，隨時都可以喔。」

「可以什麼？欸，到底可以什麼⁉妳說啊！」

第一屆九重家麻將大賽，以慘絕人寰的悲劇落幕。雖然是我拿下冠軍，但那是因為三人竭盡所能打假賽讓我贏，才害得這場大賽直到深夜才結束。

最後所有人呈現深夜的亢奮情緒，玩到屍橫遍野，慘狀難以言喻，若是被人看見，肯定會立刻通報ＢＰＯ（註9）。而那段記憶，被埋沒在歷史的黑暗之中。

順便一提，她們三人都讓我胡了役滿，這些沒血沒淚的壞蛋。

「下週會舉辦撕絲襪錦標賽。」

「這什麼天才點子？」

聽起來超有趣的。現代社會就是要與壓力拚搏，而發洩壓力的方式因人而異，甚至有向牆壁丟斧頭、砸盤子的娛樂設施。滿足破壞衝動是有效消除壓力的方式之一，這點無庸置疑。

「偷偷告訴你一個祕密。丹尼數最低的是我。」

「這人怎麼突然犯規啊。」

註9　放送倫理、番組向上機構。以「確保節目放送的正當性以及提高放送倫理道德」為目的，對日本的廣播電視節目做監督的非營利組織。

「媽媽穿的是彈性絲襪，不是我的對手。」

「還莫名擺出高姿態。」

「雪華阿姨比較卑鄙，似乎是穿白色。不檢點又愛裝清純的女人。」

「妳們幾個，私底下到底都在聊些什麼東西啊？」

九重家的黑暗深不可測。

「所以這到底是什麼比賽？」

「比賽你能將誰的絲襪撕得最乾淨俐落。」

「妳說的話我一句都聽不懂，總之先裝聽明白好了。」

光想像就只覺得恐怖，我決定當沒聽見了事。

露營區生機盎然，但建築物裡設有廁所，備品也能租借。

我進到自己的帳篷裡躺下，感覺意外舒適。

「要我借你大腿躺嗎？雖然我大腿正肌肉痠痛。」

「真是抱歉。」

是我硬邀姊姊來露營，她卻一句怨言都沒說，我心中只有無盡感謝。

騎了單程兩小時的腳踏車，使得全身充滿了舒暢的疲勞感，回程或許會相當辛苦，路途中還是增加休息次數好了。

「是說，真的可以嗎？」

姊姊表情顯得有些陰鬱，因為她騎的越野公路車是我買的。

兩臺大概花了我二十萬圓。我平時用不到零用錢，都會一點一滴存起來，所以完全沒問題，但這金額對高中生來說有些誇張，也難怪姊姊會介意。

「我有一筆臨時收入。對了，姊姊要不要也來幫忙我打工？」

「我會負責養你，所以你不必工作也沒關係喔？」

「原來妳是會把弟弟養成廢人的姊姊啊——」

「你想要錢我會去賺，就算要去找乾爹——」

「不要再說這種話。」

我抓住姊姊肩膀，直視她的眼睛。悠璃是認真的。

她的自我犧牲令我心痛。為了自己，她絕不會這麼做，但若是為了我，姊姊會連想都不想就立刻去執行。

「…………拜託。」

「這樣啊，對不起。」

若是不斷斷拘束姊姊的詛咒鎖鏈，她終有一天會親手傷害自己，並誤以為這麼做是贖罪。

「我說過有臨時收入了嘛。肚子好餓，來吃飯吧。」

我牽著姊姊的手。而過去總是姊姊牽著我的手。

姊姊為了代替繁忙的媽媽，總是盡全力照顧我，可是粗線條的我卻沒有考慮到姊姊的心情，把一切都破壞了。我才是將一切引向破滅的導火線。

最後背負了沉重罪孽的人是姊姊，而不是我，這才更加惡質。我這個大罪人，至今仗著姊姊溫柔，便利用罪惡感榨取她。無自覺的惡魔、暴虐的國王，只會成天擺出高傲態度，單方面享受他人奉獻。我從姊姊那奪走了笑容和人生，卻仍不知足。從遊樂設施被推落的我，在沒有自覺的情況下，將姊姊推入地獄復仇。我接受道歉，卻沒有饒恕她，簡直是無可救藥。

「你好善良。」

「…………我是惡魔。」

如果姊姊是天使，那我就是惡魔，既然如此，我就該完成惡魔的使命。那怕必須再次傷害她，也要將這一切終結。

「露營到底該做些什麼？玩掌機？」

「在戶外做室內的事，真有哲學氣息。」

這就如同在盛夏一邊吹冷氣乘涼，一邊窩進暖桌吃冰沒兩樣。在這無數家庭都為電費高漲而哀號的年代，如此遭天譴的行為，實在不可饒恕。

午餐當然是吃烤肉。如今也不必用原始手段生火。

儘管得感謝文明利器，但若是坐船遇難漂流到荒島，還是得擔心能不能生存下去。

先前在美國老爸家裡光是吃肉，所以這次烤肉我還準備了海鮮。

「我來吧。」

悠璃正與烤海螺苦戰，我從她手上接過，輕易取出螺肉。悠璃手不算巧，還不喜歡吃苦的東西，於是我順便把肝拿掉。

「謝謝，不過為什麼要烤海螺？」

「我認為應該要多品嘗些當季食材，而且光是吃肉很快就膩了。」

「你現在就這麼講究，真不知道將來會變怎樣。」

自從向老闆拜師後，料理技術就有了大幅度的提升。

過去我的廚藝頂多就是做家事的水準，開始專精後，還學會做一些精緻的料理，結果莫名地講究起食材了。

「姊姊，肉烤好了。」

「謝謝，忍不住一直吃下去，不稍微節制點真的會變胖呢。」

「妳太瘦了好嗎？我覺得再稍微胖一點也好。」

「是嗎？這麼說也對。反正想瘦下來只要在你身上扭腰擺臀就好。」

「這牛舌好好吃喔。」

嚼嚼。對朋友不小心發錯的尷尬訊息視而不見，也是一種溫柔。

過去的我經常在這種時候多話，導致了無數次的自掘墳墓。

想平穩度過人生，訣竅就是「不見、不聞、不言」，這可是源自於孔子說過的話。

我剝了蝦子給姊姊，畢竟悠璃手拙。也不知是感到抱歉，還是想維護身為姊姊的尊嚴，她夾了塊雞肉餵我，有點開心。

我和姊姊，一同在眩目豔陽下，好好享受了一番烤肉。

「……呼，吃好飽。」

「是啊，來整理吧。」

我們開始著手整理，露營用品都是出租的，只有食材要帶回家。

「欸，為什麼你突然想來露營？」

本來在邀請時就會先確認的問題，她現在才提出。

不過，只要我說想做，姊姊就不會抱持疑問。

她對我只有肯定，而反之亦然。所以我們的關係才會如此扭曲。

我仰望藍天，確認太陽的位置。時間差不多了。

「等我一下！我去拿行李。」

我跑去拿事先送到露營區的行李。

姊姊納悶地看著我拿過來的兩個箱子。

我不顧她的疑惑視線，拿起美工刀將牢牢捆好的箱子拆開。

這回程時還得用到，也不能拆得太過粗魯。

從裡頭取出的，是一幅附帶畫框的畫。

「登登——！來，送給姊姊當禮物。」

「給我禮物？你都買了越野公路車，還送什麼——」

姊姊直盯著那幅畫，嚇到說不出畫來。

「標題是『十年後的姊姊』。妳覺得如何？」

一名身穿白色洋裝的女性，站在草原上沐浴陽光。

她臉上浮現的笑容十分眩目，整幅畫散發出幸福韻味。

「我一開始想拿這幅畫參加美術比賽，結果三條寺老師看了，說這幅畫送給姊姊就好。」

姊姊毫無反應，好像是聽不見聲音似的。咦，搞砸了？

「……十年後？不過，這個、這幅畫上的我……」

她伸出顫抖的手，撫過畫上的悠璃。

對，畫上的姊姊並非十年後，成為二十七歲成人的姊姊，而是十七歲的九重悠璃。那在我記憶中展露笑容的悠璃，十年後長大的模樣會是這樣，這幅畫就是基於這樣的想像而成。

當時，那個總是陪我一起玩的姊姊，如果長大了，一定會如這幅畫般，成為一名擁有美麗笑容的女性。

打從事故發生，姊姊就不斷對我道歉，而我只是照單全收。

而姊姊贖罪的日子就這麼開始了，當我六歲時，就發現姊姊再也沒笑過。即使過了十年，姊姊現在仍被困在監牢中。

畫中之人是我的理想，是我最喜歡的那個姊姊。

若是戰勝了扭曲的命運，她應該會迎接這樣的未來。

我許下心願，希望她能再一次，如過去那樣微笑。

「嗳，雪兔。這幅畫的風景難不成是——」

姊姊恍然大悟，看向周遭。微風拂過的草原，太陽的位置。

「很像對吧？」

情境與畫相符，想必悠璃也發現了吧。

即使沒說出口，她的表情也陳述了心中思緒。不過，還沒結束呢！

「哼哼哼，別以為這樣就結束了！」

這件勉強完成的白色洋裝，乃是我的自信之作。

和畫中一模一樣的衣服。我忍不住做出複雜的設計，結果進入趕工地獄。

「這是雪兔做的？」

「嗯，我想說婚紗難度太高，不過洋裝應該能做出來。」

「婚紗？你要讓我穿嗎……？」

「嗯？啊，對啊。因為看起來似乎很想穿。」

婚紗做起來太複雜了，我到現在只完成了面紗。

人生真的每一天都是修行，媽媽妳再稍微等一下吧。

「如果雪兔願意原諒我……我就算是跟全世界為敵也——」

「姊姊？」

「你、你等一下！我立刻換上！」

姊姊衝進帳篷，慌慌張張地換起衣服。

我從包包取出全幅單眼，確認相機是否正常。

這麼昂貴的玩意，此時不用更待何時。

「讓你久等了。」

姊姊換完衣服，便畏畏縮縮地從帳篷出來。

一位無可挑剔的美女，雙頰略帶羞紅地站在眼前。

多麼清純又惹人憐愛的美麗女性。腦中浮現的陳腐詞彙，都不足以形容心中感動。

我呆了幾秒、數十秒，甚至看到忘記呼吸。

「看起來怎麼樣？」

「就天使啊。」

純白洋裝被風吹拂，如羽毛般起舞。

熾天使悠璃艾爾現身。看到她無比神聖的模樣，令我自然低頭。

對啊，為什麼我到現在才發現。姊姊在那次事件之後，才開始喜歡黑色。雖然我也一樣，但姊姊的衣服多半以黑色為基底。

她以前喜歡穿白色衣服，而她之所以不穿，是因為我。

姊姊把我推下去後，抱起渾身是血的我。當時她穿的白色衣服，被鮮血染成紅色。

打從我回家，就沒見過姊姊穿當時那件衣服，恐怕是被她丟掉了。後來姊姊就變得愛穿黑色衣服，顏色深到不會染上鮮血的那種。

到頭來，不論是奪走她笑容，還是扭曲她喜好的，全都是我。

「我本來以為自己不適合白色……雖然有點害羞，但謝謝你。」

姊姊的話令我回神，現在不是懺悔的時候。

「要拍照嗎？」

姊姊點頭同意，接著緩緩地走向草原。

她脫下鞋子，赤腳踏在地上走著，似乎想確認土壤的觸感。

陽光宛如迎接姊姊的到來，如特效般呈現出光之道路。

此時吹起了陣陣徐風，好比是淘氣精靈引領她前來接受祝福。

「在這拍可以嗎？」

太完美了。不過，光是這樣還不夠，還欠缺了一個最重要的東西。

我期盼的，想要看見的、希望實現的心願只有一個。

「笑嘛，像以前那樣。」

「……說得、也對。雪兔都為我這麼努力了。」

「雖然從姊姊身上奪走笑容的我沒資格講，但我還是希望姊姊能笑出來，我最喜歡姊姊笑了。」

過去發生了無數難受的事，使我認為身邊全是敵人。

然而，也是有人永遠都站在我這一邊，在身旁支持著我。

淚水流過姊姊臉頰。我又有一個新的發現。

我以為姊姊不會哭，因為她很堅強。一切都是我誤會了。

——我就是如此地，不瞭解姊姊。

「嗳，雪兔。我，有笑出來嗎？有跟過去我們感情要好、總是在一起玩的時候一樣嗎……」

風兒沙沙地拂過秀髮。

那笑容有些生硬，看似不熟練且做作。但是我仍——

「嗯……非常漂亮。」

我透過取景器，將世界一張、一張地切割下來。

只要看到這張照片，就會回想起當時那道笑容。

我將這如夢似幻，彷彿轉眼即逝的景色深深烙進眼底。

只有這時，我們心無旁騖，只是一對普通的姊弟。

我像是尋回童心，再次編織起與姊姊共度的時光。

站在眼前的，是畫中描繪的理想姊姊。

「這樣的心情，我好久以前就忘記了。」

她的笑容，就如同盛開的向日葵，光是存在就能照亮身旁的人。

「我得想辦法回禮呢，你好好期待吧。」

「我已經收到了。」

我收到了最棒的回禮。心情十分清爽，感到一切付出得到回報。

跟這笑容的價值相比，之前的辛苦根本不值一提。

「──如果，有一天我不在了，雪兔會難過嗎？」

她突然問道。可是聲調顫抖，表情認真到有些恐怖。

這問題想都不用想，太過愚蠢了，我的答案只有一個。

「我會哭。」

「你又沒哭過。」

「最近哭過。」

「是嗎？」

「誰叫我是媽媽的兒子。」

「……是啊。媽媽是個愛哭鬼，我也一樣。」

姊姊「噗哧」地笑出聲說。

「我們到底是母子跟姊弟，各種地方都很相似。」

「姊姊？」

「我只是再次意識到，我們是一家人，喜歡彼此不需要理由而已。」

姊姊的聲調，有如揮別迷惘一般。

晴空一碧萬頃，無限高遠。我們在這廣大的天空下，久違地變回普通的姊弟。

「姊，我們回家吧。」

「是啊……我不會忘記，你帶給我的這一天。」

姊姊的長髮在風中搖曳。

「——雪兔，謝謝你。」

姊姊輕輕地抱住我。身上還帶有太陽和草木的氣息。

這就是負離子嗎？怪不得大家說這玩意能舒緩壓力，使心情愉快。

另一方面，我心中湧現出一股焦躁。

我所做的一切真的是正確的嗎？

如果事情就這麼結束了，姊姊應該能夠獲得幸福。

我無從得知正確答案。但是繼續玩弄姊姊的心靈，所得來的東西究竟又有什麼價值？

我揮去糾葛，憂鬱卻盤旋於心中，久久不去。

◆

被弟弟弄哭了。我明明決定再也不哭泣，卻輕易打破了自己立下的誓言。儘管難為情，心情卻不可思議地舒暢。

一定是因為這並非悲哭，而是喜極而泣。

我將畫仔細包裝好送回家裡。真期待把那幅畫擺設在房間。

回到家後，我決定要在鏡子前多多練習笑容。我揉捏著臉頰，試圖化解緊繃肌肉。我得配上那孩子做的洋裝才行。

在能自然露出笑容前，先把洋裝收好吧。

感動還殘留在心中，沒想到他在最後給了我無可取代的回憶。

這樣一來，就算分開也不會感到寂寞了……我又在對自己說謊。

早知道為了放棄，我當時就該接受那個叫水口的同學的告白。

……但我實在對他沒有那個意思，無法把外人拖下水。

要是跟那個愚蠢的兒時玩伴做了相同的事，又會害弟弟受傷。

談一場普通女生的戀愛，我真的能有如此理所當然的路可走嗎？

我是什麼時候脫離正軌？是什麼時候變得如此喜歡他？

弟弟從來沒有責怪我，豈止如此，他還對我道歉，說是自己給我添了麻煩。

弟弟從沒對他人說過的罪業，他無期望、無所求，只為了避免我產生罪惡感，與我保持適當距離，並希望我能夠普通地生活。

而我卻沒有察覺他那心思細膩的溫柔，只是一味地嘗試與他縮短距離。

我已經明白到，自己不能夠再喜歡他了。明知道不可跨越那一線，但不論我如何否定都是徒勞無功。

我喜歡他。我愛他。事到如今，心中思念早已無法化解。

被人如此單方面付出，哪有可能不喜歡上對方。這本來就是理所當然。

他為了今天，到底做了多少準備？

到底做了多少努力？我根本沒有讓他這麼做的價值。

至今雪兔都不願與我扯上關係，而他卻為了我一個人，付出了極大的心力，我到底該如何回報他。

「這裡是……？」

回家途中，雪兔提議繞到某個地方。

一個似曾相識的公園，是我害雪兔受重傷的那個地方。

事件發生以來，我就再也沒靠近這裡。為什麼他要來這……？

「不見了？」

「遊樂設施被撤掉了。」

我不經意自言自語說道，而雪兔連想都沒想就回答了我的疑問。

發生那麼大的事故，肯定會馬上撤除。

過去裝設遊樂設施的地方，如今空無一物，甚至空白到讓人感到異常。

我能夠回想的，只有雪兔縮成一團、滿身是血的模樣。

我身體緊繃、呼吸急促，將顫抖的手藏在身後。

「對不起喔。」

「……為什麼你要道歉？」

心中頓時充滿不安。剛才明明是如此幸福，現在全身卻纏繞著難以言喻的恐懼。現在正值夏季，我卻感到氣溫驟降。

夜幕垂下，黑暗中，只有路燈照亮我們。

或許，我們將在這個聚光燈下，上演斷罪戲碼。

我明明期盼到做夢都會夢見，如今卻只感到害怕。

「那一天，我破壞了姊姊的世界。不知道妳有沒有過這樣的經驗？像邊緣人就經常碰到，硬是擠進感情要好的團體中，結果產生疏離感，像我明明是個外人，卻硬是擠進姊姊跟姊姊朋友之間建構的關係之中。這就好比是百合故事裡硬是闖入一個男人，他不但是異物，而且罪該萬死。我貿然踐踏了姊姊的世界，這是我的過失，所以被姊姊拒絕也是理所當然。錯的人是我，罪業應該由我背負。」

不對！你沒做錯任何事！錯的人是我，我才是殺人犯！

我想如此大叫，聲音卻卡在喉嚨出不來。被害者絕對不能擁護加害者，這麼做違反世間常理。然而，弟弟的聲調卻沒有參雜憤怒和指責。

他只是靜靜地、滔滔不絕地訴說心聲……原來，這就是雪兔的世界。一切褪去色彩，染上深褐色。原來這就是弟弟眼中的景色，猶如從底層仰望天空。

雪兔從來不會說別人壞話，我一直覺得這是他的優點。

可是，一旦理解他心中的想法後，是優點這種話，就算撕了我的嘴也不可能說出口。

這是多麼、多麼悲傷的世界。他只能從地底、從最底層憧憬天空。只能在周圍沒有任何人的黑暗裡，不斷仰望伸手也無法觸及的高處。

「可是，姊姊卻硬是肯定了這個崩壞的世界。妳硬是扼殺感情、粉碎心靈，接受我這個異物，還規定這麼做才是正確的。」

事到如今，我無法回想起當天的感情，就連為何犯下那種愚蠢行徑也是。然而只要追尋記憶，就知道那一瞬間，我確實感到厭惡，並否定了弟弟。這是千真萬確的事實。

「姊姊，已經夠了，不用勉強自己。覺得討厭，那討厭也沒關係。妳不需要偽裝自己，硬是扭曲想法去喜歡上我，已經沒關係了。」

雪兔輕輕地握住我顫抖的雙手，放在自己的脖子上。

「——唔！難道你發現了!?」

「只是或多或少有感覺到而已。」

我頓失血色。不對，不是那樣的，我從沒那麼想過！

我想如此大聲吶喊，可是又有誰會相信我的藉口？

明明祈求懲罰，卻受到更深一層罪業的誘惑，這種話不可能說得出口。

我曾無數次把手放在熟睡弟弟的脖子上。不過，那只是一種儀式。

這是為了不讓自己忘記犯下的罪行。我從沒想過要勒住他的脖子。

但若是雪兔真的醒來，或是察覺到我的愚蠢行為，他又會怎麼想？他可能會因不存在的殺意感到恐懼。

假設真是如此，那表示對雪兔而言，我依舊是那個殺人犯……

「姊姊不斷受苦的樣子，我實在看不下去了。妳就算討厭我也沒關係，拜託妳原諒自己，將自己解放吧。」

「……你在說什麼？我怎麼可能會討厭你——」

雪兔將雙手放在我手上，用力一掐。我瞬間背脊發涼。

不要……不要不要不要不要！不要讓我做這件事!?

一股惡寒襲來。這是褻瀆生命，踐踏尊嚴。

「掐住脖子的時候，不是要整個手掌使勁，而是集中壓迫頸動脈，才能有效剝奪對方意識。」

他的口吻輕佻，像在賣弄小知識，接著不加思索地掐緊。

雪兔雙腿一軟，身體瞬間失去力氣。

「……騙人。你、騙我，回話啊……為什麼要做這種事⁉雪兔、雪兔！」

為什麼、為什麼事情會演變成這樣！你不是說過嗎！

你不是希望我像以前那樣笑嗎？不是說希望我笑出來嗎？為什麼要做這種事⁉

要是失去了希望看到自己笑容的對象，那我笑還有什麼意義。

我再也不希望看到你變成這副模樣。明明發誓過要保護你了，我卻親手將雪兔給！

我搖著弟弟身體。他還有呼吸。不要死，我絕對不會讓你死掉！

我勉強維持住險些錯亂的精神，拿起手機。

「對了，救護車！」

雪兔的手，抓住我的手臂。

「咳咳！嗚嘔——————！」

他似乎恢復意識，難過得咳嗽吸氣。

「你還好嗎⁉為什麼要做這種事！沒有你在的世界，還有什麼——」

那樣的世界，我沒理由活著。

那樣的世界，我不需要。

「……悠璃，對不起我沒有消失。」

和當時一樣的臺詞，如利刃直刺我的心臟。

是我殺了雪兔。這句話猶如叫我不要忘記自身罪業。

「別說了！要消失的，必須消失的不是你是我啊！」

「不對，姊姊，不是那樣的。我有了說喜歡我的人，有了覺得我很重要的人，也知道有人會為我悲傷，所以我已經沒辦法像當時那麼做了。對不起，我無法實現姊姊的願望。」

雪兔的表情滿是悲傷。不過，剛才的話與當時完全相反。

過去他希望自己消失卻失敗了，可是現在，他回答說自己沒辦法消失。

這就是成長。他知道自己被愛著，希望為某人而活。

「我的願望？是希望你消失？我怎麼可能會這樣想!?」

「姊姊不必勉強自己了，快點承認吧。要是姊姊繼續欺瞞自己，總有一天會崩潰——」

「不要擅自決定我的想法！」

這個不明事理的弟弟。我甩開他的手，想賞他一記耳光，可我卻做不到，我撫過雪兔的臉頰。不可能做到……因為，我喜歡他。

「我喜歡你！我知道十惡不赦的自己，喜歡上不能去喜歡的人。我本來不打算說出來，想要就此止步。可是，你卻對我如此溫柔……」

眼淚奪眶而出。決定再也不哭後，幾年、十幾年份的淚水滂沱落下，滴滴答答地濡溼了地面。多麼丟人，多麼悲哀。

「所以說那是姊姊會錯意——」

「就算你討厭我，我也會愛你直到死為止。」

即使這是不會有結果的戀愛也無所謂。我已經習慣持續思念著某人。假使，一切正如雪兔所說，這個戀情是虛假的，我也會使它昇華成真心。無論發生什麼，或是被誰否定，哪怕是被雪兔否定也一樣。

「…………對姊姊來說，我不是可憎的敵人嗎？」

「你是我在這世界上唯一愛著的弟弟。」

「…………對姊姊來說，我應該是恨到想殺死的惡魔才對。」

「你純潔無瑕，是我唯一的寶物。」

雪兔臉上浮現困惑表情。你一定很傷腦筋吧，誰叫我突然說出這種話。

我本來沒打算說出口，想要隱瞞一輩子。

也不知為何，這孩子心裡應該討厭我，最近卻總是對我撒嬌。過去我總是羨慕母親，能不顧旁人眼光死黏著他，所以這段時光對我而言，有如做夢一般。我本想與他保持距離，卻被主動靠近的他玩弄於股掌之中。

但我並不討厭這樣，反而覺得開心。

——甚至讓我沉溺於妄想，認為自己已經被寬恕了。

「這怎麼可能……」

我頓時消沉下來，好累。最後能做一場美夢，已經足夠了。

謝謝你送了這麼漂亮的畫，謝謝你做了洋裝，謝謝你讓我重拾笑容。

這世上，還能有什麼比這些還要幸福的？

「雪兔，謝謝你。還有我得為至今為止的事道歉。」

我自然而然地理解，這是在與他道別。

即使出國留學，我也會心繫於你。這樣就夠了，我別無所求。

我的幸福，就是這孩子能夠幸福。

「姊姊。」

「怎麼了？」

他露出了相當奇妙的表情，好比是察覺到某種致命失誤。也讓我感到不太對勁。

雪兔一臉不解地開口說：

「…………我們是不是牛頭不對馬嘴啊？」

「蛤？」

我們推著越野公路車走回家。路途上，開始整理彼此的認知。

「悠璃要留學!?」

突如其來的事實，令我難掩驚訝。

這一切就有如相位偏移一般，有種說不清的詭異感覺。我跟姊姊未免太冒失了，只對彼此說自己想講的話，最後意思完全沒傳達到。

我們姊弟連溝通障礙這點也一模一樣，但若把這當成是長年將姊弟關係複雜化的負面影響來看，似乎也算正常，誰叫我們的關係就是如此破碎。

再次仔細談過之後，我才知道姊姊希望去外國大學留學。

「想去哪裡的大學？姊姊的話應該是去英國吧？」

姊姊語文成績很好。不過最擅長的似乎是雪兔語。那啥鬼!?

「不，那個……」

「有明確的目標很好啊。姊姊將來想做什麼事？」

「呃……其實不是那樣的……那個……」

「？」

怎麼回事?悠璃難得會吞吞吐吐的。

「因為，我以為你不需要我了，才想要拉開距離……」

「什麼意思？」

「因為，你什麼都做得到啊！我又沒辦法說出要保護你，而且雪兔也討厭我啊？我是個這麼差勁的姊姊，你真的不用勉強自己。」

我仔細問過，才知道姊姊並非討厭我，又硬逼著自己喜歡我才會感到痛苦。而是她迷失了自己的存在意義以及職責，最後為自己必須選擇離開、才能達成目的而懊惱。總結來說，就是我所考量的一切全部猜錯了，都只是我貿然下定論。

什麼跟什麼啊啊啊啊啊啊啊啊啊啊啊啊啊！

所以我們剛才的對話到底算什麼!?我都那麼認真苦惱了耶，最重要的是，我剛才那樣搞，該不會給悠璃帶來無謂的心理陰影吧？

簡直丟臉丟到家，我都要被自己蠢死了，感覺臉上隨時會噴火，快給臉部散熱。

蛤？我最好是會討厭悠璃。我跟悠璃之間的感情，可是深厚到對彼此身體瞭若指掌呢（不可抗力），哪可能會想這種事……

「姊姊不要擅自決定我的想法！」

「那句，是我剛才說過的臺詞。」

「是沒錯啦——要是妳為了這種理由去留學，我可沒辦法支持。」

「——這！對不起，我太欠缺思慮了。」

「姊要是不在，我會很寂寞的。」

「知道了，我馬上放棄留學規劃。老實說，我一點都不想去留學，出國什麼的有夠麻煩。」

這變節速度也太快，姊姊做決定的速度還是那麼神。這樣真的好嗎？

我大大地嘆了一口氣。真不知該說是卸下重擔，還是一切根本徒勞。

不過，既然能解決姊姊的煩惱，那就算完美結局了，現在為這件事開心就好。

「結果就是我們誤會彼此啊……」

「算是……這樣沒錯吧。總覺得整個人像洩了氣一樣，我之前那麼煩惱到底是為了什麼啊……唉……雖然費了不少時間才走到這一步，總之我們就一一彌補過去的矛盾吧，反正未來時間多的是。」

「是啊。」

「那麼先從我的座右銘開始說起。我的東西就是你的東西，你的東西還是你的東西，而我自己也是你的東西。」

「妳奉獻精神會不會太強了⁉」

這就是受天使階級薰陶所造成的嗎？真擔心她會不會吸引到什麼怪傢伙……

「這次的事給你添了麻煩，真的是非常抱歉。我並沒有打算要把你耍得團團轉。不過，只有一件事希望你相信。我喜歡雪兔，這絕對不是虛情假意。」

「……您的錯愛，在下不勝榮幸。」

「光用說的你肯定不信。對了，要不乾脆在下腹部刺上『弟弟專用』的刺青——」

「拜託妳可千萬別這麼做啊⁉現在都夏天了，妳這想法未免太恐怖！」

「也對，別刺弟弟，改刺『雪兔專用』比較好。」

「好個頭啦。」

「能在我大腿上寫『正』字的，只有你而已喔。」

她到底在哪學來這麼多沒用的知識……

不過算了——

「果然，這樣才是悠璃。」

嗯嗯，這種瘋瘋癲癲的樣子才像是姊姊，整天無精打采的一點都不適合她。

被她耍得團團轉才剛剛好，因為我不可能會討厭姊姊。

「我們從頭開始吧。媽媽也說過要重新當媽媽，所以我們也一樣。」
「這樣你能接受嗎？」
「姊還是笑起來比較有魅力啊。」
我們本以為對方討厭自己，於是拉開距離，互不干涉。
不過，既然事實並非如此，我們就一定能變回當年那對感情要好的姊弟。
「我可以喜歡你嗎？」
「我已經說過那不是我能決定的事了……」
「你要讓我穿上婚紗嗎？」
「嗯？什麼意思？」
「蛤？」
「我當然也會親手讓姊穿上婚紗啊！」
「好耶，我很期待喔。」
「嗯。」
嗯——維持這樣的關係當真沒問題!?我開始感到不安了。
終於看到公寓。今天累死了，好想倒頭就睡。
「——雪兔。我不會再忍耐了，我對你是認真的。」
姊姊奔向前說，她的臉上，浮現著與過往無異的溫柔笑容。

◇

攝影棚休息室裡充斥著熱氣。

化妝師大姊姊在為汐里上妝。到底是專業人士，手法非常俐落。汐里是個活潑有朝氣的美少女，上了妝之後，又增加了性感的氣質。

我吃著擺在休息室的小點心，直盯著大姊姊偷學化妝技術。

「阿雪，穿這種衣服真的很害羞啦！」

「這件肌膚露出的程度已經比泳衣少了吧。」

「我怎麼覺得沒人會上戰場還穿這麼單薄……」

「自古以來，舞孃就是這樣的職業嘛。」

「……追根究柢，能力值真的能靠跳舞提升嗎？」

「那還用說，士兵們看到什麼什麼在那搖來晃去的，哪能不開心！」

「才不是這個問題好嗎！」

汐里面紅耳赤地說。都要正式上場了，妳現在才抱怨也沒用啊，已經無法回頭了。

更何況這件衣服還是配合汐里身材訂做，全世界僅只一件，當然其他人穿的也一樣，這次拍攝就是如此大手筆。

「沒想到我會穿上這種角色扮演服……姊姊看到肯定笑死。」

爽朗型男換著衣服苦笑說，化完妝的汐里則前往更衣室。

「巳芳也很帥喔。沒想到能穿成這樣給涼音看。感謝你呀，九重雪兔！」

熱血學長——更正，勇者學長身穿花俏服裝，感覺他真以為自己當上了勇者。

雖然他向我道謝，不過其實是我要求他幫忙，算是互利互惠。

這個全武裝勇者學長，穿上了犧牲機動性，來將防禦性能提升到極限的裝甲，若是在籃框下，肯定能將這身守備力發揮到淋漓盡致。

「籃球到底是什麼……？」

總覺得這已經不是籃球，而是超能力籃球之類的東西，總覺得我都能分身了……

我翻閱設定資料，發現他們連細部的作工都非常精細。

大人認真胡鬧起來，還真的是沒有極限。就結果而論，對我們來說只有好處，所以也不需要在乎那麼多，這玩意真有可能公諸於世嗎……？

我們接下來要開始拍攝網路廣告。要拍十五秒跟三十秒的兩個版本。

事情的開端，是我的社群帳號收到來自於企業的工商合作。

某間運動大廠提出，希望製作兔兔人的聯名款籃球鞋，而這聯名商品，將於今年夏天問世！

當初只打算做出兔兔人的聯名款，但熱血學長、也就是火村學長經歷放逐風波後，使他的「勇者」名號可說是響徹全國，於是也決定要製作勇者聯名款。

加上先前那支影片中，被拍到的爽朗型男跟汐里也吸引不少人矚目。

最後就乾脆以「snow rabbit 隊」的名義製作整套球鞋。

簡直是胡鬧，而這個企劃在慾望深厚的大人推動之下，轉眼間便演變至今。

可是這樣一來，相較於兔兔人我、勇者火村學長，沒有獨特稱號的光喜跟汐里，要當成單一角色推出商品實在有些難度。

最後和負責人討論之下，終於想到了這個點子！

《關於我轉生變成籃球社這檔事》簡稱轉生籃球社。

趕快搜尋「#轉生籃球社」！

廣告也是基於這個設定而製作，我們不是轉生到異世界，而是從劍與魔法與籃球的奇幻世界轉生到現代。

因這個劃時代的解決方案，我們在火村學長、光喜和汐里身上，各自追加了「勇者」、「劍聖」、「舞孃」的職業設定。就這麼，以勇者、劍聖、舞孃組成的勇者隊伍誕生了。

當成，本來是想把汐里設定成魔法師，但怎麼想汐里都不適合當個魔法師，想說用武鬥家定案，卻被我一句「你們給我暫停！」給制止了。汐里確實擁有最強的身體素質，不過她好歹是個女生，叫她當肌肉腦角色也太可憐了。

更何況大家想想看，比起武鬥家，舞孃的外觀不是更強嗎？咕嘿嘿嘿嘿。

最後所有人（除了汐里）一致同意通過。

就這麼，我們決定要發售五種籃球鞋。

咦，你問不是四種嗎？你先冷靜想想看。

異世界作品不是一定得有個公主嗎？

而我個人認為說到公主，就非得要有美麗的長髮。

於是我理所當然地跑去找姊姊商量。這就是我先前請她幫忙打工的真相。

「……總覺得靜不下心啊。」

悠璃換好衣服亮相，身穿奢華禮服的她，散發出一股高貴的氣場。

令人看到痴迷的美女即在眼前，現場男性無不歡呼。

這簡直就是從異世界轉生過來的公主本人。【SSR／8星公主悠璃】。

「不愧是九重雪兔的姊姊，這樣穿可真合適！」

「是嗎？我不想聽到這種無聊的讚美。」

「姊，妳好漂亮！」

「很適合我對吧？不過，我可是只屬於你的公主。」

她摸了摸我的頭說。最近悠璃終於揮去迷惘，心情非常好。

她跟媽媽協商之後，決定兩人每週各在我房間睡三天。拜託妳們回自己房間睡好嗎？

姊姊說，她本來就不想去留學，更何況她根本就不喜歡外國。

意思是這件事在她心目中就是這麼地重要。真不好意思給妳添了麻煩。

「跟對我的反應也差太多了吧？」

火村學長一臉難以接受，而光喜也是讚嘆不已。

對吧對吧，我家悠璃可是位美女。

「等廣告拍完，我們就拿這套衣服玩異世界遊戲好了。」

「那是怎樣的遊戲？」

「我想想……不如這樣吧？我被一群哥布林抓住，在差點被侵犯時你英勇地出手相救，用灌籃打倒牠們。」

「這世界觀太新潮了吧！」

早知道就不問了，轉生籃球社的世界觀到底是出了什麼問題！

「換是換完了，真的好丟臉……」

和大大方方的姊姊相反，汐里面紅耳赤地穿著舞孃服裝走出來。

她嘴邊圍著看似神祕的面紗，身上穿著比基尼般的衣服，下半身再圍一塊類似沙灘裙的布。我看著散發出不可思議氛圍的汐里，不禁讚嘆說。

「哼——很色嘛。」

「你怎麼大大方方地開始性騷擾了!?」

汐里大受打擊僵在原地，不過穿成這樣，的確是想讓她跳舞來強化。

奇幻世界中，有著看似完全沒有防禦力的神祕防具，比基尼鎧甲就是這一類防具之首，而汐里的衣服八成也沒有防禦力，被打中肯定秒殺。

在此聚集了「轉生籃球社」的角色扮演集團，看起來有夠超現實。

暑假期間還得穿上這套衣服參加活動，汐里得知後都哭出來了。

附帶一提，我們不只要拍廣告，還簽了贊助契約。

契約內容是，武者修行時必須各自穿上指定的籃球鞋，以及武者修行時一定得有人拍攝影片上傳，再也沒有比這更棒的宣傳效果了。

不光是鞋子，兔兔人還會跟服飾廠商推出聯名款。

屆時將會推出印有兔兔人商標的T恤、連帽T跟毛巾等服裝，還有原子筆、壓克力立牌、胸章、墊板等各種兔兔人商品，這邊也是三兩下就敲定了，有點恐怖。

兔兔人這個怪物，已經徹底脫離了我的掌握。

加上我的社群跟隨者有太多不知為何加入的大人物，搞得企劃負責人跟我見面時都緊張得瑟瑟發抖，搞得好像我真的成為都市傳說裡的怪人。加上那票跟隨者的威望，每次去開會都有公司高層跑來向我打招呼。

也多虧如此，使得企劃的可靠度跟擴散能力都是掛保證地高。

目前我們已經拍完籃球雜誌的雪兔隊寫真照跟採訪，只有我在採訪文章裡忠實還原了語尾加上「兔」的說話方式，請說這是專業意識的表現。

雖然各大媒體都跑來要求採訪，但最後只有接下專門雜誌的採訪。

想當然耳，這筆臨時輸入高到嚇人，我的眼睛都要變成$的形狀了。

聽說球鞋已經收到訂單。事到如今，我根本沒打算在暑假打工賺錢了。

本來是不想引人矚目才扮成的兔兔人，成為被鄉親目擊的可疑怪人，最後蛻變成網路上的妖怪，現在還拍攝廣告，簡直是空前絕後的吸睛。

這麼一想，真是令人感慨萬千……為什麼事情會變成這樣。

「咦……姊姊，這確定是我的劇本？」

「是啊。」

十五秒廣告拍攝結束，接著開始拍三十秒版本。

我們從室內攝影棚轉移場地，到戶外球場拍攝。

廣告從「異世界篇」轉移到「現代篇」，基本設計是十五秒版本在動畫網站播出，點進官網就能看到完整版的三十秒廣告。

選擇這樣的手法，是為了將在意後續情節的觀眾誘導到官方網站。

異世界篇結局會發生轉移，將舞臺移動到現代，接著再次籃球比賽。

我們在外景車上確認劇本，不知為何只有我的劇本最後五秒是空白。

光喜他們雖然工作內容有所差異，但最後所有人的臺詞、結局都一樣。只有我的劇本指示上寫著「祝福中」。

「悠璃學姊，我們最後一句臺詞只有寫『咦咦咦咦咦咦咦咦咦咦咦咦咦咦咦!?』

耶……這確定沒錯嗎？」

「這是什麼意思啊？」

汐里和熱血學長一面確認劇本說。是說，沒人知道為什麼只有我沒有臺詞。

「雪兔，我可非常清楚。這肯定是掀起軒然大波的前兆……你說對不對⁉」

爽朗型男畏縮地說。和負責人討論劇本的是姊姊。

她似乎是希望幫上我的忙才毛遂自薦，我的姊姊簡直就是個天使。不過姊姊本來是局外人，可能是有些疏離感才會想幫忙也說不定。

她曾自賣自誇地說，經過她不斷開會討論之後，完成了最棒的劇本。負責人也大讚：「這肯定能造成轟動！」但我們至今仍沒看出能夠引發熱議的片鱗半爪。

我們開車抵達戶外球場，心中抱持著些許不安，著手準備廣告拍攝。怪怪，怎麼有股惡寒？

（你已經不需要我了……確實是如此。）

我在內心自嘲，不將想法表露在臉上。沒想到會有這麼一天到來。

每一天都心情安穩，彷彿過去睡眠不足的日子都是假象。這一切都歸功於弟弟。

那孩子從以前就常被捲入事件，我曾自命不凡地認為自己應該保護這樣的弟弟，然而身為其中一個肇事者的我，其實沒資格講這種話。

不過，如今我才知道，根本沒必要做那種事。

（抱歉……雖然對不起雪兔，但是我們已經回不去了。）

我們能做的只有再次建構，不是從頭來過。

不是要回到起點重來，而是再次打造新的相處形式。

我險些殺了人，而防止我犯下罪行的，正是我差點殺死的弟弟。

不可能，我不可能殺死弟弟，也沒有必要保護他，因為那孩子是如此地堅強勇敢。我竟然傲慢地會錯意，從那天起至今日，被保護的人其實是自己。

我們為彌補空白聊了許久，那孩子原原本本地說出了隱瞞的真心話，這讓我感到既開心又幸福。

——那孩子非常重視我。一點都不討厭我。

光是明白這點，我就覺得心靈溫暖，一切得到回報。

他完全誤解了，我並不是誤以為自己喜歡弟弟，也不是強制自己去喜歡他。而我也是以為他討厭我，堅信他恨我，因為我被他憎恨是理所當然的事。

不過，事實並非如此。他和當時一樣喜歡著我，愛著我。

知道這項事實後，我就再也無法壓抑心情，根本不可能忍耐。

我太過自以為是，竟然認為自己可能會第四次殺死弟弟。

多麼傲慢的想法，我這種人揮下的凶刃，不可能傷到那孩子。我沒有那種力量。

雪兔給了我最期望得到的心靈平靜。

他說了我能夠喜歡他，也說過願意接受我愛他。

他甚至還說，要讓我穿上婚紗呢。

竟然讓姊姊抱持這樣的心情，真是一個溫柔的惡魔。

雪兔常把我譬喻成天使，天使與惡魔，那的確是犯下禁忌呢。

我再也不會猶豫咬下那顆禁忌的果實。

我低頭看著自己的打扮。成為公主或許是所有女性的憧憬，但說實話，我真的不是那塊料。儘管如此，既然這角色是那孩子選的，那我就會扮演一位落落大方的公主。

我不清楚雪兔是基於何種意圖，才選上我去扮演公主。

不過，我可不是光會待在城堡空等勇者回來的公主。

——我會證明給你看，你給我等著。

兔兔人的跳投落空，膝蓋著地倒下說。

「怎麼……可能兔……」

敗北事實被攤在眼前，意圖毀滅世界的惡魔將在今天終結。

勇者、劍聖、舞孃滿身是傷，表情上卻充滿勝利的喜悅。

「我們要在今天跟你做個了斷！」

兔兔人VS勇者隊伍之間漫長的死鬥終於分出勝負。

縱使轉生到異世界，仍不斷持續下去的禍患和命運，終於畫下休止符。

遭受放逐後，勇者從絕望深淵再次復甦，並憑著那股意念擊潰了兔兔人的野心。

……雖然劇本是我自己寫的，但這到底啥東東啊？

我不禁回神冷靜吐槽，並靜靜等待最後一刻。

「快點，勇者。給他最後一擊！」

舞孃催促勇者說。只要打倒兔兔人，就會迎接圓滿結局。

大家本以為會是這樣的內容——仔細想想，哪有可能啊。

尾聲逐漸逼近。我注意不要踩到禮服下襬，並快步走到兔兔人身邊。

弟弟的危機感依然不夠。呵，不過他就是這一點可愛。

竟然不疑有他就把寫劇本的任務交給我，還給了一個公主的角色。

意思是對雪兔來說，我就像是個公主？那我就回應你的期待吧。

他的一切實在惹人憐愛。我現在終於知道，這份心意沒有極限。

我曾放棄過，認為自己是不被需要的存在。

至今我仍無法原諒自己所做的一切。相信這一生，我都不會原諒自己。

然而，最後卻是弟弟，拯救了這樣的我。

我每一天都會在鏡前，一面看著房間裝飾的那幅畫，一面練習露出笑容。

這是為了多少能夠接近那孩子的理想，成為他自豪的姊姊。

我從他身上得到太多東西。就算把身心全部奉獻給他都難以償還。既然如此，我只能把人生都當成賭本押注了。

我發誓直到此身腐朽殆盡，都會愛著弟弟。

一旦下定決心，我就再也不害怕任何事物，內心萬里無雲。

在強制自己永遠喜歡他之前，我就強制自己永遠心愛著他。即使真是這樣也無所謂。

這樣的人生，肯定非常快樂。不論過去，或是未來，都只為你一人而活。

因為這世上，沒有任何事物能比雪兔令我更加幸福。

「兔兔人大人，我愛你！」

我用盡全身力氣抱住他。雪兔雖然腳步踉蹌，仍牢牢接住我。

肌肉非常結實。他究竟是什麼時候，變得如此地強壯呢。

我用只有雪兔能聽到的聲量，在他耳邊細語。

「讓你看看我練習的成果。」

「咦？」

我與驚訝不已的弟弟脣瓣相接。

兩人舌頭纏綿在一起，足足親了五秒鐘，就連唾液都牽成銀絲。

『咦咦咦咦咦咦咦咦咦咦咦咦咦咦咦咦咦!?』

如劇本所寫，後方傳來了祝福（？）的歡聲。

「為為為為為、為————————!?」

「——我說過了。我是認真的。」

我再次輕聲說，接著，露出我最棒的笑容。

這樣的心情，只傳達給這世上唯一心愛的你。

# 第六章「勿忘夏日」

震撼世間的網路廣告觀看次數不斷攀升，引發熱議。

如今觀看次數已經輕鬆超過百萬，衝上兩百萬也只是時間的問題。

這雖然是針對高中生客群的廣告，卻因內容過度刺激而廣受好評。

我的社群帳號在廣告公開日被無數的「And I ——」（註10）給淹沒。

姊姊瞞著我寫出的劇本，原來是參考了《美女與野獸》。

與姊姊接吻後，我全身被閃閃發光的特效環繞，最後兔兔人解除詛咒，而廣告就在他變回原本的人型前結束了。大家肯定在意後續吧！第二波廣告現正製作中！

姊姊似乎加入了我在變成兔兔人之前，跟公主兩情相悅的設定。設定也太複雜了，而且到頭來，我還是沒有露出真面目啊。

不過姊姊的笑容擄獲了觀眾的心，還有許多人深深為她著迷。雖然有一票廠商想與姊姊合作，結果被她一句「我怎麼可能接那種工作」就打發掉了。

註10　惠妮・休斯頓的《I Will Always Love You》副歌歌詞。

而籃球鞋的預約狀況可說是好到不行。

我們已經收到實物了，不愧是最新型號，不只性能佳，穿起來還相當舒適。預購網站請點下方URL↓

加上我們簽的是贊助契約，到畢業這三年期間，他們會每半年寄新球鞋過來。

「竟敢秀恩愛給我這個單身的人看……該死的現充。我說過了對吧，九重雪兔？別把事情鬧得更大，我說了對不對？而你應該也聽見了對吧？」

「我又沒說好。」

小百合老師不知為何臉冒青筋朝我逼近。

「你居然還敢開什麼期間限定商店⁉你這人就沒辦法安分點過活嗎⁉你知道自從你的就讀學校穿幫後，教師辦公室接了多少通詢問電話嗎！」

「放心吧老師，我們有準備老師的連帽T跟T恤，妳可以拿來當居家服穿，當然其他周邊也隨便老師拿。」

「嘖！給我 Free Size 的，若有什麼萬一我要拿去賣。」

「別轉賣啊。」

某個偉人曾經說過暑假苦短，但我並不這麼認為，能夠休一個月以上的長假，這可稱得上是屬於學生的特權。

至少成為社會人士後，只要沒有發布緊急事態宣言，基本上是不可能休到如此長假。

我一邊想著宮澤賢治寫的《山梨》真的是超爆笑，一邊將小百合老師講的暑假注意事項左耳進右耳出。

現在的我可說是進入超認真模式，完全專注在眼前的課題上。

「尤其是坐在那邊的九重雪兔，千萬別在暑假期間鬧出問題！我已經受夠了，拜託別讓我在放假期間被學校傳喚，就當是我求你好不好。」

「別這麼氣嘛。我去跟校長說一聲，讓妳比較容易請有薪假。」

「萬事拜託了，其他老師肯定也會感激你。請不了的有薪假根本跟沒有一樣啊，我可不想每次喜歡的歌手在平日辦演唱會，就得把祖母抓去宰掉。」

「莫非老師上個月請的喪假是偽裝殺人？」

「你就當作是我有八個祖母吧。」

有薪假乃是勞工的權利，本來要請有薪假是不需特別告知理由的。

黑心校規跟請有薪假的難處，日本的這一類陋習，得要想辦法早日根治才行。

「總之，我的安寧全寄託在你身上了！」

「我只是被捲入事件，並不是我自己想引發事件。」

幾乎每次都是問題自己跑過來，我可沒有辦法控制遇敵率。

「這點我也明白啦……總之，拜託你盡量平穩度日，我已經累壞了。你知道嗎？最近其他老師對我莫名溫柔，還處處體恤我，我才二十多歲耶，都還沒過三十耶！」

「這樣不是好事嗎？」

「先說好這都你害的，你到底知不知道啊？嗯？算了，大家聽好，注意安全別發生意外，不要內向女生一放完暑假就突然變了個人，要玩瘋還是玩到床上都隨便，記得避孕不要玩出人命。就這樣，解散。」

小百合老師說完既差勁又寫實的注意事項，便走出教室。我的信用已經跌落谷底，不過此時，我似乎已經能預見結局會如何了。

換座位後搬到我旁邊的辣妹峯田向我搭話說：

「九重仔，你從剛才一直在忙什麼啊？看你寫得那麼急。」

「沒什麼，我剛好把暑假作業寫完。」

我把填滿答案欄的講義亮給峯田看，本以為高中生的習題量能有多少，其實也沒什麼大不了的。

講義、問題集，接著就剩作文這類基本作業了。

「暑假還沒開始好嗎!?明天才放暑假啊！」

「另外作文也寫完了，因為我常備著十篇讀書心得。」

「真的耶……全寫完了。」

長假的習題種類並沒有多豐富。

譬如年年都會出老套的讀書心得，那種東西提前完成就好了，根本不需要挑放假時寫。

況且讀書心得這類東西，只要寫點什麼「我同意作者的想法」之類的話就能敷衍過去，連沒讀過書都能寫出來。

可能會有人自以為是的說什麼現在年輕人都不看書了，然而現代網路小說盛行，導致年輕人看的文字量，遠比大叔大嬸們來得多上許多。用力反駁他們，現代年輕人。

「幹麼，你暑假要忙喔？」

臉蛋亮閃閃的傢伙苦笑靠近我說。暑假當前，連爽朗型男都顯得興奮難耐，沒想到他有這麼孩子氣的一面。

「蛤？我是陰沉邊緣人耶，哪有可能會忙！」

「你沒事幹麼突然發飆啊！」

沒有啦，我只是想說現在講自己是陰沉邊緣人，大家還會不會同意。看來是不會。

「反正我過去每次暑假幾乎都會住院，不過孤獨地度過總比受傷來得好。」

「你的過去也太恐怖了吧。還有，你是不是把我給忘了？我等暑假可是等好久了，一起出去玩吧？我跟大家商量過了，我們去海邊玩。」

他那一排白皙牙齒閃爍著光芒。我從先前就在想了，爽朗型男，你會不會太喜歡我啊？而且你明明很受女生歡迎，卻沒聽說你有跟人交往。

「海邊？我之前不久才跟汐里去過啊。」

「不是去釣魚是去海水浴啦！阿雪，一起去吧！」

海水浴，這還真是從未經驗過的活動。

「雪兔也會來對吧，這一定會成為美好的回憶。」

燈凪似乎也會去。海邊啊……這樣的夏天似乎也不錯。

「那就去一起玩吧。」

「嗯！」

儘管才剛被班導罵該死的現充，對不起了，小百合老師。

我，要成為現充！

◆

「打工？妳？」

「嗯，看到雪兔你們做的那些事，讓我想在暑假也做點什麼。」

「妳不會是轉蛋爆死亟需用錢吧？我不是早說過要適時收手了——」

「才不是好嗎！我是想跟雪兔一樣，去體驗各種事情。」

休息時間，我正興高采烈地在筆記本上繪製我的迷宮巨作時，燈凪突然跑來找我商量，她似乎是打算找暑期打工。

「你覺得去咖啡廳或便利商店如何？」

「做短期不會造成別人困擾嗎？」

「咦，會嗎？」

唉——真傷腦筋。燈凪的想法真的是比小雞饅頭還要天真（註11）。

「妳聽好囉？現代服務業可是變得越來越複雜。光是一個結帳，就可以分成現金、信用卡、交通IC卡、電子支付等種類豐富又麻煩的付錢方式，妳去做個暑假的短期打工，可能剛學完工作流程就結束了。要是每個人工作一上手就離職，那管他有多缺人手，企業都不想僱用短期工讀生好嗎？」

「……這樣啊，這樣講的確有道理。平常我都沒介意那麼多，店員真的很辛苦呢。那麼，雪兔認為怎樣的打工適合我呢？」

燈凪眉頭深鎖地問道。不過，她的勞動意願的確值得稱許。

適合燈凪的打工啊。嗯——我想想看啊……？

「臨床試驗……傳銷……情報商材……車手……祕密行銷……」

「你先等等！那些聽起來超詭異的詞彙是什麼⁉」

「妳應該不太適合。」

「我想也是！」

燈凪氣噗噗地說。我比出三根手指，安慰她說：

「不要著急嘛，妳需要學會從容一些啊。這是九重雪兔的右手法則。拇指象徵

註11 天真指「甜」的日文諧音。

『勇氣(yuuki)』，食指象徵『希望(kibou)』，中指象徵『廁所(toilet)』。」

「你也真是的……我聽就是了，你講吧。」

把象徵意義的開頭讀音合起來就變成雪兔(Yukito)了，是不是很好記？

燈凪一邊嘆氣，一邊揉著眉心聽我說。

「我想說的呢，就是在上課或通勤時，若是肚子痛想去廁所了，就應該要鼓起勇氣付諸行動，如此一來，你眼前就會充滿希望。憋著對身體可不好，想上廁所卻無法去的絕望感，會讓人無法從容面對困難。」

「你到底在扯些什麼啊！」

糟糕，一不小心離題了。我們講到什麼來著，對了，跟錢有關。

「雖然這個法則已經被我封印了……這是九重雪兔的左手法則。拇指象徵『誘拐』，食指象徵『威脅』，中指象徵『落跑』。這最適合拿來快速賺取現金——」

「你這大笨蛋！」

被燈凪臭罵一頓後，我突然想到一個好方法。

「是說小凪凪，妳現在還喜歡讀書嗎？」

「咦？嗯，是啊。所以我其實也有點嚮往在書店打工。而且圍裙之類的看起來很可愛嘛，嘿嘿嘿。」

燈凪頓時收起臭臉，露出笑容說。原來如此，妳喜歡讀書啊。

「妳說想累積各種經驗，所以妳也不是愁錢才想去打工，這樣解釋沒錯吧？」

「嗯、嗯。怎麼了?你又想到什麼主意嗎?」

「交給我吧燈凪。這方法還能讓妳照自身步調滿足知識慾,剩下就看妳的幹勁了。」

「有這麼好的打工?」

「不是打工,妳要不要寫寫看網路小說。」

「……………咦?我是喜歡看小說沒錯啦……可是,我沒寫過小說啊……?」

「所有人都是從零開始起步啊。好,就這麼決定了,目標是靠閱覽人數賺錢!」

「等等,你突然要我寫也寫不出來啊。」

「燈凪,首先從最近的流行開始學起,觀察排行榜,多看人氣作品學習寫作技巧,三條寺老師也說過,夏天是藝術的季節。就是這麼回事了,剩下交給夏目這位專家。」

「你突然跑來做什麼啊,九重同學!?為什麼要突然對我下跪!?」

「拜託妳了。來,給妳小雞饅頭。」

「別給我這麼顯而易見的賄賂啊……太甜了,嘴巴好乾。」

「來,哈密瓜蘇打。」

「九重同學,你能不能稍微考慮一下組合啊?」

「嗳、嗳,雪兔,真的要我寫小說?」

「重點是試著先做做看,不行動要怎麼得到經驗值。」

「……說得也對。嗯，確實感覺很有趣！我也努力試著寫寫看吧。」

看來燈凪也提起幹勁了。

就這麼，作家・硯川燈凪，踏出了她的第一步。

◆

「九重老師！能借我抄一下作業嗎？」

「這可不能免費給妳看啊。」

放學後，暑假最終日常見的景象，竟然在暑假前發生了。

「你不會跟同班同學收錢吧……？」

峯田抬眼看向我說，的確令我內心動搖。不愧是辣妹，對於這類交涉相當熟練。

哼哼哼，但是峯田，妳太天真了。我早就學過辣妹的對應方式。

「那麼露個內褲給我看吧？」

「——什⁉」

「雪兔，你在胡說什麼啊⁉」

「不、不能做這種事啦！」

燈凪跟汐里慌慌張張地前來制止，班上同學議論紛紛。

「嗚！事到如今也沒轍了，今天穿的是我喜歡的一件，被看到也沒關係……一切都是為了暑假，這點小事我忍得住！知道了，這麼想看就讓你看吧，九重仔！」

「峯田同學也別當真啊！」

「阿雪，你到底怎麼了⁉」

「你們兩個才到底怎麼了，稍微冷靜點。聽好啊？若是不想被辣妹玩弄於股掌間，就要先聲求看——」

「雖然不知道你到底在說些什麼，但那應該是先聲奪人啦！」

咦？我誤會了？姊姊曰：「你的女人運太差了，要是被辣妹纏上就先聲求看。」該不會是我聽錯了吧。

原來如此，是先聲奪人，不是先聲求看啊……

嗯，我可沒打算要看喲？我是說真的喔！

◆

一回到家，媽媽就一臉凝重地在客廳等待。

沉重氛圍支配整個客廳，媽媽看似十分嚴肅。

或許是發生什麼事了，我試著回想，是不是自己搞砸了什麼，可是搞砸的事多到數不清，實在無法鎖定。我這人真是……

「我有非常重要的事要說，你現在有空聽嗎？」

「好啊，怎麼了？」

她和緩地取出一本冊子。

「正好現在推出了Go To Campaign（註12），我們要不要一家三口出門旅行？」

「提旅行有必要這麼嚴肅⁉」

「……因為，這是我們第一次家族一起旅行啊。」

「說起來好像是這麼回事？」

「要不要去泡溫泉？住個三天兩夜。」

「也不錯啊。」

「真的⁉你真的願意去？不會反悔？」

「用不著問這麼多遍吧……」

「因為，我真的好開心——」

媽媽眼眶泛淚地說。我們一家三口過去從來沒有一起出去旅行，因為我一律回絕。

之所以這麼做，是因為我誤以為自己被媽媽疏遠，被姊姊討厭，和我一起出門，只會害難得的旅行掃興而已。

我不希望她們因此感到不悅，所以媽媽跟姊姊兩人去旅行時，我會負責看家，一

註12　日本政府為重振因新冠疫情而受挫的旅遊產業，而推出的大規模財政補貼活動。

直以來都是這麼做，對此我也沒有抱持任何疑問。
不過，過去是這樣，並不表示現在也是如此。
儘管我無法得知媽媽跟姊姊的真心，但她們再也不隱藏對我的好感。
既然她們願意邀請我，那我相信，就算自己老實答應，她們也會允許我的存在。
我從沒跟家人去泡溫泉，如今一決定，我就不禁期待起來。
因為說不定，未來再也不會有機會跟家人去旅行。
「好期待啊。媽媽——咦、哇哇！」
又被媽媽抱住了。這家的人是不是有見人就抱的怪癖啊？

沒想到兒子願意和我們一起去旅行！還以為他又會拒絕，有嘗試邀請真是太好了。他是心境產生了何種變化才答應呀，總之我現在真的是滿心喜悅，開始如少女般期待著旅行。
過去我們從沒有過家族旅行，那孩子總是不願答應。
每次我問「為什麼？」他都從來沒有正面回答過。
我猜那理由，一定是相當難以啟齒，害得兒子會這麼想，正是我犯下的罪過。因為我沒有好好疼愛他，才會讓那孩子背負罪孽。
那孩子的女人運極差，還無時無刻受到傷害，這一切的原因都是我。
打從那孩子出生的十六年來，這段時間實在太過漫長。

我們的關係過度扭曲且錯綜複雜，至今仍未完全修復，究竟要花多少時間才能化解這段糾葛，就連我也不清楚。

心中亮起了一盞微弱的希望燈火，或許，未來能夠成為普通的母子。

我很清楚，這會是一段艱辛的歷程。

要恢復成普通的關係，就必須得取回十六年份的時光。

就連重新當媽媽這件事，我都尚未達成。

與家人共處的時光，以母親身分與他相處的時光，想要取回這一切，有多少時間都不夠。

甚至，我可能根本沒有十六年的時間能與他共處。時間一到，那孩子就會從我身邊離開，所以用普通的方法絕對來不及。

我唯一的方法，就是將無窮無盡且濃密的愛情灌注在他身上。

每一天，都將十六年份的愛情全部傾注下去愛他。

家族愛、親情，抑或是與這些相異的，**對異性付出的愛情**，無論是何種形式都無所謂。

是哪種「愛」都沒關係。

縱使是錯誤，或形式有所差異都不重要。

我已經決定，要需要付出自己的一切去愛他。

不論前路有多麼艱辛，或是這麼做有多麼異常。

我都不想再讓自己後悔——

◇

說到暑假，就會聯想到廣播體操；而說到廣播體操，就會聯想到早起。然而是否要早起，得看廣播時間而定。

就我的狀況來說，因為直接買了廣播體操的CD，要幾點開始都沒問題。雖然到了現代還用CD，實在稍嫌復古就是了。（規則是做完體操後再找姊姊蓋章）

雖然都上高中了還做廣播體操的確有點詭異，但這到底是暑假既定事項，而我——九重雪兔，正是個深愛老套的男人。

一早起床，我就用夢幻的第三號廣播體操舒展身體，全身因緊張而繃得緊緊的，如果晚點是要去跟人約會，或許心情會輕鬆愉快，可惜沒有這麼美的事。

應該說今天約好要見面的人，在校內可能還把我視為眼中釘。約定時間一到，她就穿上一如既往的打扮出現。

「欸——今天是個好日子——」

「為什麼要用這麼嚴肅的方式打招呼？」

「我們不是死對頭嗎？」

「並不是！你這孩子還真的是一如往常。」

「所以三條寺老師，今天找我有什麼事嗎？」

「現在是在校外，不需要這麼介意我是你的老師。雖然站在學生角度，應該很難切換校內校外面對老師的態度，但最起碼我今天不是為了要說教才找你出來。」

三條寺老師身穿襯衫、套裝裙和高跟鞋，因為沒穿外套，顯得較為輕便，不過從旁人角度來看，只會覺得她是個幹練的女性上班族。

上午我才戰戰兢兢地想著，三條寺老師跟我約在車站前到底有什麼目的，然而老師的表情相當柔和，眼鏡底下的眼神也不像平時那麼嚴肅，看來她私生活的那一面，也十分有魅力。

雖然我因為三條寺老師主動聯絡而嚇一跳，其實內心還是有點開心。

「在這不方便談，請你先到我家吧。」

「嗯，嗯？」

我去老師家!?在暑假？《一個夏天的經驗》（註13）!?

「未免太大了吧？」

「三條寺家是教師世家。我父母、叔叔嬸嬸都是老師。雖然沒什麼好自誇的，不過很厲害對吧，當然這也讓我有點壓力就是了。總之不必介意，請進吧。」

---

註13　山口百惠的成名曲。

她住在都內的獨棟房子，而且相當氣派的。沒想到意外得知了三條寺老師的根源。

『汪汪。』一走進玄關，就有一隻特大的黃金獵犬前來迎接。牠沒有對我大吼，而是磨蹭我的身體，而我也趁機擼狗擼個過癮。

「哎呀，犬吉竟然會這麼黏人，真是難得。」

「這命名品味是不是有點問題啊？」

犬吉被摸得舒服到叫出聲來。

過去九重家曾討論過要不要養寵物，當時媽媽工作太忙，而姊姊連自己都照顧不好，個性也不像是會去照顧寵物，最後便不了了之了。好想養寵物啊……

「其實牠是母的。」

「可憐的犬吉……」

犬吉對我投以哀傷的眼神，似是想陳述些什麼。

「好了，到我的房間去吧。我去拿飲料，你稍微坐一下。」

「打、打擾了？」

沒有回應，家裡似乎沒人。

一般說到家庭訪問，是指老師到學生家中拜訪。為什麼這次反而是我這個學生跑去老師家，況且三條寺老師也不是我的班導啊。

某種意義上，我正處於敵營，沒人知道何處埋有地雷。

三條寺老師的房間大概有十疊大，除了格局相當開闊，還整理得有條有理且乾淨，這或許反映出了房間主人的個性。我擔心不小心碰到她的私人物品，只能乖乖坐在準備好的坐墊上，對著周遭東張西望。

而老師不顧我表現得緊張兮兮，拿著蛋糕盒飲料走進房間。

「你喜歡甜食嗎？」

「喜歡，甜點巡禮是我唯一的興趣。」

「呵呵，這興趣好像女生喔。」

平時總是對我生氣的三條寺老師，光是露出笑容就顯得有些新奇。此時三條寺老師拿出相簿，放在我面前，並直視我說：

「九重同學，你還記得我嗎？」

「嗯？最近老師經常把我找出來，我們應該算常見面才對啊。」

「我不是這個意思，你上小學時，我們曾經見過。」

「小學？啊，原來如此，我們說好將來要結婚嘛！」

「少騙人！不要捏造不存在的事實好嗎!?才不是指那種事，你到底在胡說什麼呀，不要捉弄我了！我們歲數差了這麼多啊……」

三條寺老師聲音變得越來越小，看來她想說的並不是這種老套情節。

不過，就算她說是小學時，我也完全沒有印象。或許是因為過去老是遭遇些不好的事，導致我很擅長忘記事情，反正想起來也只是自討苦吃。

「對不起，我完全不記得了。」

「是嗎……不，一定是我害你不願回想起那些往事。不夠成熟的我，害你變成這樣。九重同學，你看這個。」

老師翻開相簿，裡頭有無數身穿制服的小學生照片。

當中有一名少年，一本正經且面無表情。

只有這名少年的照片中，身邊沒有任何人，總是孤零零地入鏡。

這是我？而班導的名字寫著三條寺涼香。

「我是你小學時的班導。當時的事，真的是非常抱歉。」

三條寺老師眼中泛淚，站起身來深深低頭。

小學生，以及他的班導。關鍵字給得這麼清楚，即使是我也會想起。

——說到小學低年級，就是我第一次被捲入「冤罪」時的事。

當時一名女實習老師的私人物品不見了，又不知為何在我抽屜裡找到，這對我來說也是出乎意料的事，我根本是無辜的啊。

實習老師沒有生氣，她只是面露柔和笑容，對我諄諄善誘：「做了壞事就要乖乖認錯喔。」

而我則是不停否認，沒做過的事是要怎麼承認，對我講再多也沒用啊。

實習老師沒有生氣，另一方面，班導則不承認自己的想法有錯，認定東西是我偷的，還對我大發雷霆：

「你所做的是竊盜行為，是犯罪你知道嗎！」

想當然耳，同學們與我劃清界線，最後我在班上被孤立了。

我心想這樣下去沒完沒了，只能靠自己來解決事情。

在私人物品不見的那天，我將自己在各個時間點的行動記錄下來，當時跟誰在哪，做了些什麼，全部做成清單提交給老師。

在那過程中，我還鎖定可疑人士，找出了犯人。

犯人是個跟我沒有任何交情的同班男同學。他喜歡實習老師，一時鬼迷心竅偷走她東西時聽見聲響，才會急忙把東西塞進我的桌子抽屜，這只能說是徒增困擾。我將一切證據搜齊，把犯人抓到老師們面前，至於當時班導跟實習老師說了些什麼，那都不重要。

無聊的事件，無聊的結果。當時的我，精神力已然堅如相思樹，實在無法產生其他想法。

我並沒有打算跟把我當成犯人的同學跟班導好好相處，之後直到我升年級換班為止，都沒跟他們說過任何話。

這段將近半年的期間，班上一直蔓延著某種尷尬的氣氛。

雖然事情發展成霸凌，但我徹底反抗，靠暴力解決了一切。

那些人對自己所做的事產生罪惡感，也可能是因為我本來就擅長念書跟運動，他們不方便對我出手，更何況我所做的也不過是以牙還牙。

好懷念啊，那個稱得上是我小學黑暗時期的事件。

「當時的班導，原來是三條寺老師啊，我徹底忘乾淨了。」

「非常抱歉……身為老師，應該要讓你們留下美好的回憶，我卻害你消除了一切記憶。我知道這並不是能靠道歉解決的問題，儘管如此，請容我向你致歉。」

三條寺老師深深低頭，沒有抬起。

「我不在意，多虧那次事件，現在我已經學會要如何面對不講理的事了。」

「九重同學，你果然……」

三條寺老師看似十分悲傷，真不知該如何處置，我是真的不在意了。

應該說這點程度的事，一直留在心上有什麼用。

讓三條寺老師說到這份上，反而更讓我於心不忍了。

我該怎麼辦？老師到底想從我這得到什麼？

老師為什麼向我道歉，而且為何是事到如今才對我說？

只要原諒她就好嗎……？可是，我又沒生氣。

那麼我該如何原諒她？對啊，我過去就是這麼讓姊姊不斷受苦。

要怎麼做她才會變回平時那個三條寺老師？

快思考，我不會再把問題擱著，也不會放棄，一定有答案才對。

我要告訴她，不要逃避，把想說的話原原本本地告訴她。

「老師，我們坐下來一起吃蛋糕吧。」

「可是……」

「我希望妳這麼做。」

「……我知道了。」

我幾乎不記得當時的事，一點都想不起來，只記得事實大概就是這麼回事，就連班導跟同學是誰都忘記了。

儘管連一個人名都不記得，但我就是不想看到面前正座的三條寺老師，低著頭露出悲傷的神情。

原來是這樣啊，既然如此——

「不然老師告訴我吧，當時發生的事，那是個怎樣的班級，有著什麼樣的同學。難得正好有相簿，而我們又再次相逢了，老師妳就說給我聽吧。」

這很簡單，既然有人認識我，且記得當時發生的事，那我只要問她不就得了。只靠我自己是永遠不會發現這些事，那就看看身邊有誰在，並試著去依賴對方，答案就是這麼簡單明瞭，我只要去依賴人就好了。

「——這樣就夠了嗎？」

「我完全不記得那些事了，妳不告訴我，我就永遠不會知道。」

「我、我知道了！我這還有其他相簿，你等我一下！」

三條寺老師跪著爬向後方書櫃。

然而，我察覺到了。不妙！這姿勢不妙啊，小涼香！

三條寺老師穿的是裙子，而且是相當短的套裝裙。

雖說她還穿著絲襪，不過以這個狀態跪爬，還把屁股朝向這，必定會發生某件事。

「……老師內褲。」

紫色，看到非常棒的東西呢！

我默默將這畫面保存在內心的記憶體裡。

「話說回來，為什麼老師要來當高中教師？」

老師一邊翻著相簿，一邊告訴我當時發生的各種事情。合唱比賽、運動會、遠足，當時所有校內活動我全部缺席，現在回想起來真的是年輕氣盛，太不成熟了。

「因為我感到害怕。」

「害怕？」

「那一年裡，我什麼都做不到，只能袖手旁觀，不論如何掙扎，最後依舊無可奈何，只有時光徒然流逝。我給學生做了壞榜樣，要是這影響到他們的人格形成，害學生們誤入歧途怎麼辦？我一這麼想，就開始害怕站上講臺。學生們還當面告訴我，自己想轉去其他班級，也令我備受打擊。」

三條寺老師的表情相當灰暗，足以窺見她當時有多麼苦惱。

「我喪失自信，熱情也被消磨，心想沒辦法繼續這份工作，於是一度放下教鞭，後來我想到，如果是高中，老師對學生造成的影響不會大到那種程度，於是重新接受資格考試。結果在這遇見了你。」

「原來我才是導致這一切的原因啊……老師對不起。」

聽了她沉重的往事，我不禁低頭道歉，我竟然把這種事給忘得一乾二淨。

「不對！是我不夠成熟，沒盡到一個大人該有的責任。離職那一年來，我每天都在重新審視自己。對學生來說，我是個差勁透頂的班導，被憎恨也是活該，當時的學生，不是像你一樣把這段記憶消除，肯定就是不願再想起這段往事。無論如何，我都沒有臉面對他們。」

她掛著尷尬笑容的表情看起來非常悲傷，令人心痛。

「拜託你。正因為我勉強重新站起來，才會相信我們的再會是命中註定。你可能多少察覺到了，她內心受挫，放棄了夢想。因為跟我扯上關係，才害得她的前程被毀掉，拜託你救救她。我從硯川同學那聽到許多關於你的事，我相信，如果是你一定做得到。」

「交給我吧。」

「謝謝，你果然很溫柔。」

三條寺老師放心地微笑說。雖然我輕易答應了，但是無所謂，這點事小意思而已。

只可惜，我有件殘酷的事實必須告訴她。

「是說老師，妳不覺得有求於人必須支付報酬才算合理嗎？」

「………………………什麼？」

氣氛急轉直下，三條寺老師直冒冷汗。

我從包包中取出素描簿，登登登登——

「……難道說，九重同學？你是指那件事嗎？絕對是指那件事對吧!?」

「我一直很期待呢。來，我們開始吧。」

「我真的做不到啦！你、你重新考慮一下吧！你想想，我這種滿身贅肉的身體根本沒有魅力可言呀？你看了肯定會覺得很掃興啦！」

真是傷腦筋，我搖搖頭說：

「滿身贅肉？那又有什麼問題！剛才妳不是才說過，這種事並非道歉就能解決的問題嗎？我可還沒有原諒妳呢，啊——啊，我竟然在全班同學面前被人羞辱了——好難過啊——好傷心啊——」

「嗚嗚嗚……我當時的確是思慮不周，我真的有在反省！可是，這跟那個是兩回事啊……」

「我實在看不出妳有在反省啊——？」

我卯起勁來挑釁，正因為平常只能乖乖挨罵，現在玩起來特別起勁。

「話是這麼說……可是害羞的事就是會害羞啊……」

都到了這步田地，她還一面食指碰食指，一面找藉口。

「不如這麼說吧，若是老師偶然撞見女學生跟大叔一起跑進愛情賓館，之後把她叫過去輔導，她卻說什麼事都沒做，這種話妳會信嗎？」

「那怎麼可能，雖然我們常講未經審判證明有罪前都算無罪，但光是兩人走進賓館，這件事本身就是踰矩行為了。就算進到裡頭什麼也沒發生，依舊無法顛覆這項事實。」

「沒錯，同理可證，我被老師叫來家裡，說什麼事都沒發生，大家會信嗎？不會，不可能會信！」

「等等！我們沒被人看到，況且我找你來也不是為了這種——」

「決定這點的並不是我們。放心吧，這裡是老師家裡，不可能會被發現。要是什麼都不做顯得不自然，那當然是發生點什麼事才算自然啊。」

「不要搞得像是在講大道理好嗎！害我都差點認同了！真是的，你這學生為什麼會對我這種大齡女性——」

「那就算了。」

我轉過頭鬧彆扭說。

「你突然間做什麼啊!?不要突然對我這麼冷淡好不好。難不成，你是打算拜託祁堂同學？是這樣對不對!?」

我又沒有那麼說，只是鬧彆扭而已。

「我知道了，我脫就是了！我來代替她總行了吧⁉不過，給我點時間……我先去剃一下腋毛，不，拜託給我時間去做雷射除毛！我實在無法接受現在這樣子！」

「不行，這可是藝術。」

「到了這個歲數，連一點認識異性的機會都沒有啊！就算保養稍微鬆懈了點，那也是無可厚非的事嘛！還有這算什麼藝術，分明就是你自己的興趣呀！」

「沒錯。」

「別用那麼純潔的眼神說啊⁉」

「妳看，犬吉也是這麼說。對不對？」

「汪汪。」

「什麼時候連犬吉都被你籠絡了⁉」

犬吉緩緩走進房間，趴在我的背上。好重……

後來我和三條寺老師的攻防，持續了整整三十分鐘。

◆

密碼、指紋辨識、臉部辨識，資訊安全可說是日漸堅固。

儘管這世上有人認為手機掉了就代表人生終結，然而嫌麻煩連密碼鎖都沒上的我，可說是無時無刻都沒有防備。反正我本來就很少用，也沒什麼個資放在上面，就算被人看到也不成問題——本該是如此，至少在前不久為止是這樣。

「目前最大的敵人就是姊姊了……」

我獨自待在房間抱頭苦思，這到底該怎麼辦啊！

我剛從三條寺老師家回來，一不小心又搞砸了。

我把那紫色的某樣東西，保存在內心的記憶體裡好好享受一番後，實在感到內疚，於是老實對三條寺老師說自己看到了。

此事本來應該在這裡落幕，但老師不知為何卻說：「就當作是賠罪好了。畢、畢竟你也是個高中生，那個……如果在意的話，想拍下來也行。可是絕對不能給別人看喔！」完全聽不懂她在說什麼。我再說一遍，完全聽不懂她在說什麼。

總而言之那東西不只留在我內心的記憶體裡，還存在手機記憶體裡，因為是照片，要說是存在唯讀記憶體才正確，總之，我存了一張絕對不能讓他人看到的禁忌照片。太糟糕了，要是被人看到，還會給三條寺老師添麻煩。

叫我這個處男刪掉這張照片，我又下不了手……

先說好，我覺得這件事應該怪三條寺老師，我可沒錯喔？

「……還是只能藏起來吧？」

我找了一下能藏的地方，這分明是我房間，媽媽跟姊姊的東西竟然比我的還多，所以房間裡並不存在安全地帶，要藏就只能藏在外面。

像埋時間膠囊一樣，等個幾十年後才挖出來如何呢？

掉在野外的黃色書刊，說不定也是經由這種方式誕生的。

「你今天去哪了？」

姊姊一洗完澡，就直闖進我房間。看來她的字典裡依舊沒有敲門這個詞彙。

會把我手機搶去看裡面內容的人就只有姊姊，到底該怎麼藏呢……咦、妳先慢著——！

「為、為什麼妳沒有穿褲子⁉」

「先聲求看啊。」

「妳怎麼還在玩這個梗！又不是我求妳給我看的！」

姊姊妳夠了喔，竟然穿著背心搭配內褲這種過度刺激的盛夏風格打扮，還給我悠哉地喝著牛奶，害得我的視線只能像隻蝴蝶一樣飄啊飄的。果然是先聲求看嘛！還敢說我講錯，晚點一定要找汐里抱怨。

「又沒關係，反正你也喜歡。」

「別擅自決定我的喜好可以嗎？」

「有喜歡的顏色嗎？我穿給你看。」

「我怎麼覺得這溫柔的方向出了點問題。」

「蛤？你喜歡對吧？」

「是。」

為什麼我會不由自主說出這種話，這就是求看的力量嗎？

「誠實的乖孩子，做為獎勵，我來讓你看夏季大三角。」

姊姊的腰身纖瘦又緊實，看起來無比美豔。

「為防萬一我先問一下，哪邊是織女星哪邊是牛郎星哪邊是天津四？」

夏季倒三角，原來是內褲占星術來著，這八成不是俗稱的天體觀測，而是肉體觀測。

「所以呢，你一早跑哪去了？」

「我去三條寺老師家……」

「幹麼，你暑假還被老師叫去家裡喔？」

「她不是把我叫去說教，妳不用擔心。」

「不是這個問題吧，把事情經過通通說出來。」

最近姊姊總會跑來問我事情，過去我們都沒什麼正常對話，她或許是想要彌補這一切，反正我也很開心，所以不覺得這有任何問題。

只是，這下她又賴在我房裡不走了。

我也希望恢復成以往那樣感情良好的關係，況且只要扣除某個部分，這件事實在沒什麼好隱瞞的，於是我就如實陳述。

「說起來，小學時的確發生過這種事。沒想到那女人是你當時的班導，未免太巧了吧。」

「那都很久以前的事，我都忘光了，到現在還向我道歉，實在有點對不起她。」

「哼——溫柔的確是你的美德，不過溫柔到這種程度，會讓我有點不安。」

「她還告訴我很多往事，今天算是收穫豐富。」

「好吧，是說你要一起去溫泉對吧？去溫泉也不錯，但現在是夏天，當然也得去游泳，真是期待。」

「可是我已經達成了本季業績了。」

「蛤？你是不打算跟我去嗎？」

「請務必讓我陪同。」

「好好期待吧。」

「是。」

我在家中地位低微的程度，總能令我嘖嘖稱奇。

◇

「九重仔，你穿這樣未免瞎過頭了吧。」

峯田看似掃興地說，而周遭反應與她相同。到底怎麼了？

「我才想雪兔你怎麼換衣服換這麼久，這到底是什麼啊？」

「潛水服啊。」

打從我穿著一身黑的潛水服從更衣室出來，就受到眾人矚目，此時我才終於察覺。

哈哈——原來如此。他們是怕我只有外觀像那麼一回事對吧？

「放心吧，我有上過救生員講習，完全不需要擔心。」

「是叫我們怎麼放心啊⁉」

碧藍大海，閃爍沙灘，直刺肌膚的烈日，犀利的吐槽。

結業式那天，伊莉莎白邀請我去海邊玩，聽說班上有過半同學參加，我們就這麼浩浩蕩蕩地跑來海水浴。這個班級感情未免好過頭了吧……

為避免發生意外，我還急忙跑去參加救生員講習。

這講習要十五歲以上才能參加，還得事先上過水上安全講習跟取得基本救命術執照。接下來只要累積實務經驗，還能考取專門證照，但我並非想成為這領域的專業人士，實在沒那必要。

「你真的是……」

燈凪看似有些傷腦筋。看到她身穿時髦比基尼的模樣，我不禁讚嘆道：

「小凪凪，妳這樣超級可愛。」

「謝、謝謝……」

燈凪害羞地撥弄頭髮。請問要趁勝追擊嗎？YES／NO

「阿雪，那我呢？」

波濤胸湧的汐里，波濤胸湧、波濤胸湧地晃來晃去，徹底吸引住男生們的視線。未免太大了吧……啊，我是指身高喔？真的啦真的。

青春洋溢的汐里，彷彿全身迸發出生命力的光芒。誠可謂是海灘上的女主角，也就是比琪(Beach)公主。而泳裝也相當性感，或許是因為先穿過舞孃服，才讓她對露出肌膚沒那麼抗拒。

「哼——很色嘛。」

「還來!?」

先不管大受打擊僵在原地的汐里了，仔細一看，其他女生穿上泳裝的模樣，也令眾男生們歡呼。能看到女生們在學校無法瞧見的刺激景象，稱得上是夏天的醍醐味。

「哦，夏目。很適合妳嘛，今天就好好玩吧！」

「說來丟臉，其實我不太會游泳……」

「那要我教妳嗎？」

高橋和夏目親暱地交談，周遭逐漸熱絡起來。

「國中時我都忙著跑社團，真的好久沒到海邊了。雪兔呢？」

「我昨天才剛去過。」

「我可真沒料到你會給出這答案……」

不好意思啊，爽朗型男。我這個現充的化身可跟你不同，已經搶先享受夏天了。老早寫完功課的我簡直無敵，甚至都害我有點懷念起念書了。

「我昨天才跟釋迦堂來過海邊。好，釋迦堂，我們趕快開挖了。」

「嘻嘻嘻……我等這天等好久了！呼呼……呼哦哦哦哦哦哦哦！」

釋迦堂整個樂瘋。我拎著她走往沒人的沙灘。

包含爽朗型男在內，有好幾個人似乎在意我們要幹麼，也跟了上來。

「欸，雪兔，你真的跟釋迦堂同學來海邊喔？」

「先說好，我們可不是來游泳，我們是來抓昆蟲。」

別看釋迦堂這樣，其實行動力相當驚人，爬蟲寵物的飼料似乎還是自己去抓的。她說難得要來海邊，乾脆來抓這一帶的珍奇昆蟲，於是我們昨天早一步來到海邊，在地上埋了三十多個塑膠杯。

杯中事先放好飼料，昆蟲在夜晚活動時，會掉進塑膠杯吃餌，然後再也爬不出來，算是一種相當老套的陷阱。我們將埋在地上的杯子一個個取出，有些裡頭空空如也，有些則是逮到了黑黝黝的蟲子。

「成功了成功了！嘻嘻……咕嘻嘻嘻……咿嘻嘻嘻嘻嘻嘻嘻嘻嘻！」

釋迦堂看了興致高漲，反觀其他女生則像是看到小強一樣，反應相當冷淡。有些討厭蟲的人還急忙逃離現場。

步行蟲跟青步甲雖然外型相似，釋迦堂卻能一眼就分辨出來。

是說步行蟲跟擬步行蟲的名字也太容易搞混了吧？

像擬九重雪兔聽起來就很討厭，假貨的眼神八成更加尖銳。

「特地跑來裝陷阱也算是值得了。」

「謝謝……你的大恩我這一生都不會忘記……」

「太沉重了吧，過個幾天就忘掉啦。」

不過是陪她來抓個蟲，算不上什麼大恩吧。

「任務完成。回去游泳吧。」

「等等……我放進籠子裡……」

籠子裡已經鋪好土，也用噴灑器澆了點水，讓土壤保持溼潤，裡頭還擺了昆蟲果凍，釋迦堂輕輕將蟲放入籠子，再將籠子放進保冷袋蓋好。

在這種大熱天，要是讓蟲子給陽光直射，也未免太殘酷了。昆蟲專家釋迦堂連事後服務也做得盡善盡美，不愧是爬蟲界的公主。

我再次拎著釋迦堂，回到同學們聚集的地點。

各位請放心，陷阱使用的塑膠杯也全數回收了。我——九重雪兔跟世界盃足球賽時的日本觀眾一樣，特別講究收垃圾。

「對了，是不是要擦一下防晒乳液啊？」

「我已經擦了。難不成阿雪，是想幫忙擦嗎？」

「讓雪兔幫忙擦防晒乳液，感覺有點害羞啊……」

「天啊……」

燈凪和汐里面紅耳赤地說，而我被她們出乎意料的答案所感動。

「換作是媽媽跟姊姊，一定會催促我快點幫她們擦……妳們實在是太純潔了……拜託妳們，一定要維持這份純潔的心靈，這是我九重雪兔的請求。」

「這樣講是叫我們該怎麼回覆你啊？」

「姊姊……那邊不用塗……為什麼……要脫泳衣……含……」

「阿雪、阿雪你怎麼了!?」

「媽媽……那邊我自己塗就好……還要妳幹麼把泳衣……脫……夾……」

「哇哇哇！這種事對我們來說還太早了啦阿雪！」

「——哈!?發生得太過頻繁，害我想忘都忘不了的日常記憶復甦了！」

「你們平時到底在做什麼啊！」

「雪兔，看來你真的過得很辛苦啊……」

那個臉上裝著特斯拉線圈的傢伙，一邊吃著不知何時買來的炒麵，一邊落淚地說。欸，我的份咧？

「第一題，海水浴最需要注意的事情是什麼？」

救生員九重雪兔的安全小教室開課囉。

「來，那邊的爽朗型男舉得比較快。」

「暖身操。直接下海玩要是腳抽筋會出大事。」

「可惜！不過抽筋時過度驚慌確實很恐怖，這大概算第二重要吧。來，換汐里答。」

「那個，不要游到消波塊的範圍之外？」

「可惜，說到底的，海水浴本來就不會游那麼遠，大家幾乎都是在淺灘玩。」

「九重仔，答案到底是什麼啊？」

「問得好啊峯田，答案是鯊魚。紅色鯊魚有放射能，而且可能會爆炸，若是看到記得立刻避難。其他還有鯊魚亡魂攻擊人類的案例，那種鯊魚只要在有水的地方就隨時可能冒出來，所以被稱為幽靈——」

「好啦好啦，快點做熱身操吧。」

才問了一個問題就被燈凪中斷，九重雪兔的安全小教室下課囉。

「嘿，那邊的女生，要不要跟我們一起玩啊？」

夏天海灘人就是多，伊莉莎白才開始玩沒多久就被搭訕了。

「啊，是3G！」

「呃，你——不對，這不是九重先生嗎！」

「討、討厭啦——我們還什麼都沒做呢，拜託別讓我們炎上，求求你了！我們之後會安分度日！」

「我們在那之後可辛苦了！所以拜託，放我們一馬————！」

他們不知為何怕得要命，而我只記得他們幾個人還不錯。

「雪兔，你認識他們嗎？」

他們是先前和澪小姐跟特莉絲蒂小姐去夜間泳池時，遇見的大學生三人組。

「他們是3G。」

「現在都用5G了耶。」

這是在暗指滑蓋手機世代已經落伍了嗎？爽朗型男你好嗆啊。

「3G你們只有三個人出來玩嗎？」

「我們也想找女生出來玩啊。但我們是讀工學部，根本沒機會認識女生。」

「倒是你可真猛啊，怎麼每次出門身邊都有不同的女生？」

「我恨！我恨現充————————！」

嗯，我們這次人數眾多，我有可能無法顧及所有的同學。

如果是在泳池那種小場地就算了，在這麼廣闊的海邊，要是有個萬一就糟了。

「要不要跟我們一起玩？我們人數這麼多，實在有點擔心。有3G盯著，還能防止有奇怪的傢伙搭訕或是發生意外。」

「可以嗎⁉務必拜託了！」

「雖然最先搭訕的就是我們……」

「其實我有跟隨你的社群帳號，晚點能要個簽名嗎？」

增加了意想不到的戰力，他們果然是好人，這下能放心去享受海水浴了。

「我也去游泳吧。」

「雪兎，不能放手喔！絕對不能放喔！」

燈凪一面發抖，一面嘗試跨到鯊魚（塑膠）身上。

要騎上這鯊魚，還意外地有難度，說不定能拿來訓練平衡感。

我負責在底下扶著。燈凪則是死命抓著，表情看起來怕到不行。

燈凪並不算是擅長游泳，不過這裡是離沙灘只有幾公尺遠的淺灘，只要有救生員九重雪兎在，包準放心。妳就盡情挑戰吧。

「我也想騎。」

「我也想快點騎上去，可是這個比想像中還不穩——啊噗!?」

噗的一聲，燈凪頭上腳下地栽進水裡，反倒是鯊魚（假）騎在她身上。

「看來妳不適合衝浪啊。」

「回家我就去練習用平衡球。」

我的兒時玩伴還挺不服輸的，這股熱情可說是可圈可點。

燈凪再次挑戰騎上鯊魚，此時她似乎想起有話要講，便開口說：

「對了，燈織說有事想找雪兎商量。」

「燈織？什麼事呀？」

燈凪的妹妹燈織若是碰到困難，我當然會想幫她一把，不過到底是什麼事啊？她的個性直率，不太可能樹立敵人才對。

「似乎是想找你談朋友的事。」

「原來如此……詳情我就問她本人吧。」

雖然我不認為自己能夠處理國中生會碰到的煩惱，到時候問了再說吧。

話說回來，我從不記得自己有開設過的九重雪兔諮詢窗口，最常收到的諮詢內容，不知為何竟是我最不擅長的戀愛相關問題……

「對不起喔，姊妹都給你添麻煩。」

「只要是我能幫上忙的事就好。」

燈凪已經能夠直率地將心中的話說出口，看來她已經沒問題了。

「噯，雪兔，我們一起去逛夏日祭典吧。」

「煙火大會嗎？真令人懷念。」

「嗯……我想一點一滴尋回屬於我們的時光。」

我回想起過去每年都會跟燈凪參加夏日祭典，我們倆在緣日買蘋果糖和棉花糖，一面喝著彈珠汽水，一面觀賞在漆黑夜空綻放的煙火。事到如今，那段往事早已間斷，最後一次夏日祭典上，燈凪的表情並非笑容。

「我對自己放開雪兔的手感到後悔，我絕對不是討厭你，其實恰恰相反……但是我感到害羞，才會把手揮開。當時的我腦中太過混亂，沒有餘力去思考雪兔會怎麼想，這就是既笨又自我中心的女人最終的下場。」

「既然如此，妳也可以選擇其他道路吧？沒必要現在硬是從頭來過。」

這是我一直以來抱持的疑問，燈凪、汐里、媽媽、姊姊，我能理解她們為往事後悔，也知道她們希望能重來。

不過，往事終究是往事，沒辦法讓一切變成沒發生過。

因為我們無法穿越，能夠改變的只有現在跟未來。

她們沒必要讓自己囚禁在過去，只要選擇更美好的未來，能讓自己幸福的道路就好，花費沒必要的勞力，嘗試從頭來過，效率實在太差。

重點是，我不憎恨她們，也完全不在意那些事了，所以跟我劃清界線，才是效率最好的選擇。

我不明白，自己真的有讓人想重新建立關係的價值嗎？

「沒有雪兔的道路沒有任何意義，雖然我們是外人，但你是我最珍惜的兒時玩伴。我只想跟雪兔在一起，沒有任何人能夠代替你。」

貨幣的信用是由國家中央銀行所擔保，所以國際貨幣的信用才會如此之高。

那麼，擔保兒時玩伴信用的，就只有存於我和燈凪心中那段一同度過的時光。如此不切實際且平淡的事物，她卻堅信那是特別的關係。

——所以，我也想去相信。

我也必須取回屬於自己的「特別」。

「我也是有所成長，我不想再一直被人保護了。」

她咧嘴笑說。這個兒時玩伴，的確不適合哭喪著臉。

燈凪變堅強了，大概，比我還要堅強。眼神中含帶堅定意志的她，是那麼地耀眼。

「妳，變成一個好女人了。」

真的變成一個嬌紅欲滴的好女人，雖然滴的是海水。

「也不知道是多虧誰——好開心啊，真希望這樣的時光能永遠持續下去。」

「是啊。」

我颯爽地跨上鯊魚，隨後直接被甩進海裡。

「對了，參賽的畫完成了嗎？」

我們放棄鯊魚，在沙灘上吃著刨冰休息。

海浪聲和喧鬧成了背景音樂，我們這對兒時玩伴，度過屬於兩人的時光。

看向周遭，臉上閃燃的傢伙正被女生搭訕，釋迦堂被伊莉莎白她們帶著跑，弄得頭暈眼花，每個人都用自己的方式享受夏日海水浴。

「我可能沒什麼天分，沒品味到我自己都傻眼了。」

「又不是為了要拿獎，想畫什麼就畫什麼啊。」

藝術本來就是這樣的東西，但燈凪聽了仍舊一臉困惑，回想起來，她從以前畫風就獨樹一幟。不過這也是她的特色，只要能享受社團活動就夠了。

「雪兔不會再來美術社了？」

「美術社有我的天敵在……」

哪怕是我，也實在不想靠近有學生會長坐鎮的美術社。姊姊的畫已經完成，若燈凪碰到什麼困難，可靠的三條寺老師也會出手相助。

說起三條寺老師，似乎莫名介意腋下，腋下到底有什麼好害羞的？

「對了，燈凪。能讓我看妳的腋下嗎？」

「你、你是白痴嗎⁉沒事突然胡說什麼——好痛！」

燈凪一個不小心刨冰吃太猛，頭一整個痛了起來。誰叫妳要猛吃……

「為什麼，不過就是腋下啊？」

「為什麼你能說出這麼不體貼的話啊⁉」

「九重家並沒有體貼這個概念。」

「那種常識誰知道啊！」

事到如今我才發現，家庭環境真的是非常重要。

不過看來燈凪也相當介意。此時，我才終於發現自己犯下一個重大失誤，喂喂，開什麼玩笑。

冷靜想想，我也太扯了吧，簡直是個人渣。

竟然會犯下這種失誤，這才真的叫不夠體貼。

這下慘了，怪不得三條寺老師跟燈凪會感到害羞，我實在無法承受自身罪孽之重，於是在炙熱沙灘下跪。

「燈凪，對不起！是我太過輕率，妳放心，不論妳有多在意自己腋下的味道，我都——」

「你這個人喔喔喔喔喔喔喔喔喔喔喔喔喔！」

燈凪的臉瞬間漲紅，是中暑了？我把運動飲料遞給燈凪，她一口灌下。

聽說腋臭的原因是流汗，而臭味源頭是頂漿腺的分泌物，這雖然只是體質，但也是有人會介意。我這人講話竟然都不經大腦，這下只能不停磕頭道歉了。

「對了，要是妳真的那麼在意的話，就由我來幫忙出手術費——」

「吵死了啦！好啊，你快聞啊！快點！」

燈凪將腋下靠近我。

「有股海腥味。」

「因為我們在海邊玩啊！你不要動不動就誹謗我！要是哪天我自搜，發現關鍵字候補出現了『硯川燈凪、臭』，你是要怎麼負責⁉要是真的發生那全都是你害的！」

「聽說乾淨沒臭味的海營養含量少，有腥臭味是因為海中營養豐富。妳不覺得這實在發人省思嗎？未來我們也得好好關心海洋汙染問題。」

「我現在只擔心自己的個資被汙染啦！」

包括微塑膠之類的問題在內，人類要面對許多嚴重的環境問題。

我一面被燈凪搖來搖去，一面暗地發誓，未來絕不亂丟垃圾。

「阿雪你怎麼了？表情這麼凝重。」

我期待海水浴好久了，甚至能說是引頸翹望，伸得我脖子都瘦了，但這究竟是怎麼回事，我真是太失望了。

「不對勁，為什麼都沒人走光。」

「阿雪你又在胡說什麼啊⁉」

「這裡可是海水浴場啊？正常來說，不是該出現那一類色色的意外嗎？」

「那是因為……大家都會細心注意不要走光啊！」

「難道說走光這種事，是相當罕見的現象……？」

若是這樣我可就失望了。啊——好掃興啊，把我的期待還來！

「嗚哇，我從沒見過阿雪這麼失望。」

「我就覺得奇怪，媽媽跟姊姊大概每一小時就會走光一次，我還以為這樣是常態。」

「那樣不叫走光，而是蓄意犯罪啊！」

媽媽在家總會說「哎呀，肩帶鬆了」然後走光。

既然走光並非會頻繁發生的現象，還會發生那種事情，我看八成是幽靈搞出來的靈異現象，又或者是騷靈現象。

每當發生走光，我的精神就會隨之消磨，我甚至以為自己哪天會被走光咒殺而死，走光，多麼地可怕。走光光害我心慌慌，嗯，不好笑。

「……阿雪這麼想看到走光嗎？」

汐里低頭，雙頰泛著一抹羞紅，我用力抓住她的肩膀。

「汐里！」

「我我我、我知道了！如果阿雪這麼想看的話──」

「不是偶然發生的走光，看了也一點都不覺得自己賺到啊。」

這是我絕不可退讓的理念。

「少女的尊嚴受到了雙重傷害！」

汐里不停敲打我。我們倆在盛夏沙灘上，激烈地走光辯駁。

咦，汐里這麼想走光嗎？那我只好幫忙維護少女的尊嚴了。

「對了，女籃那邊怎樣了？」

「嗯！我明明是中途加入，但學姊還有別班的同學們都對我很好。」

汐里坐在游泳圈上，在海上漂來漂去，並開心地告訴我近況。

她似乎跟社團的人相處得不錯，看來是不必擔心。

說到底的，汐里本來就不是會被孤立的類型。當時女籃社長聽了我的提案顯得相當高興，而社團顧問也十分歡迎，不過這個人情，之後會找機會讓她還清。

當經理是不錯，可是與其讓汐里靜靜做事，不如讓她發揮專長活動身體才更有魅力。

「社長佐佐木學姊，還要我跟阿雪說聲謝謝。」

「實際決定入社的人是妳就是了。」

「不對，如果不是阿雪推我一把，我肯定還是猶豫不決。雖然男籃的經理工作很重要，但我其實並不清楚是不是該維持現狀，我必須像阿雪那樣多多注意身邊的人才行。我這樣真的不行啊——呀⁉」

才沒這回事，汐里總有一天會自己發現，我只是把那時程提早了而已。汐里有運動天分，不應該浪費在經理工作上，能讓她發光發熱的舞臺並不是男籃社。

「不可掉以輕心魷。」

我用水槍噴她。難得來海邊玩，哪有空意志消沉。

「又是兔又是魷，阿雪的語尾詞也太豐富了吧。不過，我也不會輸給你！我可是舞孃呢，看招——————！」

「原來妳這麼喜歡那件羞羞的衣服啊……」

「那明明是阿雪叫我穿的好嗎！」

「其實，提議衣服能做得更性感點的人也是我。」

「沒想到罪魁禍首就在自己身邊⁉」

汐里毫不留情地全力反擊，看來她對我累積不少恨意。

在海中，不可能會出現情侶你追我跑那樣甜蜜的浪漫場景。

我們倆展開了賭上走光的死鬥。

「冷靜點！妳就這麼想要走光嗎？」

「因為我相信阿雪會守護少女的尊嚴！」

兩人展開了一進一退的攻防戰，汐里的體力真的是深不見底。

我們實力在伯仲之間，戰況呈現膠著。這下我只能出絕招了！

「沒辦法，只能發動特殊武器了。再見啦，汐里。」

「咦？等——阿雪這個笨蛋————！」

我把汐里從游泳圈上甩下來，頓時揚起了巨大水花。

盡情活動身體遊玩後，腦袋跟身體都舒暢不少。

「然後啊，阿雪邀我拍廣告有拿到薪水對吧，我想送大家一雙籃球鞋，你覺得如何呢？」

我們倆體力耗盡，於是跑到海之家吃烤魷魚休息。

根據汐里的說法，女籃也有人預約了籃球鞋。而汐里想要感謝大家爽快接受中途入隊的自己，所以想買籃球鞋送大家當禮物。

薪水要怎麼花那是汐里的自由，我沒資格插嘴。不過，我還是要她先稍微等等，這雖然是未公開情報，但告訴汐里應該沒問題才對。

「汐里，雖然這件事還是個祕密，妳還是先等一陣子吧。」

「咦……為什麼？」

汐里驚訝地問道，而這消息對她來說也有好處。

「再過一陣子就會發表第二波商品，這次是女神造型跟聖女造型。」

「什麼時候加入了這種東西!?」

「要送禮的話，等款式增加了再讓她們挑選比較好。」

兔兔人和勇者隊伍造型的籃球鞋預約量驚人，而我在開會時，不小心把逍遙高中有女神跟聖女的事說溜嘴，結果他們馬上就決定推出第二波商品。我看之後可能連吟遊詩人版都會發售。

大人們認真起來，真的是連一點商機都不會放過，是說已經跟籃球沒關係了吧？

「女神跟聖女……大家都這麼帥氣，只有我是舞孃，嗚嗚嗚嗚……」

汐里臉紅低頭說道，我抓住她的肩膀。

「汐里！」

「咦，我怎麼覺得剛才好像發生過相同狀況——」

「妳的露出度是最高的，要有自信！」

勇者隊伍中唯一的女角可不是浪得虛名的。

「竟然用這種方式硬是恢復少女的尊嚴！」

光是女用球鞋就有四種款式，到時候她們能自己挑選喜歡的鞋子。

如果要送禮，果然還是會希望對方收到喜歡的禮物。

是說，我該如何向東城學姊跟女神學姊解釋啊……

「喝呀啊啊啊啊啊啊啊啊啊啊啊啊啊啊啊啊！」

我打出的強力扣殺直擊沙灘，周遭歡呼雷動。

「嘻嘻嘻……哦哦……神啊……」

釋迦堂祈禱說。她本人完全被排除在戰力外。

我們正在打一年B班盛夏沙灘排球對決賽。

為求公平，分成男女一隊，而且禁止隊伍成員都是運動社團。畢竟我或爽朗型男要是跟汐里一組，那就不可能會輸，會這麼規定也是理所當然。

就這麼，我跟釋迦堂，臉蛋閃亮過頭跟沙灘同化的爽朗型男和峯田一組，足球社的高橋跟夏目兩人氣氛不錯，就這麼組在一起，汐里和赤沼，燈凪和伊藤，伊莉莎白則是跟御來屋，這樣絕妙的強弱平衡，使得比賽進入白熱化。

尤其是每當汐里跳動，周遭就歡呼得更加熱烈，觀眾也不斷變多，我偷偷放的投錢箱還不停累積零錢。汐里的奮鬥，使得我們所有人的午餐錢有著落了。謝謝妳，汐里，我絕對不會忘記妳波濤胸湧的英姿。

這個沙灘的OVERLAP小姐就決定是汐里了。恭喜妳！

「沒想到冠軍會是正道跟伊莉莎白隊……更讓人意外的是，他們以前竟然都是排球社的，真是調查得不夠充分。」

「實際上，我們是……一對二……我……什麼沒做……嘻嘻嘻……對不起。」

「就是啊，釋迦堂，罰妳在暑假期間去趟美髮沙龍。」

「咦!?」

「連羊都會在入夏前剃毛，而且像妳這樣的女生，剪了頭髮會變美少女可是鐵則。」

釋迦堂似乎深受打擊，分明是夏天，卻像是被凍僵一般一動也不動，姑且不管她了，櫻井她們可真嗨。

「沒想到能贏過雪兔同學他們！」

「哼哼——見識到了吧！這就是班長的威嚴！」

前些日子加入籃球社的御來屋跟輕音社的伊莉莎白，雖然國中時不同校，但似乎都加入排球社。會知道這樣的往事，就表示我們之間的交流變得越來越深。

「來，這是獎品現金。」

「九重同學，給現金也未免太掃興了吧。」

我把剛才收錢的零錢箱當成獎品交給伊莉莎白，她卻似乎有所不滿。

「大家聖誕禮物收到現金應該是最開心的吧，像是一萬圓鈔塞滿整個襪子。」

「哪來銅臭味這麼重的小孩！是說這筆錢是哪來的啊？」

「汐里用身體賺的。」

「阿雪你幹麼突然說這麼下流的話!?」

大家白眼看我，可是我只是說了實話呀……

哈哈——原來如此。是嫌金額太少了是吧？

沒辦法，我也不是小白臉，只讓汐里賺錢也實在是過意不去。那麼我能做的事就只有一個了。

我緩緩拿出西瓜，放在地墊上。觀眾視線全部聚集在我身上。

「哼！」

我筆直朝下揮拳，西瓜便漂亮地裂成六等分。

「哦————！」

掌聲四起，觀眾紛紛扔出小費……看來能吃頓豐盛的晚餐。

「九重同學，你是怎麼辦到的⁉」

我小聲地向驚愕的伊莉莎白解釋打西瓜拳的機關。

「我事先把西瓜劃上切痕，接著只要對西瓜正上方施加均衡的壓力，結果就如妳所見，會漂亮地斷開。況且我也沒帶木刀。」

準備了西瓜，卻沒帶最重要的打西瓜道具，真是失敗。不過木刀跟球棒實在占行李空間，用拳頭打說不定還比較好。

啊，差點忘記講最重要的話。

「※西瓜被工作人員美味地享用了。」

「……到底是九重同學，真的是樣樣精通。既然拿到獎金，我們差不多去吃飯吧。」

我隨波逐流，在海裡晃來晃去，想著自己的認知真的是非常短淺。

這陣子，不論做什麼都不順遂，連老天都不站在我這邊。

我和那傢伙合作謀劃，結果卻難稱得上是成功。我們豈止沒有陷害到他，反而使他的聲望不斷增長，不論現在再怎麼咒罵，都無法改變現況了。

果然不應該跟他扯上關係。真是可恨，就連把事情推給我的那傢伙也是。

難道他又打算破壞我的人生嗎？這種不論做什麼都不順利的感覺，還真的是久違了。

自小學以來的噁心感覺……讓我回想起討厭的事。

難得跟家人來海水浴，打算好好玩一玩，現在全部泡湯了。我拍打水面洩憤。

沒問題，還沒被發現是我做的。即使這麼告訴自己，仍舊無法消除不安。追根究柢，為什麼只有我要背負這種風險。

我再次陷入沒有答案的迴圈，乾脆把一切都說出來算了……

不可能，那男人不會原諒敵人。我和那傢伙，就是這麼被他搞垮的。

我從沒想過懷藏祕密，會給精神帶來這麼大的打擊。

我擔心東窗事發，繃緊神經，連校園生活都沒辦法享受。

那個只會下達指示的廢物，根本不知道他的可怕之處。只要待在同一所學校就會明白，就算一點都不想聽到，他的消息還是會每天傳入耳中，這人是絕對惹不得的對象。

事情到了這步田地，已經不可能直接對他出手了。我沒有同伴，就算拜託學長姊也不會有人幫忙吧。

應該說，這麼做被別人打小報告的可能性太高了。

也不知為何，那男人一點也不孤獨，更讓人火大的是，還有許多人喜歡他。

不論老師還是學長姊，都在意他的動向，主動保護他。

只要與之敵對，最終被孤立的人只會是我。要是被對他照顧有加的姊姊知道，天曉得我會落到什麼下場，他姊跟他不同，一定會使出渾身解數將我排除。

現在走投無路，四面楚歌，而且一切都是我自作自受。

「要是沒跟那傢伙重逢就好了……」

我實在是後悔莫及。轉學到這再次見到那傢伙，使一切都亂了套。

基於同鄉情誼，與那傢伙變得親近，就是一切錯誤的開端。

上高中後我們雖然疏遠了，卻因為他太過顯眼，害我也被盯上。我明明那麼痛苦，他身旁卻笑容不絕，無時無刻，都有人在他身旁歡笑。

為什麼只有我孤獨一人，他卻能過得如此開心！這實在令我忿忿不平。

總是過得戰戰兢兢，只追求表面關係的我，最終成了邊緣人。

只要對現狀抱持不滿，對他產生敵意，就會被他人察覺，更是與我拉開距離，進入惡性循環。

「咦……？」

意識將我拉回現實。沙灘變得好遠，我心想不妙，趕緊折返，然而海浪太強，使身體難以前進。恐懼湧上心頭，我急忙調整姿勢，身體卻莫名不聽使喚。

「不會吧⁉該怎麼辦！誰來、誰來救——咕噗咕噗。」

我不顧顏面呼救，海水灌入口中嗆到，一陣慌亂害得左腳也抽筋了。

（為什麼……！為什麼只有我這麼倒楣！我要死了？死在這種地方……我還有很多事情沒做啊！）

上帝確實存在，這就是不斷輕蔑他人的懲罰。

我不禁流淚，事到如今才感到後悔莫及。回想起來，我總是憎恨他人，斷定那傢伙才是邪惡，最終犯下罪行。

（不對……我一開始並沒有……是那傢伙，一切都是遇見那傢伙才——！）

我打從一開始就知道錯在自己。不過和那傢伙一起說人壞話，不知不覺間便改變、扭曲了想法，並使自己沉溺於惡意之中。

我還沒談過戀愛，沒喜歡上別人，也沒做過更進一步的事。

或許是因為自己太過醜惡，才會比他人更加憧憬美麗事物。

「可惡……救救我啊！我會道歉……我會改過自新，誰來——」

沒人會聽到我的呼救。因為，我是孤獨一人，跟他不同。

我應該無視他，過上正經生活，享受青春。

美麗的海面，看起來彷彿是等待獵物的惡魔，張開大口，想將我生吞活剝。這底下到底有多深，我甚至無法看見漆黑的海底。

人類是如此渺小且脆弱，如此輕易就會死掉，累積起的無數時光，消逝只需一瞬。我已無力抵抗。

「爸爸、媽媽，對不起——」

「沒想到會突然面對這種情況……沒事了。抓住這個浮板，要是太過驚慌亂動，可能會拉著我一起沉下去，全身放輕鬆。」

是幻覺嗎？也可能是全身漆黑的惡魔來迎接我到海底。

「……傷腦筋，變得這麼虛弱。呃——這種時候應該……對了！先前我學不乖，再次挑戰讓好感度如不動明王的姊姊討厭我，用一副高高在上的態度對她頤指氣使，沒想到她做得超級開心，這不會是全新的整人手法吧？最近只要一見面，她就動不動想穿上裸體吊帶。網路什麼的果然一點都不可靠，我到底該拿她怎麼辦啊！」

惡魔不知道在胡說些什麼，這是將我引向死亡的詛咒嗎？

好感度不動明王的姊姊……這人到底在說什麼？人……人!?不是惡魔！

「救、我——」

「我們離沙灘越來越近了，不用害怕——來——好淺好淺——」

「好高好高？」

意識逐漸鮮明，他是個人，不是惡魔。他是想讓我放心，才會故作開朗吧。

……得救了？這項事實，使我瞬間心神安寧。

眼眶滿是淚水，看不到對方的臉。我將亂成一團的感情放空，眼瞼好沉重，真想直接入眠。

他將我帶上岸，讓我躺在沙灘上。背後感受到陸地，令我心裡踏實不少。

他細緻的手摸了我的左腳，身體瞬間打顫，回憶起忘卻的疼痛。

「妳抽筋了，我先幫妳做伸展。」

他將我的左腳抬起彎曲，做出類似伸展的動作，接著再輕輕拉直。動作重複幾次後，痙攣逐漸緩和，身體能夠自由動彈。

「呼，這下沒事了吧。」

惡魔轉身離去。不對，這人不是惡魔，是拯救我的恩人。

我得向他道謝……至少，讓我看他一眼——！

「——朱里！」

母親熟悉的聲音逐漸靠近，而我的意識則墜入深邃的黑暗之中。

◆

「汐里里好猛喔！這根本就是兵器了嘛！」

從海水浴場回家，大家決定先繞到澡堂洗個澡。儘管離開海邊前沐浴過，但靜靜泡澡，才終於感受到身體累積了多少疲勞。

峯田摸著神代胸部驚嘆道。她俯瞰自己胸口，內心受虛無感打擊，仍舊無法抗拒那柔嫩且富有彈性的魔力。眼見手指陷進胸肉，使她顫抖地說。

「哦哦哦哦哦哦！這個實在令人上癮，令人上癮啊！」

「呀嗯……不要摸……呀啊……」

「小紀快住手啦！人家不喜歡這樣啊。」

櫻井急忙拉開峯田。仍不知足的峯田只好摸櫻井的胸部報復，可悲的是，兩人完全是同類。眾人之中，能夠與神代匹敵的只有夏目。

同學們投以羨慕眼神，因胸部產生的壓力逐漸高漲。面對ＡＢＣＤ包圍網（罩杯數），神代顯得有些畏縮，因為只有Ｅ罩杯的神代能殺出封鎖線，反而使她無所適從。

「哈——真的好扯！怪不得九重仔會成天碎念什麼哈密瓜、西瓜之類的——」

神代聽了峯田的話，臉蛋越來越紅，最後整個人泡進水裡嘟囔說。

「阿雪動不動就說些性騷擾的話……」

「雪兔他經常被家人性騷擾，所以感官整個麻痺了。」

硯川苦笑說，這肯定是家人造成的影響。九重雪兔的家人，母親櫻花和姊姊悠璃，從以前就溺愛著雪兔，而沒發現這點的，就只有當事人而已。

「九重仔竟然能大大方方地性騷擾，真是坦然。」

「雪兔只是誠實而已，他想到什麼就會直接說出口。」

「說起來，阿雪先前抱頭說什麼『好感度呀——』之類的話……」

神代回想起前陣子的雪兔，他喊著：「別越過那條不可超越的線啊！」並對家人性騷擾卻遭受反擊，最後只能奄奄一息地逃命時的事。

究竟發生什麼事，神代也不清楚，總之他當時瀕臨死亡，大家已經習以為常。

「反正九重同學有女人緣已經不是一兩天的事了。今天他還救了一個差點溺水的女生呢。」

英勇地拯救差點溺水的女生後不告而別，儼然就像一名英雄。

就連在一旁緊張觀望的櫻井，在他回到陸地時，也嚇到全身乏力，一股熱流從心頭湧上。對那女生來說，這絕對是會記上一輩子的回憶。

「我想，這就是雪兔口中的準備的重要性……」

硯川嘟囔說。眾人紛紛點頭同意，並瞭解到九重雪兔不論何時，都會做好準備因應各種情況，這對他來說，並非什麼特別的行為，而是理所當然。

硯川和神代感受到，這就是雪兔所說的「面對事情的態度」。

「是說汐里里，讓妳們請客真的好嗎？」

「哈哈哈，不用介意啦。這本來就是多虧阿雪才有的收入。而且跟大家一起玩比較開心啊！」

九重雪兔提議海水浴的費用，全額由九重雪兔、巳芳光喜、神代汐里三人支付。九重雪兔付一半，剩下一半由巳芳和神代分攤。

三人包含演廣告的費用，其實賺了不少錢。尤其是九重雪兔，除了廣告拍攝外還做了其他工作，導致收入高到實在難以想像這是學生能賺到的金額。

神代正好為這筆意外的臨時收入所困擾，於是順水推舟地答應了九重雪兔的提案。

儘管是受到九重雪兔牽連，但這個意想不到的勞動，使神代第一次賺到能自由使用的錢。當然神代並沒有打算要亂花，剩下的她打算拿來貼補學費，所以今天這筆花費，其實無傷大雅。她還買了禮物送給父母，然而廣告被看到讓她覺得有點丟臉。

「我也買了神代同學的籃球鞋喔！妳不會再穿舞孃服了嗎？」

「才不穿！穿那個真的很害羞好嗎！」

神代反駁櫻井說。只是一想到之後可能還有機會穿上，神代心裡就一陣惡寒。雪兔說過之後可能會出第二波商品，那就真的有可能成真。現實真是無比殘酷。

話雖如此，即使還得穿上那件衣服，神代也沒有打算拒絕。

因為待在九重雪兔身邊，使得生活總是波瀾起伏，刺激無窮。

同學們或多或少，都知道自己太過依賴九重雪兔。

今天也是，他為了眾人，付出了無數的勞力。

正因為擔心九重雪兔，眾人才會團結一心，希望回報他為自己所做的一切。或許是基於這個想法，才讓B班變得如此團結。

「好了，小暗也過來吧。」

「小不隆咚……嘻嘻……這就是胸圍的格差社會……多麼殘酷的現實……毀滅

吧。」

默默窩在角落的釋迦堂被櫻井拉過來。她拍了拍自己的胸部，口中碎念著殘酷的自虐，發現珍奇昆蟲而嗨翻時的模樣，早已不見蹤影。儘管可悲，她骨子裡終究是陰沉。

「被救的那個女生，未來不會成為情敵吧？」

峯田露出壞笑問神代說。

「才沒關係呢。是吧，硯川同學？」

「我們並不是想跟情敵對立。現在我和神代同學也成為朋友了……雪兔過去遭遇了許多辛苦難過的經驗，我也對他做了很殘酷的事，但他總是願意幫助我，讓我變得幸福。這次輪到我了，我已經決定好不要著急，慢慢加油，首先要讓雪兔過上快樂的每一天。」

神代靜靜地聽著硯川的話，心裡並沒有感到嫉妒。

因為神代也抱持著相同的想法。她們倆與其說是情敵，關係更像是同志。慢慢來就好，不必著急。

九重雪兔跟神代說過，他哪都不會去。

估計他也不會立即跟某人交往，她們心裡有著如此模糊的信心。

要是九重雪兔決定要與人交往，一定會先告訴神代和硯川才對。

「我也想變得跟阿雪一樣，成為一個能帶給別人幸福跟溫暖的人！」

一旦說出口，就使目標變得明確。這就是神代汐里未來要前進的道路。而道路前方，或許有期望的未來在等著自己。

男生們大概也快洗好澡了，而九重雪兔可能又引發了什麼騷動。但是不需要操心。

——因為在他身邊，總是充滿著幸福。

# 終章

「對不起喔？都拜託你跑這一趟了。」

「我才該說抱歉，竟然完全幫不上忙。我看還是自己挑硬體請店家組吧。」

「我對機械不太熟，就交給雪兔決定吧。」

我和冰見山小姐跑了一趟家電賣場，卻沒達成目的，只能黯然離去。冰見山小姐似乎是打算買桌上型電腦，偏偏找不到適當的電腦，最後此行變成只有我賺到的家電賣場約會。

「話說回來，電競電腦到底是什麼啊？不知不覺間市面上變成只有賣這個。我不玩電腦遊戲，所以不太在意性能。」

「我確實很難想像冰見山小姐玩第一人稱射擊狂爆敵人頭……」

冰見山小姐是個溫柔的大姊姊，要是她頂著那外貌在聊天室狂噴人，還玩第一人稱射擊拿槍掃射，那確實是挺驚悚的。然而這世上有人一開車就會改變性格，實在無法否定有這可能性。說不定冰見山小姐有著不為人知的壓力，一不小心就會墮入黑暗面，幸好沒發生這種事，太好了太好了。

希望她未來也不要變成那副模樣。

「不過雪兔，電競電腦為什麼會閃閃發光啊？有什麼特殊理由嗎？」

「這跟暴走卡車（註14）理論相似。」

「暴走卡車？」

「他們誤以為閃閃發光就叫帥氣。」

「所以真的只是會發光？」

「真的只是發光而已。」

「這有任何意義嗎？」

「有時候如此冷靜地吐槽反而顯得更加殘酷。」

正如大家所見（？），我們放棄購入電競電腦，改成挑選硬體請店家組裝。

看來冰見山小姐並不覺得發光的電腦有任何浪漫可言，只要能用Office跟PPT就好，這樣甚至連顯卡都不需要了。冰見山小姐說自己對電腦不熟，也不知道行情，但預算卻突破天際，完全不愁選擇。

話雖如此，為什麼冰見山小姐突然說想買電腦呢，我對她提出這個純粹的疑問。

「為什麼突然要用電腦呢？」

「可能是我覺得自己不該再被困住，是時候要向前邁進了吧。」

註14 日本次文化，指過度誇張裝飾的卡車。

她溫柔地看向我說。回家路上，走在身旁的冰見山小姐雖沒有達成目的，看上去卻格外開心。

「原來如此，我也這麼認為。」

「雪兔你根本就不理解發生什麼事吧？回話這麼敷衍不好喔。」

「怪哉，為什麼場面話沒用？跟女生說話，不是只要回答是跟表示同意就萬事OK嗎……！」

「這偏見會不會太誇張啊？」

「期待我這種陰沉邊緣人有社交能力，也只是徒增困擾啊。」

更何況冰見山小姐說是我的天敵也不為過，和她在一起我當然會緊張到爆。

我剛才沒提到，她現在可是抱著我的手啊？

胸部蹭到了啊啊啊啊啊啊啊啊！FOooooooooo！

「雪兔有沒有女朋友啊？」

「沒女朋友的時間＝年齡。我對職權騷擾問題提出抗議。」

「啊，你要這樣講的話——我可以認真騷擾你嗎？」

冰見山小姐不知做了什麼，手臂感受的觸感變得遠比剛才還要柔軟，隔著她單薄的衣服，都能直接感受到她的體溫了。

「我解開了♪」

「我給您跪了，拜託您饒了我。」

「這樣啊，原來你想直接摸呀。」

「這解釋也捏造得太過頭了！」

她死抓住我的手不放，連動都動不了，就連掙扎期間，觸感仍直接傳達到手臂上。

「別擔心，這是今天陪我的謝禮。所以並不算騷擾。」

「妳確定這不是九局下半二出局兩好三壞嗎？」

「在外面我也會覺得害羞，等回到家再摸好嗎？」

「我開始覺得人與人之間互相理解果然只是幻想。」

「唔呵呵呵呵呵呵呵呵呵呵。」

人終究是希望互相理解卻無從做到的愚蠢生物。看來我在劫難逃。

正當我腦袋全速運轉，試圖找到脫困法子，冰見山小姐的話，卻不經意傳入耳中。

「不過，雪兎應該很有女人緣吧？」

相信她說出的這句話，並沒有什麼特別的深意。即便如此，我仍感到在意，或許是因為自己身處的狀況也說不定。

「沒這回事。我完全沒有女人緣。明明只能選擇一個人，卻一個人都無法選擇，喜歡上我這樣的對象，是不會有任何回報的。」

「……雪兎？」

有人能夠一派輕鬆地跟好幾個人交往，要說這是一種氣度，或許也不算錯，只可惜我做不到。

我沒辦法像後宮男主角一樣表現得天真無邪。

沒辦法思念別人的我，沒資格被別人思念。

不論是燈凪還是汐里，未來一定會出現更加美好的邂逅。

不是像遇見我這種爛人，而是邂逅命運之人，一個真真正正在乎他們的對象。碰到那樣的人，才會受到眾人祝福，她們和我不同，都各自擁有足以碰到那種對象的魅力。

若是雙方的感情向量得朝同個方向前進，戀愛方能成立，那我就無法回應任何人的好感，因為那樣不過是單行道。

「沒事，我們回去吧。」

我揮去雜念說。未來，我能回應他人好感的日子真的會到來嗎？

明明痴心妄想那樣的美夢，也沒任何意義。

「你從那天起就沒有變，還是那麼堅強。不過這份堅強一定——」

冰見山小姐欲言又止，緊握手臂的力道越來越強。現在正值盛夏，她卻緊緊貼著我。在雪山遇難的人都不會靠這麼近吧？

「謝謝妳（拜託稍微離我遠點）。」

「真心話跟場面話相反了吧？」

「我可是很誠實的，要把手塞進真理之口瘋狂蹂躪一番都不成問題。」

「呵呵，真不想看到海神歐開諾斯嘔吐的模樣。」

這樣分明不方便走路，但冰見山小姐完全不在乎這一點。

我們在騎樓走著，冰見山小姐忽然在雜貨店前止步。

「雪兔，我們進去看一下好嗎？」

「好的，反正手上沒提東西。」

店裡並不寬敞，裡頭密密麻麻地陳列著古董和生活小物。對於鮮少來逛這種店家的我來說，一切都十分新奇。

相信不用說大家也知道，我的房間裡幾乎沒有裝飾，真懷念過去那個殺風景的房間。現在我的房間，已經逐漸被媽媽和姊姊的私人物品所侵蝕。

美容液什麼的拜託拿回自己房間好不好！還有放在枕邊的保險套又是誰的東西！

「這個餐桌墊好漂亮喔，乾脆買下好了。雪兔有什麼想要的東西嗎？」

「我對這類東西完全沒有概念。」

「真意外呢？我還以為你對任何東西都很熟悉。」

「世上沒有這種人啦。」

可悲的是，我連一點美感都沒有，只覺得總之選黑色準沒錯。

誰叫我是陰沉邊緣人！最近這樣講，旁人似乎覺得我這自虐梗聽起來像在炫耀，真是不好意思。

就連衣服也是，我甚至開始覺得，有運動服跟睡衣穿就夠了吧？

「有什麼東西能買來當紀念呢……哎呀，雪兔，你看這個如何？我們買一對的馬克杯如何？」

「成對的有點……」

冰見山小姐面帶微笑，手拿兩個馬克杯。這是兩個一組的對杯，拿給我和冰見山小姐用，感覺怪不自然的。

可能是我過度解讀，連店員都以「這兩人到底是什麼關係……」的眼神看這邊，我才想知道我們到底算什麼關係，但八成是媽媽活。

「我剛搬來這，還沒有準備客人用的餐具，那些之後再慢慢說，現在得先準備好雪兔的份才行。」

「不，我並不會那麼常去打擾。」

「咦，你不願意來嗎？」

「老往妙齡女性的家裡跑也實在是……」

「我只有一個人住，你願意來我也會比較安心。」

「那棟公寓的保全系統應該挺完善的才對吧？」

「對雪兔可是完全沒設防喔。你想摸對不對？」

「對。」

——我屈服於那張笑臉的壓力之下。

我們離開雜貨店，冰見山小姐邀我去她家坐坐。我們稍微閒聊，將今天主題的電腦訂完。我詢問她的需求，並用手機搭配硬體，看來她是真心不在意性能，所以沒花到多少錢，只要再挑一個方便操作的大螢幕，要做一連串作業大概都不成問題。

「這問題我不知道能不能問，妳買電腦是打算做什麼？」

冰見山小姐聽了身體一顫。

「我啊，想當補習班講師。」

「原來是這樣呀。」

「所以我想買臺電腦拿來製作資料。以前有什麼事都能問身邊的老師，現在必須要自己處理了。」

「妳打算教哪個年齡層？」

「小學生吧。我果然還是喜歡小孩……所以想再挑戰一次。」

「如果冰見山小姐當老師，學習意願也會提升吧。」

「是……這樣嗎？」

她臉上浮現看似不安的笑容，這反應真叫我意外。接著冰見山小姐似是在打探，又像看人臉色，或者該說，有如請求原諒般向我尋求解答。

「——雪兔，你真的認為我有資格教導他人嗎？」

我不知她為何會問這個，也不清楚自己是否有立場回答這個問題，不過，她的眼神十分認真，我總覺得若是回答沒有資格，會對冰見山小姐的決定造成重大影響。

「當然有。冰見山小姐一定會溫柔地教導學生。」

「對、對不起！讓你看到這麼丟人的一面……」

她的眼淚奪眶而出，接著急忙拿出手帕擦拭。

這決定真的對冰見山小姐如此地重要嗎？

冰見山小姐的包容力強，有這樣一位講師，或許能讓小學生們安心。

雖說是當補習班老師，但她一週似乎只上兩堂課，然而看到冰見山小姐落下的淚水，就知道這對她來說是多麼重要的抉擇。

「冰見山小姐一定能當一個好老師。」

「謝謝。」

「喵啊!?」

她緊緊抱住我，柔軟觸感直接傳達到身體。

這彷彿被遼闊大地所包覆住的安心感是!?妳怎麼還沒把胸罩穿回去！是說妳沒穿好還跑來抱住我!?我的日常生活連日舉辦免費抱抱活動。

「不會這麼快造成影響不會這麼快造成影響。」

我拚命挽留差點度過盧比孔河的理性，要是決堤可就真完了。

隨後，又抱了十分鐘左右，我頓悟了。我乃是開山祖師九重雪兔。

「要回去了？我還想好好答謝你呢。」

「再繼續答謝下去我怕自己會撐不住。」

「哎呀哎呀？你是期待會發生什麼事呢？」

「說出口我怕帳號會被官方封鎖。」

「雖然聽不太懂，那我來說出口可以嗎？」

「噫咿！官方的人，千萬別看到啊！」

無能為力的我，只能選擇祈禱。

「今天真的是謝謝你，我心裡輕鬆不少呢。」

「那就好。是說我經常在想，冰見山小姐的好感度計量表是不是壞了？」

「不論雪兔說什麼，我的好感度都只會提升喔。」

「這是出BUG了吧，拜託快點更新版本。」

冰見山小姐對我的好感度莫名地高。我們才認識沒多久，她就如此中意我。說實話，單論用手機傳訊息的頻率，冰見山小姐就遠遠超越了爽朗型男，甚至害我以為自己在用交友軟體。

「等電腦寄來的時候請通知我，到時候來做系統設定。」

「拜託你了。啊，不過你想來的時候隨時都能來喔。」

「這就免了。」

「看你能夠抗拒到什麼時候。唔呵呵呵呵呵呵。」

「慘了啦慘了啦。」

這下死定了。我如同被蛇瞪住的青蛙般瑟瑟發抖，此時冰見山小姐的電話忽然響起。機會來了！

「那我先回去了。」

「啊，雪兔。不好意思喔，下次再見。」

「好的。」

既然有機會能開溜，那我就怎麼能夠錯過！我在玄關穿鞋，她還特地過來送我出門。揮別後，我走出玄關，看到冰見山小姐拿起電話。

「——是。請問你是哪位？」

可能是不認識的人打來，偷聽別人講電話實在不好。

離開之際，我聽見冰見山小姐的聲調產生變化。

「——咦，幹也先生？」

我好像聽見她說出這樣的話。說起來，過去似乎曾聽過冰見山小姐提過這個名字……

然而我不記得除此之外的事，於是就這麼離開現場。

◆

「啊，抱歉我搞錯房間了。」

一瞬間尷尬到像是打錯電話的時候，我立刻走出房間。

抱歉抱歉，真是太粗心了。我關上門再次確認，這無庸置疑是我房間。

我擦亮雙眼，不會是我看錯了吧……？汗水如瀑布般流個不停，這就是自我排毒嗎？我輕輕地打開幾公分的門縫，向房裡瞄去。

「快進來啊。」

悠璃身穿性感內衣，旁若無人地對我招手。看來我並沒有看錯。

妄想中的我選內衣的品味可真不賴……那傢伙真的是我嗎？

我的自我因二重身雪兔而崩壞，反觀悠璃則一臉滿不在乎。

「請問有什麼事嗎？」

「我現在非常生氣。知道為什麼嗎？」

「噫。」

我的視線一捕捉到悠璃手上的東西，臉部便不由自主抽搐。

那不正是我因為「那件事」所使用的素描簿嗎!?

這麼說來，照片我已經轉到USB隨身碟上封印起來，卻把素描簿隨便丟在一旁。粗心，太粗心了！我怎麼會犯下這種低級失誤！

有道是藏頭露尾，而我卻是藏USB露素描簿，如今發現這失誤，令我驚慌失措。

等等喲？不過就是張素描簿上的畫，充其量只是妄想產物。

也就是不存在任何證據，我依舊有機會含混過關。

「這是那個女人對吧？到底是怎麼回事？給我用二十字以內說明清楚。」

「那個，我年輕的慾望一口氣爆發了，煩請您網開一面——」

「二十一字。不及格。」

「請饒過我吧！求求您、求求您留我一命啊啊啊啊!?我什麼都做就是了!?」

「——什麼都做？」

我只顧求饒，卻不小心說出多餘的話。而悠璃聽了便瞬間反應說。

也不知為何，九重家的人似乎對「什麼都做」這句話有著異常的執著，真是神祕。

「——今年暑假，真是讓人期待啊。什麼都做，是吧……那麼，我們開始吧。」

一時多話得付出龐大的代價。一股虛脫感席捲而來。

悠璃從背後抱住我，在耳邊用氣音對我細語。

「那麼請聽吧。弟弟專用ASMR專輯第三首《咔嚓咔嚓山》。好久好久以前，有一個深愛著弟弟的姊姊。她對弟弟說：『哎呀，你怎麼會在這種地方變大呢？還從衣服上隆起，而且變得炙熱又硬邦邦的，簡直像是一座山呢。』」

「去給我向狸貓道歉！」

聽了這太過露骨的內容，害得我靈魂都快從嘴巴跑出來了。

「你在胡說什麼啊。這才只是開場白，好戲還在後頭呢。」

「我光聽到這就快衝破極限了，這樣第十首到底會是什麼內容啊？」

總之有興趣就會問，這是我的壞習慣。我到底為什麼要問啊！

「真拿你沒辦法，就特別告訴你一小段吧。我的——第一次——將獻給——」

「嘰咿咿咿咿咿咿咿咿咿咿咿咿咿咿咿咿咿咿咿！」

「你沒事突然幹麼？」

「我一時衝動想學沖繩秧雞叫。」

「沖繩秧雞是這樣的叫聲嗎？算了。你第一次想做什麼都儘管說，反正我總有一天會變成你的女人。還是說你要趁現在確認一下？我的處女——」

「我要把那個不知羞恥的會長給揍飛！」

那個人光是存在就會帶來不良影響，她居然害純真無瑕的悠璃做出這種事情！

殺千刀的淫魔學生會長——不可原諒!!（加入咬牙切齒的效果音）

「姊，等下學期開始，我們就一起罷免她。我們要掀起反旗，推翻祁堂政權！」

「我等這句話好久了，你終於下定決心了呢。至於謝禮，就把我的人生獻給你吧。」

「資金槓桿效果也太大————！」

我怎麼覺得報酬高過頭了，拜託別動不動就賭上人生好嗎？

「如果你想要，就隨時告訴我吧。」

「這就不必了。」

「到時候就來做ＳＥ開頭ＳＵ結尾的事吧。」

「塞里努丟斯，為什麼……」

「不對，厄洛斯。」

「妳說的才不對吧!?」

該死的美樂斯！

「瞧你害羞的，真可愛。來，我們睡覺吧。」

本以為暑假會過上墮落的生活，但我不只每天做廣播體操，還種了牽牛花，我和悠璃意外地每天早睡早起，過得非常健康。

所以接下來無事可做，只能睡覺了，就寢前這段時間，才是我們家最危險的時刻。

我躺在床上心跳個不停，並與睡意搏鬥中。

「為什麼要轉向另一邊？你不是說過什麼都做嗎？既然如此就轉過來啊，這樣我很寂寞啊。這件內衣可是你選的耶，看起來如何？」

「會不會太性感啊？」

「我正值成長期啊。」

「成長期真的太猛了。」

而我個人發自內心希望，拜託別再讓姊姊成長下去了。

「對了，姊，妳會在意腋下嗎？」

「沒特別在意。怎麼了，你想看嗎？想看就隨便你看呀。」

她毫不猶豫露給我看。我不過是試著問問，但這才對嘛，這樣的反應才叫正常。

真是的，燈凪跟三條寺老師真的是反應過頭了。

「我還以為是自己的常識與其他人有天大的差異呢。」

「…………………………………………………沒有什麼差異啊。」

「這段意味深長的沉默是怎麼回事⁉」

「暑假期間我們來比賽，看是你的忍耐力輸掉，還是我會贏。」

「……結局不都我輸嗎？」

儘管舉止奇怪，但悠璃的笑容依舊美得讓我看到入迷，我的意識逐漸遠去，化作朦朧，最後落入深沉的黑暗。呼——

◇

「雪兔，你覺得如何？」

燈凪神情緊張地問道。她還特地戴了貝雷帽，可能是為了提起衝勁，才想先從外觀開始進入狀況……那應該是漫畫家戴的吧？

我們在全班第一的讀書家兼指導員——夏目同學的監修下，於暑假執筆創作網路小說，現在我和燈凪正在家庭餐廳開作戰會議。

寫小說的人是燈凪，我則從旁給予協助。

「內容是挺有趣的，不過現在這樣恐怕不太行。」

「咦……？為什麼？什麼地方不行？」

我看過一遍燈凪寫下的原稿，這是她努力的結晶，我無從否定。

應該說，正因為是她努力的結晶，才會希望讓更多人看到。我是真心覺得內容相當有趣，儘管作畫品味獨特，但燈凪似乎有文才，真是個意外的發現。

「夏目說過，網路小說的讀者，會依照標題↓大綱↓內文的順序被勸退。意思是讓讀者正式閱讀前，得先跨過前兩個門檻。」

「這我似乎能夠理解。若小說感覺不有趣，根本就不會想開始讀。」

「對吧，那妳照著剛才所說的要點，看看這個。」

我們倆一起檢查草稿階段的小說。

「啊，我懂了！間距整個擠在一起，影響到閱讀了。」

縱書的小說和橫書的網路小說，格式上有頗大的差異。文字揪成一塊，會使畫面產生壓迫感，進而影響能見度。

在這一類細節上做出調整，就是所謂的優使性。

「先調整成適當的行距吧，要是直接上傳，大家可能看一眼就直接點上一頁，這樣太可惜了。」

「嗯！嘿嘿，像這樣一起作業好有趣喔。」

「訂立目標總是會比較有衝勁嘛。」

「話是這麼說沒錯啦，但我指的不是那個！不過，一直以來謝謝你。」

燈凪看似心情非常好，我們一邊吃著百滙，一邊修改作業。

「標題……這樣沒問題。大綱寫得清清楚楚，內容也很有趣，可能得多屯點積稿，沒問題嗎？」

「我有好多東西想寫出來呢。真是不可思議，一開始我還以為自己不可能寫出小說，現在卻寫到停不下手。」

看來燈凪的寫作手感正好。附帶一提，她寫的小說是戀愛喜劇。

不得已之下傷害了兒時玩伴的少女，歷經後悔，才終於發現自己真正珍惜的事物，並一步步修復漸行漸遠的關係，是部令人怦然心動的愛情喜劇。

宣傳語是「絕對不讓一切為時已晚的愛情喜劇」。

燈凪描寫的細膩情境與打動人心的後悔，編織出了氣勢磅礡的故事。

全美都動容落淚……落不落淚我是不清楚，但這抒情的故事發展確實能使讀者產生共鳴。

「好，那麼三天後開始連載吧。第一天先更新五話，第一週分上午跟下午更新兩話，在第一部完結之前都每日更新，藉此觀察讀者反應。」

「……終於要開始了。我心跳得好快喔，真的會有人來看嗎？」

「放心吧，妳要有自信，這小說是真的很有趣。啊，瀏覽次數跳1就表示是我。」

「你是我的第一個讀者嘛。要不要我幫你簽名？開玩笑的──」

「我就是這麼想才帶了簽名板。」

「真、真是的！別做這麼丟臉的事啦！」

說來說去，燈凪最後還是嘴角上揚地幫我簽名。我將寫著「給心愛的兒時玩伴」的簽名板好好地收在背包。嘚呼呼，雪兔我好害羞喲。

「若是有人在留言區寫壞話，我可能會很難過。我有在追的某些作品，偶爾也會看到這類評語。那類東西真的會讓人大受打擊。」

「那種東西就該偷偷收集起來，之後再請求公開留言者資訊吧。」

我認為應該多多請求公開資訊，未來將會是大公開時代。

「並不是所有人都跟雪兔一樣精神堅強喔？」

「不，我最近屢戰屢敗，每天被媽媽跟姊姊打爆，精神力已經變成最弱了。就連昨天我外出時忍不住想上廁所，急忙跑回家發現老媽在裡面，她竟然直接把我拉進去上廁所耶。妳說是不是很過分？我又不是嬰兒，我都高中生了，早就離乳了好嗎？」

「到頭來你壓根沒用過自己的右手法則嘛！你當時一臉得意地說明到底算什麼呀！想上廁所就別忍耐快點上啊。是說櫻花阿姨到底在搞什麼啊……」

算了，我都習以為常了，想再多也於事無補。

吃完百匯，我和燈凪度過一段悠哉的時光。

「希望會有很多讀者。」

「謝謝你陪我。若不是雪兔提議這麼做，我根本不會知道有這樣的世界。」

「我也是第一次做這種事啊。」

「所以雪兔才會這麼帥氣啊，你不會畏懼踏出新的一步，不論有多辛苦，都願意付出努力。只要跟雪兔在一起，不論做什麼都很開心。」

「是嗎？」

「嗯！所以，我最喜歡你了。」

她給了一個耀眼過頭的笑容，看起來沒有一絲陰霾，純粹只是美麗。

捨棄傲只有嬌的兒時玩伴可是難以攻陷的強敵。我似乎沒有一點勝算。

我必須找出答案，不然球只會永遠留在我身上。

下一週，燈凪張皇失措地聯絡我。

「雪兔，怎麼辦！我該怎麼辦啦!?」

燈凪的戀愛喜劇小說自公開後，瀏覽次數就直線攀升。

她每天又是緊張地看著瀏覽次數，又是為感想搞得心情坐雲霄飛車，這樣下去，說不定還真能靠這賺點零用錢。我先前才跟燈凪聊過這件事，不知又怎麼了？

我們跟上週一樣跑去家庭餐廳，燈凪這才開口：

「……有廠商來問我出書意願。」

「蛤？」

剛才那有沒有像姊姊？有沒有？

我心生動搖，一個字都聽不進去，只能想著如此沒營養的東西，於是我再問她一遍。

「抱歉，我剛才沒聽清楚。拜託用希臘文再說一次。」

「Με πήραν τηλέφωνο από την εταιρεία。」

「小凪凪好猛啊！」

我眼睛整個瞪大，嚇死我也。現在都不知道自己是被哪件事嚇到了。

我連她是如何發音的都不清楚。燈凪說廠商聯絡她，咦，所以是真的？

「沒空胡鬧了啦！雪兔，我該怎麼辦才好？」

燈凪身體前傾問道，她看似興奮，卻難掩不安之情。

「還能怎麼辦……總之妳跟父母談過了？」

「還沒有。我只有告訴他們自己在寫小說，畢竟有點難為情，我本來打算等做出點成績後再講，就連燈織也不知道。」

如果只是拿寫作當興趣就算了，若是要出書就必須得到雙親協助。現在問題已經遠超出被動收入的範圍了。這下好了，該怎麼辦呢……等等喔？哪有必要煩惱？我熱切地望向燈凪。

假如真的出書了，燈凪就會成為一名美少女JK作家。光是這樣就充滿話題性，拿來宣傳絕對不成問題。也許燈凪討厭在大庭廣眾下露臉，不過這可是她天大的好機會。

她寫的作品得到正確的評價，受他人關注，打動了讀者。她只要抬頭挺胸接受這個事實就好，哪有什麼好怕的，燈凪可是有C罩杯。

「燈凪，接受出書提案吧！這是妳親手掌握的未來。」

「真的可以嗎？這不是光靠我自己達成的，雪兔也幫了很多忙……」

「妳就老實感到高興吧，這是妳努力的成果。燈凪，恭喜妳。」

「嗚欸欸欸欸欸欸嗯……雪兔……！」

燈凪緊抱著我，淚腺決堤，我則是拍拍她的背安撫。

話說回來，我可真沒想到會是這種結局。

正確來說，應該是就算有這麼想過，但實際上沒碰過這種事，才會認為這不可能會發生也說不定。講得我自己都完形崩壞了。

一年後，經歷無數次改搞，燈瓜的愛情喜劇小說終於問世。

而書腰上還寫著「兔兔人絕讚」，不過這又是另一個故事。

◇

（一旦習慣居家工作，就會嫌進公司很麻煩啊……）

公司導入彈性上班制度後，大多數的工作都能輕易在家裡處理，不過令人產生這種想法，本身就是一個甜蜜的陷阱。

正因為自家環境太過舒適，才會覺得光是去趟公司就麻煩到不行。如今再怎麼哀嘆都沒用，因為實在難以否認，自家有著令人難以抗拒的魅力。

公司用的椅子，全都是殺風景的辦公椅，而前陣子兒子有一筆臨時收入，於是買了價格不菲的椅子送給我和悠璃。

光是坐在上面，就令人提起衝勁。而且，還有種兒子從身後抱住我的感覺，令我怦然心動。

只要他待在身邊，我就感到內心被療癒，這正是我理想中的男性。

最近兒子可愛到令人難以自拔。如果雪兔是牛郎，我肯定會進貢到破產為止，還對此無怨無悔。

我喜歡公司，然而一旦外出，我就必須把妝化好。這是身為社會人士的基本禮儀，但不可否認這是件麻煩事。

我一面處理工作，一面默默在心裡嘆氣。確認只能在公司處理的資料，跟人開會，只要進公司，就有許多事情得處理。

我切換心情，集中在眼前作業，一邊瀏覽文件，一邊對部下攀談。

「柊，妳要不要試著指導實習生？這孩子很有前途喔。」

「我嗎？不過，真難得主任會稱讚別人呢。」

「我跟那孩子有點緣分，等她一入職就當妳的下屬吧。」

我將發配到部門的實習生，交給部下的柊去照顧，聽說她是將兒子從冤罪嫌疑中拯救出來的恩人。能夠知道這點實在是太好了，若是只看履歷，恐怕會把她埋沒。

柊也是時候要帶部下了，這樣能促成她的成長。等我獨立時，她和柊都能獨當一面的話，我也終於能夠放心。

與同事交流也是工作的一環。休息時間漫無邊際的閒聊，有時意外地會派上用場，這或許是只有進公司才有的好處。

工作本身非常有努力的價值，做起來也開心，這陣子我過得特別充實。

話雖如此，也是有不想面對的人。

「晚點要不要一起吃頓飯？」

回家前同事對我搭話，我連看都懶得看對方一眼。

這已經是今天邀請我的第三人。我只想早點回家，所以拒絕一切邀約。一回頭，就見到每次進公司都會邀請我的其他部門同仁。

「不好意思，我孩子放暑假都待在家，我得回去煮飯。」

即使離了婚，我仍是兩個孩子的母親。我在心裡咒罵，邀人吃飯不會去找單身的年輕孩子嗎？不過對方沒有察覺我心中的想法，接著說：

「我記得他們上高中了吧，在他們那個年紀還是不要過度干涉，稍微放任點會比較好吧？吃飯什麼的他們應該能自理才對。」

「我跟他們說過今天會回去。」

「有什麼關係。我們難得見一次面，這樣如何？我知道一家美味的義大利餐廳，偶爾就忘記孩子的事，享受成年人的時間——」

「請不要插嘴管我的家務事。再見。」

「咦，啊、對不起！那麼下次有機會再——」

「我想不會有那種機會。」

我拚命壓抑住想怒罵他的衝動。實在令人不悅，回家的腳步自然加快，彷彿是為了揮去壞心情。

你懂我們家什麼東西了。要我忘記孩子？講那什麼蠢話。

孩子是我最珍惜的寶物，而你這種什麼都不懂的外人，只會令我更加煩躁。

早點回家讓兒子療癒我吧，兒子是我活下去的原動力，最近我們對話次數逐漸增加，光是這樣就令我每天過得既充實又幸福。

我簡單買了點東西，走回家時，在公寓玄關看到兒子。

他穿著運動服，八成是去慢跑回來。

不知為何，這陣子內心有一股不知名的高亢，過去從沒發生過這種事，連我自己都覺得不可思議。

這或許是我改變了面對他的方式，也有可能是因為兒子主動靠近我，我想這兩者都與此息息相關，但是都並非正確答案。

我的腳步變得輕快，走向兒子身邊，卻看到一個男人對他說話。

然而一察覺對方是誰，我就頓時僵住。

「怎麼會——為什麼？難道，那男人是……？」

到底是夏天，都過了傍晚，還是如此悶熱。

我結束慢跑日課回家，發現公寓玄關前停了輛沒見過的黑色轎車。一名有著伶俐眼神的男人，緩緩從中探出頭。

「不好意思，你知道有一名姓九重的女性住在這棟公寓嗎？」

「你是可疑人士嗎？」

這人怎麼看都像可疑人士，為防萬一，還是先向他確認過。

「無聊，就算我是可疑人士，也不可能蠢到說是啊。」

「所以你就是可疑人士嘛。」

「嘖，我是九重櫻花的朋友。」

「哦——這樣啊。請問你是哪位？」

「你沒學過問別人的名字前應該自報姓名嗎？」

我直接快步走進公寓。

「等等啊！」

眼神銳利的男人急忙叫住我。好麻煩啊……

「你到底想幹麼啊？」

「這種時候你應該要自報姓名啊！」

「我對你又沒興趣。」

「這小鬼真叫人火大。」

「常有人這麼講。」

「我想也是，跟那些人喝酒肯定會很愉快。」

「嗚哇，這世上真的有人以酒會友喔，那種事大家都嫌麻煩吧。」

「你怎麼一見面就把我當成敵人啊？」

「最近我經常一見面就被人威脅，只是小心警戒而已。」

「你應該先去報警吧……」

我仔細觀察眼前男人。

他留著油頭，外觀看似充滿自信，還戴了一副長方形的銀框眼鏡，醞釀出冷酷的氣質。

他說自己是媽媽的朋友，重點是我不知道他們的交情到底多深。會硬是跑到家裡的那種人，我都必須格外留心，更何況若是他們關係親密，那怎麼可能會不知道對方家住哪。

到頭來，這傢伙仍舊是個欠缺信任，必須警戒的人物。

「九重櫻花是我的母親，你找他有什麼事？」

若他不願說出目的，那我也沒有理會的必要。我偷偷按下手機錄音鍵，打算晚點再向媽媽確認。

「……你？原來你是雪兔啊！這下省事多了。是說櫻花到底怎麼教小孩的啊……算了，你還挺有用的，跟我上車。」

「什麼？」

這大叔是在扯些什麼？

我這陰沉邊緣人（有名無實）朋友就已經夠少了，別說是同年齡層的人了，更沒認識幾個大叔。

而且這傢伙知道我的身分後就突然裝熟，有點噁啊。

我用疑惑的眼神盯著他，大叔卻說出一句意想不到的臺詞。

「我是凍戀秀偽。曾經是……不，我是你的——父親。」

「啊，喂喂，警察先生？有個頂著怪名字的可疑人士自稱是我父親，似乎還想綁架我。是的。特徵是留油頭，車牌號碼是──」

「!?」

# 後記

承蒙各位讀者的支持，第三集才得以問世，非常感謝大家。

故事演進到下一階段，從滿是後悔的過去，轉為朝未來邁進。

本作品原本是網路小說，為了不忘初衷，所以不可缺少「放逐」要素。說到網路小說就會想到放逐，總之先放逐可是鐵則。

因為有了大幅度的設定變更，就連那個人物的設定也隨之改變。其他還有許多地方有所差異，至於未來會如何發展，還請大家當成是不同作品觀賞。

我這人就是學不乖，又增加了新角色，感謝緜老師設計了女大學生組和釋迦堂妹妹的外型，真的是感激不盡。一直以來謝謝你的幫忙！

更重要的，是購入本書的各位讀者，請容我發自內心致謝。

夏天才剛開始而已，還有許多活動等待著他們。
遭遇在黑暗中蠢動的妖怪，經歷一番死鬥，雪兔的命運，究竟會如何發展呢!?
那麼本集在此告一段落，期待下一集還能與各位再會。

國家圖書館出版品預行編目資料

造成我心理陰影的女生們今天也不時偷看我，只可惜為時已晚 / 御堂ユラギ作；蔡柏頤譯. -- 1版. -- [臺北市]：城邦文化事業股份有限公司尖端出版：英屬蓋曼群島商家庭傳媒股份有限公司城邦分公司發行，2023.12-

冊； 公分

譯自：俺にトラウマを与えた女子達がチラチラ見てくるけど、残念ですが手遅れです。

ISBN 978-626-377-350-9（第3冊：平裝）

861.57 112016424

浮文字

# 造成我心理陰影的女生們今天也不時偷看我，只可惜為時已晚 3

（原名：俺にトラウマを与えた女子達がチラチラ見てくるけど、残念ですが手遅れです。3）

著者／御堂ユラギ
繪者／緜
譯者／蔡柏頤
執行長／陳君平
美術總監／沙雲佩
國際版權／黃令歡、高子甯
榮譽發行人／黃鎮隆
美術編輯／陳又荻
文字校對／施亞蒨
協理／洪琇菁
執行編輯／石書豪
內文排版／謝青秀
總編輯／呂尚燁

出版／城邦文化事業股份有限公司 尖端出版
台北市中山區民生東路二段一四一號十樓
電話：（〇二）二五〇〇—七六〇〇
傳真：（〇二）二五〇〇—二六八三
E-mail: 7novels@mail2.spp.com.tw

發行／英屬蓋曼群島商家庭傳媒股份有限公司城邦分公司 尖端出版
台北市中山區民生東路二段一四一號十樓
電話：（〇二）二五〇〇—七六〇〇（代表號）
傳真：（〇二）二五〇〇—一九七九

中彰投以北經銷／楨彥有限公司（含宜花東）
電話：（〇二）八九一九—三三六九
傳真：（〇二）八九一四—五五二四

雲嘉以南／智豐圖書有限公司
（嘉義公司）電話：（〇五）二三三—三八五二
傳真：（〇五）二三三—三八六三
（高雄公司）電話：（〇七）三七三—〇〇七九
傳真：（〇七）三七三—〇〇八七

香港經銷／一代匯集
香港九龍旺角塘尾道六十四號龍駒企業大廈十樓 B&D室
電話：（八五二）二七八三—八一〇二
傳真：（八五二）二五八二—一五二九

新馬經銷／城邦（馬新）出版集團 Cite（M）Sdn. Bhd.
E-mail: cite@cite.com.my

法律顧問／王子文律師 元禾法律事務所
台北市羅斯福路三段三十七號十五樓

二〇二三年十二月一版一刷



■中文版■

郵購注意事項：
1.填妥劃撥單資料：帳號：50003021戶名：英屬蓋曼群島商家庭傳媒(股)公司城邦分公司。2.通信欄內註明訂購書名與冊數。3.劃撥金額低於500元，請加附掛號郵資50元。如劃撥日起 10～14日，仍未收到書時，請洽劃撥組。劃撥專線TEL：(03)312-4212 ・ FAX：(03)322-4621。E-mail：marketing@spp.com.tw